谨以此书献给
我的父母并缅怀我的祖父母

汉娜的秘密剧院

The Secret Hen House Theatre

〔英〕海伦·彼得斯／著　李玉琴／译　黄吟帆／绘

广西师范大学出版社
·桂林·

汉娜的秘密剧院
Hanna De Mimi Juyuan

出 品 人：柳　漾
编辑总监：周　英
编辑顾问：杨家盛
项目主管：冒海燕
责任编辑：徐　婷
责任美编：潘丽芬
责任技编：李春林

The Secret Hen House Theatre
Text Copyright © 2012 by Helen Peters
Simplified Chinese edition copyright © 2017 by Guangxi Normal University Press Group Co., Ltd.
This edition arranged with Nosy Crow Ltd. through CA-LINK International LLC (www.ca-link.com).
All rights reserved.
著作权合同登记号桂图登字：20-2015-254 号

图书在版编目（CIP）数据

汉娜的秘密剧院 /（英）海伦·彼得斯著；李玉琴译；黄吟帆绘. —桂林：广西师范大学出版社，2017.10
（魔法象. 故事森林）
书名原文：The Secret Hen House Theatre
ISBN 978-7-5495-9950-9

Ⅰ. ①汉… Ⅱ. ①海…②李…③黄… Ⅲ. ①儿童小说－长篇小说－英国－现代 Ⅳ. ①I561.84

中国版本图书馆 CIP 数据核字（2017）第 172655 号

广西师范大学出版社出版发行
（广西桂林市中华路 22 号　邮政编码：541001）
网址：http://www.bbtpress.com
出版人：张艺兵
全国新华书店经销
北京盛通印刷股份有限公司印刷
（北京经济技术开发区经海三路 18 号　邮政编码：100176）
开本：880 mm × 1 240 mm　1/32
印张：9.625　　　字数：210 千字
2017 年 10 月第 1 版　　2017 年 10 月第 1 次印刷
定价：34.80 元
如发现印装质量问题，影响阅读，请与印刷厂联系调换。

目录
CONTENT

第 01 章	陌生人	/ 1
第 02 章	逃跑的猪	/ 8
第 03 章	诗歌比赛	/ 17
第 04 章	家庭作业	/ 25
第 05 章	父亲	/ 34
第 06 章	照片	/ 40
第 07 章	搜寻	/ 48
第 08 章	来信	/ 57
第 09 章	母亲的窗帘	/ 62
第 10 章	窥探	/ 70
第 11 章	天使文身的男人	/ 77
第 12 章	更衣室	/ 83
第 13 章	尴尬	/ 90
第 14 章	秘密和威胁	/ 96
第 15 章	试演	/ 104

第 16 章	彩排	/ 109
第 17 章	大火	/ 117
第 18 章	火柴盒	/ 122
第 19 章	折旧费	/ 128
第 20 章	对峙	/ 135
第 21 章	主意	/ 141
第 22 章	险被发现	/ 149
第 23 章	古董行	/ 156
第 24 章	最后一天	/ 167
第 25 章	绝望	/ 174
第 26 章	忏悔	/ 181
第 27 章	重燃希望	/ 187
第 28 章	道歉	/ 191
第 29 章	抵达	/ 195
第 30 章	怒火	/ 199

第 31 章	演出	/ 203
第 32 章	颁奖典礼	/ 212
第 33 章	打人事件	/ 220
第 34 章	校长办公室	/ 225
第 35 章	外婆	/ 230
第 36 章	真相	/ 239
第 37 章	寻画	/ 244
第 38 章	和解	/ 252
第 39 章	救援行动	/ 256
第 40 章	访客	/ 264
第 41 章	拍卖会	/ 271
第 42 章	新的开始	/ 280

| 致谢 | / 287 |
| 译后记 | / 289 |

01
陌生人

嘭，嘭，嘭！

有人猛敲着洗涤室的门。

汉娜正盘腿坐在卧室的地板上，趴在一张纸上奋笔疾书。即使是在室内，她呼出的气息还是凝成了道道白雾。天气很冷，寒气透过她的羊毛帽子和三层针织衫钻了进来。

嘭，嘭，嘭！

她看了一眼手表，右手都没有离开纸页，差五分两点。敲门的应该不是洛蒂，她从不敲门。她会径直而入，一边上楼一边呼喊。

其他人也可以应一次门吧。她必须在两点之前完成剧本。

嘭，嘭，嘭！

"谁去看一下，门都要被敲碎了！"父亲在农场办公室里吼道。

好了！终于写完了。汉娜写下"全剧终"三个大字。这部剧本会在比赛中获奖的，她对此胸有成竹。

嘭，嘭，嘭！

"汉娜！"父亲叫她。

"哦，好的。"汉娜把母亲的那本《戏剧上演》滑到床下，爬起

1

身。稍后她得记得把书放回母亲的书架。

"如果是找我的,就告诉他们我不在。"当她走过父亲办公室的时候,他对她说,"还有,叫其他人准备好,蚁冢农场说他们需要一头猪。"

汉娜一路从后面的楼梯跑下,那楼梯都已经裂缝了。她手里拿着剧本,弯腰躲过从破裂的天花板垂下的蜘蛛网。她的弟弟萨姆已经站在门前了,拨弄着门锁。

"又卡住了。"他说。

"我来吧,小萨。"汉娜说。萨姆挪开了,他连鞋带都没有系好,鞋子也穿反了。

嘭,嘭,嘭!

汉娜使尽浑身解数,想拉开卡住的锁舌。这时,她的妹妹乔从厨房里走出来,头上戴着一顶平平的鸭舌帽,遮住了她的卷发。一只姜黄色的豚鼠蜷缩在她左臂弯里,正嚼着一片卷心菜叶。

"谁来了?"乔问。

锁舌应声而开。汉娜打开门,萨姆躲到她身侧,乔则徘徊在楼梯旁。

一个面色赤红、气宇轩昂的矮壮男人赫然出现在门外。他冻得直跺脚,看起来就像一只愤怒的火鸡。油光闪闪的黑发从男人头上垂下,他那冻得红肿的手指抓着一个写字板。

他盯着这几个孩子。"真见鬼!"他嘟囔着,他的气息凝滞在空气中。

他说的是什么意思?汉娜想。她环顾四周,并没有发现有什么鬼,只有他们姐弟三个,穿着破破烂烂的毛衣和牛仔裤。难道他从没见过农家人的穿着吗?

咯噔,咯噔。

他们都转过身。只见十岁的玛莎,站在陡峻的楼梯顶端,穿着白色的迷你短裙,蹬着比她的脚大许多的红色细高跟鞋。她一只手放在胯上,下巴高高扬起。

"玛莎,"汉娜说,"你会得肺结核而死的。去把衣服换了,把妈妈的高跟鞋脱下来。爸爸会生气的。"

"哦,闭嘴吧,"玛莎说,"你不过就是看见我像个模特所以嫉妒了。"

那个男人扬了扬眉毛。玛莎摇摇晃晃地走下楼梯,推开乔好仔细打量这位来访者。

"我在找……"那个男人看了一下写字板,"陶土山农场。"

几个孩子一言不发。

"这里是陶土山农场吗?"他提高音量问道,"没有指示牌。"

"指示牌被刮倒了。"萨姆说。

汉娜注意到农场院子里停了一辆黑色的闪闪发亮的新宝马。至少,它的上半部分闪闪发亮,而下半部分却溅满了泥浆,就像任何出现在农场小路上的车辆一样。

"档案显示,它还是一个尚在经营中的农场。"那个男人说。

"是的。"汉娜说。他是真的愚钝还是怎么了?他到底是谁,为什么在星期天下午到这里来打听这些事情?

"真的吗?那么这满地的垃圾是用来做什么的?"他伸手指着农场的院子说。耕地的犁半掩在草丛中,猪圈旁边一台生锈的联合收割机埋在泥土里,破旧的门板、满是油污的炉灶和乱七八糟的线团堆在屋外。"我说，那个生锈的铁桶还有什么用？"他指着父亲停在车棚里的老式拖拉机问道，"那是什么——蒸汽时代的发动机吗？"

"那是爸爸的菲尔德·马歇尔[1]，"萨姆骄傲地说，"年代久远。"

"哼，是吗？"

---

[1] 菲尔德·马歇尔，一种农用拖拉机的牌子。——译者注

萨姆疑惑地看着汉娜，汉娜觉得自己脸颊发烫。他怎么敢如此粗鲁地对萨姆说话？多么傲慢啊！难道他不知道菲尔德·马歇尔是收藏珍品吗？

"有什么能帮到您的吗？"汉娜问。

"我想是的。"他又看了一眼他的写字板，"我找亚瑟·罗伯茨。"

"请问您是哪位？"

"帮我把他找来就行了，好吗？"

几个孩子同时回答——

"他出去了。"汉娜说。

"他正在挤牛奶。"乔说。

"他在办公室。"萨姆说。

"我知道了，"那个男人说，"他很忙。"

孩子们点点头。

"好吧，那么你们的母亲在家吗？"

孩子们陷入了沉默。汉娜已经认清了这个不速之客，虽然他已经了解了一些信息，但是汉娜并不想让他知道更多了。他的写字板上还写了什么？

铃声沿着小径一路传来。汉娜抬头看了看。洛蒂·珀费克特骑着她崭新的自行车出现在路口，边骑边绕过地上一个个水坑。

"可以帮您捎个口信吗？"汉娜问。她必须快点儿摆脱这个男人。她得抓紧时间去找洛蒂。

"把这个给你父亲，"男人说，"确保他亲手拿到。"

汉娜接过信封。信封顶端打印着以下文字："斯特里克兰和沃尔姆伍德，土地经纪人。"下面用红色的大写字母写着："加急件。"

5

幸好她没有叫父亲来。这个男人一定是新地主派来的经纪人。汉娜拉上她的外套，把信封和剧本塞到其中的一个口袋里。

这个土地经纪人趾高气扬地转身离开。洛蒂一边骑车一边向汉娜招手，差点儿撞上他。她突然转向，冲进一个水坑。孩子们瞪大眼睛看着一道褐色的泥水飞起，溅了那个男人一裤子。萨姆咯咯地笑了起来，引得汉娜也跟着笑了。经纪人一边开车门，一边瞪他们，但是他们笑得更大声了。

洛蒂把车停在了花园门口。她跳下自行车撞开大门。"瞧瞧我成什么样子了，"她说，"你有什么东西能擦掉这身泥吗，汉娜？"

"好，你们几个懒虫！"父亲在楼上喊着，"当心点儿！"

哦，不，汉娜想。如果她加入父亲追猪的阵营，就一下午都不得清闲，那么她们就永远都没有时间完善剧本了。

她从滴水板上拿下一条破毛巾扔给洛蒂，然后抓住乔的胳膊把她拉到外屋的角落。豚鼠紧抓着乔的毛衣。

"嘿，对胡萝卜温柔点儿。"

"乔，你得帮我打掩护。求你了。我必须和洛蒂过一遍剧本。在她打出来之前我们得确定文本无误。比赛的截止日期是周二——我们必须明天就寄出去。"

"哦哦，我必须和洛蒂·珀费克特过一遍我的剧本。"玛莎用唱戏一样的尖细音调学说着，"说得好像你能凭借你的烂剧本获奖一样。"

汉娜转过身："玛莎，走开。这与你没有关系。"

"说得好像我很在意似的。"玛莎说。她向汉娜吐了吐舌头，摇摇晃晃地走回里屋。

汉娜转身对乔说:"就跟他说你不知道我在哪里。拜托了,乔。我必须去弄这个剧本。如果我们成功了,它可能会上广播,我也就有机会成为一个演员了。"

楼梯上传来父亲重重的脚步声。

"我不会说出去的。"乔说,她把豚鼠放进笼子,坐在洗涤室的门阶上,拽了拽自己的长靴,"走吧,萨姆。来,把你的靴子穿上。"

汉娜溜到角落里。父亲大步跨出门,走到院子里,萨姆一路小跑跟在他旁边。乔走在他们后面。走在最后的是玛莎。

"玛莎,请不要告诉爸爸。我可以给你任何东西!"

玛莎轻蔑地看了汉娜一眼,说:"好像你有什么我想要的东西一样。"她踢掉脚上的红高跟鞋,蹬上乔穿过的一双旧靴子。这双靴子对她来说太小了,穿着它们,她不得不踮着脚走路。

玛莎踉踉跄跄地走到院子里喊道:"爸爸,等等我!"父亲在她前面足足有十米远,而且步速是她的两倍。

汉娜总算得了空闲,虽然只是一小会儿。

02 逃跑的猪

等其他人都走远了,汉娜把洛蒂拉到院子里。她还可以看见父亲的背影,他正大跨步走过北方牧场,其他人紧随其后。玛莎穿着夹脚的靴子,跟跟跄跄地走着。

"好了,"汉娜说,"咱们去拖拉机车棚的阁楼吧。"

当走过院子的一半时,汉娜回过头,发现洛蒂依然站在花园大门那里。她看起来不知所措,像是站在一座被潮水围困的沙洲上。

"快点儿,他们现在都走了。"汉娜说。

"我们就不能进屋去吗?"

"别犯傻了。如果爸爸要找我,那是他第一个会去的地方。走吧。"

"不行。我刚穿了新运动鞋,我保证过鞋子会保持干净。如果弄脏了,我妈妈会杀了我的。"

汉娜恼怒地叹了一口气。她们这是在浪费宝贵的时间。她可以去把她的运动鞋拿来给洛蒂,但是她的鞋鞋底已经破了,而且洛蒂的脚穿不下。对于一个十一岁的女孩来说,洛蒂的身材算高挑的,而汉娜则显得矮小——虽然身材矮小,但是体格强健。

汉娜吧嗒吧嗒穿过泥沼跑回去:"好吧,快点儿。"

"干什么?"

"我背你过去。"

洛蒂咯咯地笑了:"你疯了。你的背会被压断的。"

"我背过比你还重的东西。上来,快点儿。他们很快就会带着猪回来的。"

汉娜步履蹒跚地穿过院子。她头发浓密,好似一堆稻草,发丝都扎进了眼睛。洛蒂紧紧圈着她的脖子,一边笑一边叫。

"洛蒂,你要勒死我了!"

"啊啊,我要掉下来了!"

"别叫了,你叫起来像一只负隅顽抗的小猪。好了,下来吧。"

汉娜把洛蒂放在拖拉机车棚前的地上,然后瘫坐在土里,揉着自己的肩膀,拂去脸上的头发。洛蒂那乌黑亮丽的短发一如既往的柔顺。她看上去总是像刚从美发店里出来似的。

洛蒂拍了拍她新外套上的灰尘说:"哦,你猜怎么了?你知道吗?林福德艺术节就要开始了!他们将举行一次青少年戏剧比赛,我在商店周围看见了他们的海报。我们可以去那里表演我们的戏剧。"

汉娜从菲尔德·马歇尔后面拖出一把摇摇晃晃的梯子。"我们不能去。"她把梯子靠在活动板门上支住,然后说。

"为什么不能去?你是个出色的演员,我们会大获成功的。那样就会给米兰达·海瑟薇一点儿教训,谁让她一直喋喋不休,把她们剧团如何获奖的故事不知讲述了多少遍。"

"但是我们不能参加,"汉娜一边爬上梯子一边说道,"只有正规的青少年剧团才有资格参加。必须有一个实际的剧场。难道你没听米兰达说,那些评委是怎么到她们的剧场去观看戏剧的?"

"哦,我忘了。真遗憾。那听起来真的很不错。"洛蒂爬上阁楼,"那么,你的广播剧写完了吗?"

"等下给你看。"

整个阁楼漆黑一片,除了在远处的角落,有一道阳光透过狭窄的缝隙照进屋里。正值二月,那阳光并不刺眼。她们摸索着穿过阁楼,弯腰避开梁木和蜘蛛网。之前还从未有人来过这里。

她们爬过生锈的拖拉机零件和从前用来装动物药品的空瓶,一直走到窗户裂缝附近的那一堆种子袋旁边。当汉娜想到那些袋子下面可能潜伏着什么动物时,她浑身的肌肉都绷紧了。她咬着下唇,紧闭双眼,一脚踩在袋子上。然后她屏住呼吸,等着老鼠极速跑出时发出的可怕声音。

然而,什么也没有发生。

唷!

她一屁股坐在袋子上。

洛蒂坐在她旁边,问道:"看什么?"

"好了。"汉娜把手伸进口袋,掏出一沓折起来的纸张,摊开放在膝盖上,"当当当!"

第一页上用花体字写着:

《根据女王陛下的约定》
广播剧
作者：汉娜·罗伯茨和洛蒂·珀费克特

"你不用把我的名字也写上去，"洛蒂说，"我什么也没做。"

汉娜也纠结过这个问题，但是最终她还是选择了慷慨大度。"其实，你贡献了很多很好的想法，而且你要把这些都打印出来，然后我们明天就可以把它们寄出去了。"汉娜说。

洛蒂兴奋地拍了拍手："来吧，我们现在就读一遍吧。"

"我们会获奖的。我有信心。"汉娜说，"我妈妈喜欢第四频道[1]。这是一个好兆头。"

洛蒂伸手去拿手稿，但她的手突然停在了半空中。她们听见了阵阵刺耳的尖叫声和可怕的呼噜声。

"那是什么？"

尖叫声越来越大，愈加刺耳，而且伴随着急促追赶的靴子声和雷鸣般的咒骂声。

她们透过窗户的缝隙往下看。

汉娜的父亲手里拿着一块满是泥的木板，正试图把一头粉色的大肥猪赶进院子里。就在她们看的这会儿，那头大肥猪来了个急转身，飞奔回小路上，那速度快得没有人能够拦住它。

玛莎尖叫一声跳开了。

"玛莎，你这个没用的东西！"父亲大喊着，"乔安娜，到它身

---

[1] BBC第四频道是英国广播公司旗下的一个电视频道，于2002年3月2日开播，主要播放高品质的电视剧、纪录片、音乐、电影和新闻节目。——译者注

后去。快!"

乔弯腰钻过电篱笆,跑过农田,想要超过飞奔的母猪。

"萨姆,站在篱笆旁边。无论如何都不要让它过去。玛莎,下去把猪圈门打开。快点儿!"

"你最好还是下去吧?"洛蒂说,"否则等一会儿你爸爸会对你发脾气的。"

"不管怎么样他都会发脾气的。我要么撞倒什么,要么被那头猪绊倒。那时候他只会更生气。"

"它来了!"父亲喊道,"萨姆,拿好那块板子。玛莎,把它赶到猪圈去!汉娜跑到哪儿去了?"

"她和洛蒂在拖拉机车棚的阁楼上,"玛莎说,"她们一直都待在那儿。"

汉娜的心跳停止了。她把手稿塞回口袋。"躲起来!"她小声对洛蒂说,"快!"

但是没有时间了。她听见父亲喊道:"拿着!"他踏上楼梯,三步就登上了阁楼。

他怒视着两个女孩儿,她们正准备藏在一堆空袋子间。

"你以为你在玩什么花样?"他对汉娜吼道,"马上下楼,到院子里去!"

"我是不是该……"洛蒂开口说。

"不,不,你待在这儿。"汉娜低声说。她从袋子上费力地爬起来,因为尴尬而动作僵硬,然后跟在父亲后面爬下了摇摇晃晃的梯子。母猪又跑回小路,乔试图把它赶回去,她跳来跳去,就像一个准备扑住点球的守门员。

12

"到那儿去!"父亲对汉娜大吼道,指着马场的门,"长点儿心,别让它跑了!"

汉娜低着头,步履沉重地穿过院子。混凝土地面上有一层薄薄的泥土,上面印满了细尖的鸡爪印。拖拉机碾过门前,留下的车辙把地面变成一道道交错的褐色的水坑。谁也不知道水坑里面的水有多深,直到你一脚踩进去,溅起的泥水就会顺着靴子流下来。

大门的一边缠绕着仅剩的一根锯齿铰链。如果父亲能做些修葺,他就不会让自己的孩子当作篱笆了。

站在没过小腿的水坑里,汉娜开始天马行空地想象。

"十分荣幸,"广播记者说,"我们请到了有史以来赢得我们剧作奖的最年轻的得主,同时她也在你刚刚收听到的戏剧中有精彩的演出。汉娜·罗伯茨,很显然你将会前途无量。是什么赋予了你创作剧本的灵感?"

"是这样的,"汉娜会说,"我妈妈喜欢表演,我想也许这点我是从她那里遗传的。而且在六年级的学校演出中……"

她该怎样描述她欢呼雀跃的心情?排练的乐趣与戏剧即将上演的激动之情交织在一起;通过木质道具、语言文字、舞台布景以及音响效果创造出一个魔力十足的世界;后台的嗡嗡声,让人紧张得像是胃里有蝴蝶振翅,灯光闪得让人晕眩……

"汉娜,当心!"

汉娜抬头一看,那头母猪正向她笔直地冲过来。它的泥鼻子和大黄牙正在逼近,而且越来越近。

她很清楚该怎么办,如果她是父亲,或者乔,或者萨姆,她会这么做:跳到路中间,自信满满地站稳,母猪将会被她的气势所震慑,在最后关头调转方向。

如果她是玛莎,她会跳开。

但汉娜两者都没有做。她掉头,开始跑。母猪东倒西歪地穿过泥泞,在她身后发出声声尖叫。她的靴子沾满了厚厚的湿泥,像混凝土一样沉重。

父亲冲过树篱,向大肥猪全速跑来。

汉娜被自己的靴子绊倒了,脸朝下趴在了大水坑里。

她挣扎着站起来,浑身上下都湿透了。冰凉的泥水从她的后背和双腿上一股股流下来。世界都变得黑暗起来。她的双眼被泥巴糊住了。她想要擦掉,但是她的双手和袖子上也全是泥巴。她能感觉到她的脸上、头发上也沾满了泥巴。玛莎的笑声传进了她灌满泥水的耳朵里。

"汉娜,你还好吗?"是乔的声音。

"是的,好极了,谢谢,你好吗?"汉娜想回答她,但是她嘴里也进了泥巴,她不得不停止说话,这样才能吐出嘴里的泥巴。

乔擦着汉娜的脸颊,汉娜感觉到乔用的是自己外套的袖子。

"眼睛!"汉娜语无伦次地说,"擦我的眼睛。"

乔擦了擦她的眼睛。汉娜眨了眨眼睛,睁开,然后她惊慌地叫起来:"不,不,不!"

在她周围,手稿的纸页四处散落着,浮在水洼上,陷在泥泞中。

"不,不,不,不!"汉娜发了疯一样地乱抓,捡起她看见的每一张纸。一些纸已经被猪踩碎了,另一些在她从泥地里剥下来的时候被撕破了。

乔弯下腰想要去帮她,但是显然没什么意义了。一个字也看不清了。

"你有没有备份?"乔问汉娜。

"都是手写的,我当然没有备份。"

"哈哈,你的剧本泡汤了。"玛莎说,"这就是你试图隐瞒所付出的代价。"

父亲大踏步走过来。不知用了什么方法,他已经成功地把母猪赶进了猪圈。

"天哪,你看起来糟透了。看在上帝的分上,快从那个水坑里出来!你们大惊小怪地在干什么,姑娘们?"

汉娜一言不发。她低头看着被水泡软的残缺不全的纸片。

"她的剧本,"乔说,"掉进了泥里,被格蒂踩碎了。"

父亲看着汉娜,好像她刚从另一个星球来到地球一样。

"你的什么?"

"我的剧本,"汉娜说,"我写了一个剧本。"

"哦,看在上帝的分上。这是一个农场,不是一家剧院。赶紧从泥里出来,姑娘。"

父亲摇了摇头。然后他的目光落在漂在水坑里的一个信封上。信封上面,"斯特里克兰和沃尔姆伍德,土地经纪人"和"加急件"几行字赫然可见。

"这是什么?"

"哦,"汉娜说,"一个男人拿来的。是新地主寄来的。"

"哈!太好了。这就是它最好的归属了。"父亲走向猪圈,那封信被他一靴子狠狠地踩进泥里。

他斜倚在墙上,伸手挠着格蒂的耳后:"这就对了,丫头。平安无事了。你就安心在这儿待着吧,我去给你找点儿吃的来。折腾了这么久,我想你一定也渴了吧?"他拎起糊着猪食的桶,重重地踏过院子,向水槽走去。

汉娜一动不动地伫立在水坑中间,她的头发往下滴着泥水,湿透的衣服紧贴着皮肤。洛蒂正站在阁楼的楼梯下,吃惊地张大了嘴巴。汉娜看看洛蒂,又看看阁楼,耳边又回响起父亲的话:"这是一个农场,不是一家剧院。"

她的眼睛闪闪发亮。尽管脚下沾着泥水,她还是以她最快的速度跑过院子。她的心激动得怦怦直跳。

当洛蒂看见汉娜的表情时,她原有的惋惜焦虑变成了困惑不解。

"哦,天哪,汉娜,看看你的样子!你到底在笑什么?"

"洛蒂,"汉娜抓住洛蒂的胳膊说,"我刚刚想出了一个绝妙的主意。"

03
诗歌比赛

英语老师弗朗西斯女士对聚集在学校大厅里,穿着藏青色和灰色校服的学生微笑着。

"欢迎各位参加我们第一届七到九年级[1]诗歌比赛,我们很荣幸请到了客座嘉宾——本地知名演员莫妮卡·罗斯,担任我们的评委,她在各类电视节目中频频露面,相信大家对她并不陌生。感谢您出席本次活动,莫妮卡。"

莫妮卡交叉叠放着她纤细的双腿,笑容可掬。汉娜和洛蒂坐在中间的座位上,她们审视着这个女演员的脸庞,希望能揣测出她对诗歌了解多少,对诗歌的品位如何。

嗯。不过就知道些小鸡和小兔。轻浮,肤浅。

在评委面前的小桌上,一只银色的奖杯闪闪发亮。汉娜想象着,

---

[1] 英国教育系统分为五个阶段:第一阶段包括一、二年级,相当于我国的小学低年级,学生5岁入学;第二阶段包括三到六年级,相当于我国的小学高年级,学生年龄大约在7到11岁;第三阶段包括七到九年级,相当于我国的初中预科或者初中低年级,招收12到14岁学生;第四阶段包括十到十一年级,相当于我国的初高中衔接阶段,招收学生的年纪在15到16岁之间;第五阶段包括十二到十三年级,相当于我国的高中毕业班,学生18岁毕业。——译者注

当父亲喝下午茶[1]时,她从书包里掏出奖杯展示给他看,父亲脸上惊讶的表情。也许那时候他就不会觉得汉娜写作是在浪费时间了吧。

她用力攥紧了英语练习本,指节都发白了。她花了很长时间创作诗歌——可谓绞尽脑汁,反复推敲,字斟句酌,直到修改到自己满意为止。

"今年的主题是大自然。"弗朗西斯女士宣布。

坐在洛蒂后面的丹尼·卡尔大声地打了一个哈欠。汉娜注意到他旁边留了一个空位。他是给谁留的呢?

汉娜的心怦怦乱跳,如果那个人就坐在身后,她该如何集中注意力呢?

弗朗西斯女士核对了一下名单说:"第一位出场的是来自七年级B班的米兰达·海瑟薇。到前面来,米兰达。"

米兰达并不需要走很远,因为她就坐在前排。

她从那个印着"海瑟薇艺术,邦德街"、看起来很贵的包包里煞有介事地掏出她的英语练习本。米兰达巴不得人人都知道她父亲在伦敦开了一家画廊。

米兰达打开她的本子,开始朗诵:"我的金毛猎犬。"

米兰达的父母很可能为她请了一位诗人做家庭教师,指点她写

---

[1] 英式下午茶分为"高茶"和"低茶"。上流社会通常会在下午四点坐在沙发上享用精致的点心,配以红茶或者咖啡,称为"低茶"。茶点通常盛放在三层点心瓷盘上,第一层放三明治,第二层放传统英式点心司康饼,第三层则放蛋糕及水果塔,食用顺序一般是由下到上,由咸到甜。英国普通大众的下午茶则被称为"高茶",一般从下午六点开始,主要坐在高背椅上,会吃各种肉类、土豆、面包、奶酪、蔬菜等。而汉娜家的下午茶像一顿简餐,作为晚饭前补充能量的餐前小食。——译者注

作，汉娜想。他们很可能已经准备把她的诗歌送去参选诺贝尔文学奖了呢。

米兰达轻拂了一下她那红褐色的秀发，开始朗诵：

他的眼睛如黄玉，晶莹通透
他的皮毛闪着微光，色泽鲜亮
……

汉娜见过那只金毛猎犬。它体型肥硕，嘴角一直挂着口水。

洛蒂捂着嘴，悄声说："你有没有考虑过？你知道我在说什么吧？"

"当然。"汉娜说。

从她昨天下午站在那个水洼里开始，她就没有停止过思考，这个想法就像一簇烟火在她的脑海中绽开。

我们可以把拖拉机车棚改建成一家剧院！

她一到学校就迫不及待地想和洛蒂讨论这件事情，但是太危险了。米兰达和她的好闺密艾米莉就坐在她们前面的登记处，绝不能让她们听到半点儿风声。

米兰达继续念着她的诗歌，仿佛在为女皇献声：

他的耳朵像丝线般光滑，
他的爪子像天鹅绒，
……

洛蒂用胳膊肘推了一下汉娜说："你看。"

她从包里掏出一本亮闪闪的红笔记本。第一页上写着："拖拉机车棚俱乐部。"她翻过一页。

"我觉得我们可以这样设计。"她悄声说。

在展开的两页纸上，洛蒂画出了楼层设计的草图——有化妆室、包厢、舞台和观众席。

汉娜看着草图，心跳加速了。这些图片在她脑海中幻化成华丽的帷幕、绚丽的戏服、宏大的舞台布景。当演员谢幕时，她听见观众席上传来雷鸣般的掌声，震耳欲聋。

洛蒂抬眼看了一下舞台。米兰达喋喋不休地诉说着她的大肥狗，而那个评委正赞赏地凝视着她。"我还设计了戏服。"洛蒂对汉娜耳语道，说着便开始翻页。

大厅前排开始鼓掌。弗朗西斯女士起身说："谢谢，米兰达。这是你对自己宠物的诗意致辞。隐喻使用得恰到好处。遗憾的是，"她意有所指地看着洛蒂，"有些人没有注意认真倾听。也许从现在开始你应该展现一下懂得倾听的礼貌，夏洛蒂。"

洛蒂把她的红色笔记本扔进书包，双手叠放在膝盖上，摆出一副勤奋好学的样子。

"现在，下一位出场的是来自七年级B班的艾米莉·桑德斯。"

艾米莉坐在米兰达的旁边，她起身面向观众。弗朗西斯女士微笑地向她点头，示意她可以开始了。艾米莉宣读：

我的马儿——星光

星光是我的挚友,

我对它的爱永无止境。

每天我都要探望它,

刷洗它的鬃毛,骑在它的背上,喂它草料……

汉娜攥紧了她的练习本,试图把注意力集中在她的诗歌上。在接下来的二十分钟里,她的心在胸腔里怦怦乱跳,一个接一个的学生歌颂着他们的猫猫狗狗、风铃草、柳树林、秋叶和夏阳。

是不是她搞错了?评委会怎么评论她的诗作呢?

但是大自然并不总是艳阳晴空、柔软温暖的,不是吗?

有些人就生活在污泥之中。

八年级M班的维纱丽·帕特尔朗诵完一首关于雪的诗歌,回到座位上。弗朗西斯女士看了一下她手上的名单,然后说:"最后,有请来自七年级B班的汉娜·罗伯茨。"

汉娜紧张得不知所措。洛蒂紧紧握了握她的手,小声说:"祝你好运!"

汉娜不知道自己是怎么走到大厅前面的。她在人群中搜寻到了洛蒂友善的脸庞,便不再移开目光。

"承诺。"她深呼了一口气,报出题目。

当她开始朗诵的时候,大厅里的人仿佛都散去了,她好像又回到了农场。

雨下了一整天。

雨水从乌云间倾盆而下,落在庭院里,打转。

它从破损的水槽里喷涌而出，
沿着陈旧的水泥缝倾泻而下，
混杂着粪便、干草和尘土，
凝结成污浊肮脏，散发着恶臭的土灰色泥浆。

我们待在室内。那里要好得多。而他，
穿着沾满泥点的破旧雨衣，
躬身低头，在暴雨中，逆风而行，
冰冷的雨滴扑面而来，他举步维艰地走过泥泞，
提着水桶的手指如橡树皮般粗糙，冻得通红。

在谷仓里，一摊灰色的东西躺在干草上，
散发着腐肉的恶臭。
那是一对早产的羊羔，
被丢弃在粪便的中央。

外面，在夜色的衬托下，
空心橡树的轮廓愈加阴暗，清晰，
那黑色的枝杈看起来如此易断，
将如何转变为绿色的新生。

但是春天在泥土中向上萌生，
沿着树根和树干，
褐色的树芽长成枝叶，

光秃秃的枝杈不再嶙峋。

四月的暖风终会治愈他冬日冻伤的脸庞。

当她朗诵完的时候,她感觉口干舌燥。她完全沉浸在自己的诗歌中,全然忘记了下面的听众。

现在她鼓起勇气扫视下面的一排排座位。

她真希望她没有看。

因为她一抬眼,就看见了丹尼·卡尔。他向后靠在椅背上,打了一个大大的哈欠。

她低下了头,脸颊发烫,在同学们稀稀拉拉的掌声中迅速回到了座位上。

洛蒂捏了捏她的胳膊说:"真棒,汉娜。你肯定会赢的!"

丹尼向前倾了倾身子说:"真不错。你真该看看当你谈论死羊羔时评委脸上的表情。我以为她要吐了呢。"

汉娜低头看着自己沾满泥的鞋子。她真想找个地缝钻进去。

她偷偷看了一下评委和弗朗西斯女士。她们正小声地进行着激烈的讨论。

她本该写得更唯美一些。

她不该提到死羊羔。

最后,弗朗西斯女士微笑着站了起来。她首先感谢了到场的人们,然后宣布:"从这么多参赛的优秀诗歌中选出一篇优胜作品十分困难,但是我们的评委已经做出了选择。"

莫妮卡·罗斯站起来,笑容可掬,开始发言。汉娜的心乱成一团。

"所以,"莫妮卡·罗斯总结道,"我很荣幸地宣布,本届华特杯诗歌比赛的获胜者是米兰达·海瑟薇!"

毫无悬念。

前排,米兰达的小伙伴们欢呼起来。

洛蒂把手放在汉娜的双肩上说:"你的诗比她的好得多。那个评委对诗歌一窍不通,根本就是什么也不懂。"

洛蒂的话真暖心。

但是这并不能改变什么。

也许父亲终究还是对的。也许她的写作本来就是毫无意义的,是在浪费时间。

04 家庭作业

在她们叠放椅子的时候,弗朗西斯女士走了过来:"你的那篇诗作很棒,汉娜。"

汉娜盯着她。

"我想,也许评委的品位有点儿……怎么说呢,保守。但是不得不说,在我看来,你的诗作非常与众不同。"

汉娜站在那儿,慢慢消化这句话。英语老师最欣赏她的诗作?

"你平时读诗吗?"弗朗西斯女士问她。

汉娜的眼睛亮了:"是的,读了很多。我喜欢泰德·休斯[1]和谢默斯·希尼[2]。我喜欢他们笔下真实的乡村,你知道吗?并不只是毛茸茸的兔子、小鸡、水仙花,还有泥土、血腥和死亡。也不是说乡村里总是充斥着这些,有好有不好吧,有时候是美好的,有时候是丑恶的。这才是重点,不是吗?如果没有冬天,那么春天又谈何美丽?"

---

[1]泰德·休斯,英国现代派诗人,二战后英国文坛最重要的代表人物。曾被授予帝国荣誉勋章,1984年被评为"桂冠诗人"。——编者注

[2]谢默斯·希尼,爱尔兰诗人,诗学专家,1995年获得诺贝尔文学奖。

——编者注

她停了下来。她说的太多了。

但是弗朗西斯女士微笑着对她说:"是的,完全没错。我希望能看到你更多的作品,如果你愿意的话。"

"你看!"一离开大厅,洛蒂就说,"我早就说过,你的诗歌真的很棒,我说得没错吧?"

汉娜心潮澎湃。英语老师欣赏她的文章!

她向左转准备回教室,但是洛蒂说:"我们还要交数学作业呢,你忘了?"

汉娜捂住了嘴。

"你没做?"

"我本来昨晚要做的,但是又有羊跑出了羊圈。哦,不,纳格拉先生会杀了我的。我保证过这周一定会按时上交的。他说如果我再次拖欠作业,他就会给我爸爸打电话。哦,我完蛋了。"

"到了教室你抄我的吧。不会花太多时间的。"

汉娜如释重负地呼了口气说:"哦,洛蒂,太感谢你了。你真是我最好的朋友!下次你抄我的吧。"

"那么,"洛蒂说,"你真的觉得你爸爸会允许我们使用阁楼吗?"

有关剧院的美好设想又一次涌入汉娜的脑海中:"为什么不呢?他反正也不会再用了。"

"但是我们今天就得问他了。明天我就要给艺术节的主管人员发电子邮件了,我们得确定剧院的名字和地址。"

汉娜激动地跳了起来:"你能相信吗?我们就要去参加林福德艺术节了,我们就要有自己的剧院了!"

"那我放学以后去找你吧?你爸爸在吗?"

汉娜突然停下脚步,她两眼放光:"实际上,今天是个绝佳机会。今天他开着马歇尔去参加蒸汽机集市了。"

"要卖掉它吗?"

"当然不是,别傻了,他绝对不会卖的。只是为了展示。重点是,他喜欢蒸汽机集市。他一整天站在那里,就是为了炫耀他的菲尔德·马歇尔。那些穿着粗呢大衣的老家伙会上前称赞一番,还向他问七问八。他每年都参加,而且每次回来心情都很好。"

"太好了。那我放学以后过来。"

洛蒂拉开数学教室的门。这也是八年级 M 班的教室。外面雨下得很大,雨点打在窗户上,所以八年级 M 班的大多数学生仍然坐在教室里。他们三五成群地围坐在桌边,聊天或者发消息。

汉娜迅速扫了一眼教室。

不,他不在。他今天一定是生病了。

她究竟是该感到放松,还是该感到失望?

很难说。

角落里的架子上已经摆了一摞数学作业本。洛蒂在书架前的一张空桌子边坐下,从包里取出数学作业,翻开作业本。她的作业写得如此整洁,真该做成海报当即展览。

就如同确信自己的名字一样,汉娜确信洛蒂的每一道题都答得准确无误。洛蒂这辈子还没有解错过一道数学题。

汉娜打开自己的本子,在一张空白页的最上面写下昨天的日期。她开始抄第一道题。

教室门突然被撞开,咚的一声撞在墙上。所有人都转过头。

汉娜抬头一看,心跳加速了。

杰克·亚当森大摇大摆地走了进来。而且,他看起来比往常更帅气逼人,如果这有可能的话。他的头发乱蓬蓬的,一副玩世不恭的样子。

"迟到总比不到好。"丹尼从他的手机上抬起头,哼了一声。

"是的,没错。"杰克摆出一副忧郁的表情,"只是,我有点儿心烦。家门不幸。"

维纱丽·帕特尔坐在汉娜和洛蒂的桌子旁边。她眼中尽是关切:"哦,不。发生了什么事情?"

杰克深深地叹了一口气,心情沉重地坐在维纱丽旁边的椅子上。他望着她的眼睛。汉娜的心像被那眼神刺伤了。

"是我的金鱼。"杰克伤心地说,"被我一脚踩死了。"

大家都笑了。但是洛蒂没有,她翻了个白眼。汉娜低头看着自己的脚,这样洛蒂就看不见她也在笑了。

维纱丽对着杰克的肩膀捶了一拳:"你真是头猪!害得我真以为有什么事情呢。"

"哦,对不起,维纱丽。嗨,你可以借我看看你的地理作业吗?我本来要自己完成的,但是我妈妈还要依靠生命支持设备,我不得不再去投 50 块钱让机器继续运转。"

维纱丽咯咯地笑了起来:"你接着编。"说着,她在包里找起作业本来。

"谢谢,维纱丽,你是我的救命恩人。"杰克对着维纱丽眨了眨眼睛。汉娜的心又像被戳了一下。

"没出息。"洛蒂嘲笑道。

杰克抬起头,刚好迎上汉娜的目光。汉娜觉得自己脸红了。杰克对她咧嘴一笑:"早上我看见你骑车来的,罗伯茨。"

丹尼哼了一声:"他们把那垃圾也叫作车?"

杰克转向他的朋友说:"别那么刻薄,丹。那辆车是她爸爸自己组装的,用的全是拖拉机上的废旧零件。总有一天他会安装发动机的,那么他们就不用脚踏了。"

汉娜低下头,免得让别人看见她在笑。

"你真无聊,杰克。"洛蒂说。

"很遗憾,你错过了诗歌比赛。"丹尼说。

"是的,我自己也觉得很遗憾。"

"不,是真的。简直是精彩纷呈。汉娜的整首诗歌都是关于泥巴和腐烂的羊羔尸体的。评委听得都要吐了。"

杰克满怀敬意地向汉娜点了点头说:"我喜欢你的风格,罗伯茨。关于死亡动物的诗歌实在是太少了,这就是我要说的。"

汉娜感到十分迷茫。她向前倾,趴在数学作业本上,这样她的头发就可以遮住她的脸了。

"那首诗真的写得很好,"洛蒂说,"我打赌你肯定写不出一首诗来拯救自己。你估计都不会写字。"

"说得像真的一样,"杰克说,"今早我就写了一首诗,是我唯一的金鱼不幸的死亡给了我灵感。"

大家又笑了。

"呵呵,"洛蒂说,"那是肯定的。"

"想听一下吗?"

"不想。"洛蒂说。

"想。"八年级 M 班的同学们说。

杰克拿出他的英语本,站起身来,满怀期待地环顾四周。大家都望向他。当他开始表演的时候,所有人都注视着他。

汉娜钦慕地望着他。他长得真帅气,还这么风趣,为什么洛蒂看不到这些呢?

"献给我金鱼的颂歌。"杰克宣读道。

丹尼冷冷地哼了一声。

杰克在读正文之前有意稍作停顿，以营造出一种戏剧性的效果。

"咕嘟，咕嘟，游啊游。"

然后又是一个戏剧化的停顿。

"第二节，"他宣布，"咕嘟，咕嘟，游啊游。"

"第三节，"在一片笑声中，他继续读道，"咕嘟，咕嘟，游啊游。"

"一共有几节？"有人问。

"三十七节。"

"是不是都只有一句'咕嘟，咕嘟，游啊游'？"

"是的。嗨，那又不是我的错，"他抗议说，躲开一本砸向他脑袋的书，"金鱼只有四秒钟的记忆。它也想多说几句，但它总是要倒回去从头开始。"

"白痴，"洛蒂嘟囔着，看着杰克在一大堆飞过来的物品中坐回自己的座位上，"说实话，我真不知道你怎么会喜欢他。"

"我没喜欢他！"汉娜说，她突然意识到自己一直在傻笑。

"哦，算了吧，汉娜，你表现得太明显了。每次他看你的时候你都会脸红。你看你如此心神不宁，连第一题都没有写完，上课铃马上就要响了。"

哦，天哪。洛蒂说得对。汉娜把洛蒂的数学作业本拉近，奋笔疾书。

"你又在教室里干什么呢？"杰克问汉娜。

他把椅子拉近，看见了放在汉娜面前的两本数学作业："哦，你在干什么？抄作业？七年级了还抄作业？啧啧。"

洛蒂像护着幼崽的母狮子一样，马上反击说："至少她是有原因的，杰克。不像我要说的某些人。所以你再敢说半个字试试？"

"闭嘴，呆瓜。"杰克说，"你又不是她的保姆。"

门开了，汉娜抬头看。

哦，救命！

纳格拉先生径直向他们走来。

汉娜迅速合上摊在桌上的两本数学作业。她把洛蒂的作业本扔到书架那一摞作业的最上面。但是她自己的怎么办呢？她只写了日期和第一题的一半。

"时间刚好，你们两个，"纳格拉先生说，"好了，把作业都交上来吧。"

他抱起那一摞作业，夹在右臂下。汉娜把她的作业本藏在身后。

说实话，她在干什么，她难道是五岁的小孩子吗？

纳格拉先生伸出左手说："好了，汉娜。没有那么糟糕吧。"

汉娜像石像一般站着。如果她现在坦白，当着杰克和他朋友的面认错，那会多么耻辱啊！但是如果现在不说，之后被发现了……

纳格拉先生就会打电话给她的父亲。那会更糟糕！

正在她犹豫不决的时候，她的作业本被抢走了。

汉娜转过身。

杰克正拿着她的作业本，他从她身旁走开，往窗前走去，一边翻看她的作业。

她感到难以置信。

他正在看她那没写完的数学作业。

他要拿给纳格拉先生了。

这下有麻烦了，他已经抓住了她的把柄，完全可以告发她了。

他怎么能这样呢?

汉娜跑过去想要拿回她的作业本,但是她够不着。杰克躲来躲去,翻着作业。

"别胡闹了,杰克。把作业拿过来。"纳格拉先生说,"我可没有那么多时间去浪费。"

但接下来,令人难以置信的事情发生了。

杰克拿着作业本,封面朝着纳格拉先生。他找到了那页没写完的作业,一把扯下那张纸,撕成碎片,然后扔出窗户。

汉娜瞪着他,僵住了,风吹走了纸屑。

杰克转身面对纳格拉先生,耸了耸肩说:"刚好帮您节省了时间,先生。反正题目都答错了。她的数学一向很烂,不是吗,先生?"

纳格拉先生一时竟无可奈何。他顿了顿,吼道:"杰克·亚当森,到校长办公室去。立刻!我本来就是到这儿找你的。"

杰克大摇大摆地走出教室。

关门的时候,杰克转身向汉娜眨了眨眼。

剩下的一个早上,汉娜都忍不住想笑。

05
父亲

陶土山农场的地势就像一只浅碗,农场坐落在中心,周围的农田逐渐向外延伸,坡度渐高,向北一直到北边的树林,向南可直通城镇。放学后,汉娜和洛蒂沿着小路往下走。银色的冬日正缓缓西沉,落入天边粉色和橘色的云朵之中。

汉娜轻轻推了推洛蒂:"看啊,是不是很漂亮?"

干柴堆旁边,一群红额金翅雀正啄着散落的起绒草种子。经过一冬,种子已经发黑。鸟儿们的羽毛有些是红色的,有些是金色的,闪烁着光。

但是洛蒂像是沉浸在一个跳房子般复杂的游戏中。

"我不知道你为什么心烦,"汉娜说,"无论如何你都会沾上泥的。"

"不只是泥,我就是不想沾上牛粪、羊粪和鸡屎。"

"好吧,它们都是混在一起的,所以你根本没法避免。你应该在这儿放一双靴子。"

"你爸爸在哪儿?"洛蒂问。

汉娜看了一下拖拉机车棚:"菲尔德·马歇尔停在那里,说明他从蒸汽机集市回来了。在他去挤牛奶之前,我们也许可以在办公室里找到他。"

她们从后门跑上楼去,从走廊堆起的乱七八糟的家具之间挤过。接着,她们听见汉娜的父亲提高了嗓门的声音,身体顿时僵住了。

"所以就是这样吗?你是说他完全有理由收双倍租金,而我们对此什么都做不了?"安静了一会儿,然后汉娜的父亲哼了一声,"再见。"

电话啪的一声挂断了。汉娜惊慌地看着洛蒂,近来她越来越频繁地听见父亲的这种语气。怒气冲冲的电话交涉,还有土地代理人纷至沓来的信件……

"去啊。"洛蒂低声说。

汉娜尽量让自己不要焦虑,她鼓起勇气,伸出双手,推开了办公室的门。门铰链发出吱呀呀的声音,下面的门板刮过地面。门只开到一半,就被门后边地上的什么东西卡住了。汉娜挤进房间,跨过地上的一堆硬纸板,拉着洛蒂走在她身后。

农场的办公室就像一个崇拜纸张的部落储藏宝藏的地方。这里有一沓沓、一摞摞、一箱箱的纸堆积在地上,还有成千上万张活页纸在房间的角落高高垒起,淹没在灰尘中,摇摇欲坠。

窗外爬满了常春藤,窗前的桌子完全隐没在一堆堆纸页之中。房间里墙纸已经剥落,快掉下来了。橱柜被硬塞着一摞纸,橱柜的门因此很多年都不曾关上过,也没有人试图关上它,所以就一直敞开着。纸张乱七八糟地散落在地上,有一摞纸就像斜塔一般,高高地悬在半空中。

房间里唯一没有被纸塞满的就是废纸篓,里面空空如也。

屋子中间的橡木桌就好像漂浮在纸张海洋里的一座孤岛。在这张桌子上,有一台黑色的旧打字机,里面吐出一封信,桌子旁边坐着汉娜的父亲。他穿着破旧的工作服,系着一条磨损的皮带。他看起来比平时更加苍老,脸色严峻,眉头紧锁。汉娜注意到他似乎更显消瘦了。

"爸爸?"

她不知道他有没有听见。他停止打字,皱着眉头看着打出的信。汉娜看着信上的抬头写着:"高曼律师事务所"。

"爸爸?"她又叫了一遍,略微提高了音量。

"怎么了,乔安娜?呃,玛莎,还是汉娜?"他没有抬头。

汉娜望着洛蒂。"说啊。"洛蒂对她做着口型。

汉娜的胃缩紧了,她越过一箱文件和褐色的信封,走到桌子前。

"爸爸,我和洛蒂想问问您能不能用一下拖拉机车棚的阁楼?"

"用拖拉机车棚的阁楼?用来做什么?"他的语气很急躁。汉娜稍稍后退了一步。

"嗯,呃,用来做剧院。"在这间屋子里说起"剧院"这个词,没有比这感觉更奇怪的了。

"剧院?"他重复了一遍这个词语,像是咀嚼出了不好的味道,"哈!"

他继续打字。粗壮的手指一下下用力敲击着键盘。

汉娜转向正在门边徘徊的洛蒂。洛蒂退出房间,向汉娜招手示意。汉娜蹑手蹑脚地绕过一摞摞纸,跟着她来到走廊。

"我们得告诉他,我们为什么需要用那间阁楼,"洛蒂小声说,"描述一下这家剧院将会有多棒。"

"说这些有什么用？"

"嗯，你妈妈结婚前经常演出，对吧？"

"是的，没错，在她结婚之前。"

"好吧，也许你爸爸知道你有多么喜欢剧院。他知道你赢得了六年级戏剧奖，对吧？所以，他知道你有多棒。去吧，和他谈一谈。"

"唔。"汉娜说，但是当她绕过那些障碍物时，心还是怦怦直跳。这两天，关于剧院的美好影像一直在她脑海中挥之不去。洛蒂说得对，为此她值得一试。

"爸爸，你知道我写了一部戏剧吗？"

"嗯？"

"剧本掉进泥里了，但是我可以重写。我们还有更多的想法。你知道，我们很想参加这次的戏剧比赛，所以我们想如果能在拖拉机车棚的阁楼里创建一家真正的剧院，那么我们就可以正儿八经地表演自己的剧作了，洛蒂懂得缝纫，她可以做出漂亮的戏服，我们可以做布景，还有……"

现在，他抬起了头，皱着眉头说："你想要把拖拉机车棚的阁楼改建成一家剧院？"

"是的。"

"那么现在放在里面的东西怎么办？"

汉娜看着站在门口的洛蒂，答道："也许我们可以帮您把它们整理出来。"

"哦，是吗？"他盯着汉娜，"你觉得我现在手头要忙的事情还不够多吗？玛莎刚刚因为一台电视机来烦我。一台电视机！这样她就可以每天晚上坐在电视机前听着那些废话傻笑。现在你又跑到这里来问我要拖拉机车棚的阁楼！你们都疯了吗？"

"我们也可以自己收拾。"

他一拳砸在桌子上，那沾满墨水渍的破纸上的灰尘都被震了起来。"你再也不要想把自己和戏剧扯上什么关系！你根本不知道自己在做什么！你会因此受伤。那间阁楼的地板一点儿都不结实。你可能会从上面掉下来，摔断腿。我最不想做的事情就是送你们其中的任何一个人去医院。看在上帝的分上，这是一家农场，不是游乐园，除了戏剧，你能不能做点儿其他的事情？"

一股力量促使汉娜仍旧坚持道："求你了，爸爸。我知道你不喜欢剧院，但是我喜欢，就像妈妈那样喜欢。"她看到父亲的脸色变了，但是她必须坚持："我不可能和你一样。你喜欢你养的动物，我喜欢戏剧。求你了，这次能不能答应我？"

父亲从椅子上跳起来，突然居高临下地站在她面前，在窗外灰暗的光照里投下黑色的影子。

汉娜向后退了一步。

他是生气了吗？

还是难过？

"出去！"他大吼道，"马上出去！我还有事情要忙，看在上帝的分上。让我一个人安静一会儿！"

汉娜已经跌跌撞撞地冲了出去。她的视线因泪水而模糊不清，她被一摞文件夹绊倒了。

"啊啊，"她的膝盖撞在裂开的地板碎片上，"哎哟！"

她伸出手，推倒了一摞塑料袋。里面的东西像浮油一样滑过地板，散了一地。

汉娜挣扎着站起来,想要把散落的纸张重新整理好放回去。
"别管了!"父亲大喊道,"什么都不要动!赶紧出去就行了!"

06
照片

汉娜一瘸一拐地来到走廊，推开洛蒂，踉踉跄跄走到楼梯口，跌坐在第一级台阶上，用双手捂住了脸。

洛蒂走过来，坐在她旁边："你还好吗？"

汉娜咬住嘴唇，努力让自己停止哭泣。

为什么父亲对她如此暴跳如雷？

咯噔，咯噔！

"是玛莎，"汉娜小声说。她跳起来，用衣袖抹干泪水，"快点儿！"

但已经太晚了。

"哈哈哈哈哈！"

玛莎摇摇晃晃地从楼道走来。她又穿着那双红色细跟高跟鞋、黑色紧身袜、牛仔短裤和红色小背心。

"爸爸不让你组织剧院，哈哈哈哈！爸爸很生汉娜的气，哈哈哈哈！"

"你一直都在偷听？"

"偷听？其实想听到一点儿都不难。'哦，爸爸，我们能建一家剧院吗？哦哦，求你了，爸爸！'"

"哦,闭嘴,玛莎。"汉娜对洛蒂说,"我们走,到我的房间去。"

她们从玛莎身旁走过,再次穿过走廊里垒起的一件件家具。

玛莎咯噔咯噔地走下楼梯。

经过办公室门口的时候,汉娜还是忍不住向里面瞅了一眼。

父亲双手支着头,盯着桌上摆在他面前的一张照片。

汉娜知道那张照片。通常情况下,它被挂在桌后的墙上。

照片上是她的祖父,照片拍摄于20世纪40年代。照片上的祖父坐在一辆崭新的绿色拖拉机上,咧开嘴笑着。父亲曾说,那是祖父的第一辆拖拉机,他最钟爱的菲尔德·马歇尔。

父亲为什么要把照片拿下来?为什么他要坐在那里盯着照片看,并且如此伤心?

她暂时没有想这些问题。她打开她卧室的门,但没有进去,而是狠狠地关上了门,发出巨大的声音。

"跟我来!"她悄悄说,"轻点儿!"

"我们这是要去哪儿?"洛蒂一边用唇语问,一边蹑手蹑脚地走过铺着地毯的门阶。

"客厅。"

"但是你不可以进那儿去。"

"必须躲开玛莎。她以为我们在我的房间。她会躲在门口偷听。"

"哦。真聪明。"

客厅在圣诞节之后就没有用过了。汉娜打开门,烟灰从烟囱里飘落下来。墙上挂画里的祖辈看起来都并不开心。

汉娜的曾祖父曾经是个富有的伦敦人。他本期望自己唯一的孩子,汉娜的祖父,能够成为一名律师。但是在一家人去苏塞克斯郡度假的时候，汉娜的祖父迷恋上了土地，并且决定成为一位农场主。第二次世界大战期间，他在部队里报名学习了农业专业的函授课程。从战场回来以后，他租下了陶土山农场。那时候农场疏于经管，没电没水，农田里长满了荒草，甚至连庭院都没有，只是一片泥泞，一直延伸到后门。

历尽数年，家里的钱全部投在了农场上。所有的银器和上等家具都变卖了，用来支付租金，但是汉娜的母亲一直努力保持着客厅的美观，直到现在汉娜的父亲都不许任何人随意摆弄这里的物件。汉娜的祖辈们在镀金的相框里正襟危坐，油画上的眼睛里透出严厉的神色，仿佛在说："你知道的，我们不应该被摆放在一家农场里，我们应该出现在更高档的地方。"

汉娜曾经在玩捉迷藏的时候闯进了瓷器柜，自那以后，孩子们就再也不许进入客厅了。汉娜的母亲收藏的陶瓷储放在陈列柜里，其中三只被打碎了。也许那一次是汉娜见过父亲最生气的一次了，几乎和今天一样生气。

洛蒂紧张地盯着这些肖像，她颤抖着，拉上外套，裹紧了自己。

"那幅画很漂亮。"她指着唯一一幅不是肖像的画作。那是一匹红棕色的骏马，鞍具一应俱全，但是无人骑乘，旁边站着一只西班牙猎犬。

汉娜瞥了一眼。"那是我妈妈最喜欢的一幅画。"她一屁股坐在松软的维多利亚风格的沙发上，拉了拉磨旧的金色绸缎，"我真不敢相信他竟然不许我们使用那间阁楼。如果能参加艺术节，那该多好啊。他从来都不用阁楼！我敢打赌，他甚至已经很多年没有踏进那间阁楼了。"

洛蒂走到壁炉架前，拿起一支装饰精美的银烛台："哇哦，真沉哪！是真银做的吗？"

"哦，小心点儿，"汉娜说，"那些是我外婆的。"

洛蒂把烛台放回原处，说："刚才你爸为什么发那么大的火？我觉得，你不过就是问一下能不能用阁楼，他也不至于那么生气吧。"

汉娜耸了耸肩说："我不知道。很奇怪。他这段时间都很不高兴，他不喜欢新地主。为此,他总是一触即怒。但是我并没有提到新地主，我说了吗？"

洛蒂猛吸了一口气。

"怎么了？"汉娜说。

洛蒂抓住汉娜的胳膊说："我忘记告诉你了，我本来要说的。我妈妈有个朋友，叫珍妮特，很八卦。她昨晚到我们家来了，虽然我知道她说的一定不是真的，但是……只不过……我听她对我妈妈说，你们家的新地主想要把这个农场拆除，然后在这里修建住宅楼。"

汉娜大笑起来："别傻了！那不可能——我们住在这里！"

"我知道，所以我说这只是一个可笑的传言。"洛蒂松了口气说，她拂去一张汉娜小时候的照片上的灰尘，"看看这胖乎乎的脸蛋儿！"

汉娜没说话。她拿起一张祖父和父亲的合影，照片上的两人站在谷仓外。他们穿着相同的蓝色粗麻布工作服，系着皮带，都回头笑着。父亲那时候大概只有十四岁。照完这张照片后不久，祖父就去世了。父亲中断了学业，接管了这个农场。通常情况下，这张照片会让汉娜为自己的父亲感到惋惜，但今天她没有。

"我不能相信，他竟然不让我们建一家剧院。如果我不演戏，那么我怎么可能成为一个演员？学校竟然不教戏剧，真是一无是处。"

"我们不能就这样放弃了。我们不能用其他的地方吗?"

"到处都放满了东西。牲畜、机械,或者饲料。当然,我想,还有一些旧畜舍吧。"

"不行,"洛蒂说,"那里面都是一个个隔间。"

"反正,"汉娜说,"都在庭院的中间。如果我们想要改造成剧院,我爸爸怎么都会发现的。"

洛蒂吸了一口气,似乎想说什么,但又闭上了嘴。她走到窗台边,用手指在灰尘上画着图案。

"怎么了?"汉娜说。

洛蒂迟疑了一下,说道:"只是……嗯,我妈妈说,如果我想去的话,我可以加入林福德青年剧院。你知道的,米兰达和艾米莉参加的那家剧院应该很不错。"

汉娜盯着洛蒂。

"如果你和我一起去,我才去。"洛蒂说。

汉娜摇了摇头说:"不行,你知道我去不了。加入这个剧院是要付钱的。"

"我妈妈说她可以帮你交钱。"

汉娜的声音比平时更大了,她被激怒的时候总是这样:"我不可能让她付钱。我爸爸也不允许。反正他也不会让我去的。戏剧就是在浪费时间,还记得他说的吗?我现在得回去准备下午茶了,你知道的。"

"好吧,别对我发火。我只是提个建议。你是在和你爸爸生气,不是我,记得吗?"

洛蒂用她的袖子拂去一张泛黄的照片上的灰尘。然后她皱着眉头,凑近了看这张照片。她把照片拿到屋子中间,在灯光下仔细端详。

"你在干什么?"汉娜问。

"汉娜,那是什么?"

汉娜看了看照片,又看了看洛蒂,心想,她什么时候变得如此迟钝?

"那是我妈妈。"

"我知道这是你妈妈。我是说,她身后是什么?"

汉娜拿过那张泛黄的照片。照片中,母亲站在一片农田里,一手拎着一只桶,一手把汉娜抱在腰间。在周围的树丛中,一群母鸡正在啄食。

以前汉娜就看过这些。但现在,她注意到灌木丛中,有一个长长的低矮的棚屋。

"这是哪间棚屋?"洛蒂问。

"我不知道。好奇怪。我以前都没有注意到。"

"可能这是在别的农场。"

汉娜拿着照片凑近灯光:"不,你看后面的树木,好像是果园的栅栏。所以,她应该是站在北方牧场里。"

"但是现在那里并没有棚屋啊,不是吗?"

汉娜摇了摇头,然后睁大了眼睛,盯着洛蒂说:"除非……"

"什么?"

但是汉娜已经快走出门了,她手里拿着那幅照片说:"快点儿!我们得去看看!"

她冲过大厅,走到昏暗的后廊,心跳加速。如果她们从这儿走出去,碰到人的可能性很小,也就不会被叫去干活了。

但是，当她经过厨房的时候，她听到一个悲伤的声音："汉娜，是你吗？"

她停下脚步说："我去看看他怎么了。"

萨姆正坐在厨房中间的大桌子边。桌上摆满了还没有熨烫的衣物、没有开封的邮件和满是油污的零件，他从中整理出一小块空间，在一张大纸上画着一辆正在犁地的拖拉机。

"哇，萨姆，画得真好。"汉娜说。

萨姆骄傲地抬起头说："这是一辆格兰牌双缸四轮驱动拖拉机。"

"哇。真棒！"

"下午茶吃什么？"

汉娜用手捂住了嘴："糟糕，我忘记把烩菜从冰箱里取出来了。"

"我好饿。"

"对不起，萨姆。我们又要吃炒鸡蛋了。你捡鸡蛋了吗？"

萨姆点点头。汉娜看了一下时钟。这就已经五点了吗？

"我马上就回来，萨姆。"

洛蒂跟在汉娜后面走到洗涤室。

"对不起，洛蒂。我必须去准备下午茶了。"

洛蒂瞪大眼睛说："不会吧！"

"如果我们现在就去，"汉娜小声说，"就会有人来找我，然后就会被他们发现，那么一切就全结束了。你已经看见我爸爸的反应了。如果我们发现了什么，我们必须保守秘密。"

洛蒂沮丧地叹息说："但是如果我们要参加艺术节，我们明天就要邮寄申请表，记得吗？上面要有我们剧院的名字和地址。"

萨姆的声音从厨房传来："汉娜，我真的好饿好饿。"

"马上就来!"汉娜压低了声音,"你能不能过会儿再来?"

"当然。"洛蒂的母亲在伦敦工作。她每天直到很晚才回家,而且多数情况是,即使她在家,她也累得根本没空理会洛蒂在哪里。

"我们在果园的栅栏前碰头。我就说我带苔丝去溜达。"

洗涤室的门开了,她们跳了起来。"嗨,"乔一边说,一边踢掉她的靴子,"下午茶吃什么?我都要饿死了。"

"炒鸡蛋。"

"又是炒鸡蛋?"

"不好意思,明天吃烩菜。"

乔走进厨房。汉娜关上了门。

"七点半,"她小声说,"记得带上手电筒。"

07 搜寻

除了猪圈里那一点儿昏暗的亮光,农场的庭院一片漆黑。黑暗中传来猪哼哧哼哧的呼吸声。远处有桶撞击的声音,汉娜听见父亲说:"吃吧,乖丫头,你会长得壮壮的。"

她暂时还不敢冒险打开手电筒。她试着让自己的眼睛适应黑暗,然后悄悄地穿过庭院,来到小路上。

突然一声尖叫穿透夜空,吓得她倒吸一口凉气。

"就是一只小猫头鹰,"她对自己说,"别怕。"

她弓腰爬过北方牧场的栅栏,爬上果园的围栏,等着洛蒂。

晚上天真的很黑。没有月亮也没有星星。离猪圈太近了,她不敢开手电筒。寒风划过她的肌肤,她拉紧了围巾遮住嘴巴。

那是什么?

田边的草丛中发出沙沙声。她浑身的肌肉都绷紧了。千万别是老鼠。如果在黑暗中踩到老鼠怎么办?如果老鼠爬到腿上怎么办?她坐在栅栏上,把腿抬高了。

快点儿,洛蒂,今晚可不要迟到。

小路的尽头出现了亮光。那是自行车灯还是手电筒的光?小路是公用的，人们遛狗的时候都会走。过来的可能是别人。

但是那个光点开始疯狂地在路两边晃来晃去。汉娜松了一口气。绝对是洛蒂骑着她的自行车。除了洛蒂，没有人会为了防止泥水溅到衣服上而如此疯狂地拐来拐去。

汉娜侧耳倾听，确认父亲还在猪圈里，然后她把手电筒闪烁了三下。洛蒂在栅栏前刹住自行车。

"把车停到田里去。"汉娜小声说，"停在这里，我爸爸会发现的。"

"这儿真黑，"她们抬着自行车越过栅栏的时候，洛蒂轻声说，"让人毛骨悚然！"

"没事儿的。"汉娜说，她不是一个人了，就感觉不是那么害怕了，"你带手电筒了吗？"

洛蒂从口袋里掏出手电筒，打开。"那间棚屋在哪儿？"她用手电筒照着四周说。

汉娜抓住她的胳膊。"别开手电！"她发出一阵嘘声，"我爸爸会看见的！"

"哦，对不起。"

汉娜用手电筒照了照农田。光束照亮了牧场低处一团漆黑的灌木丛。

"看见那儿没？"

"你认为棚屋在那儿？"

汉娜把手伸进另一个口袋，掏出母亲的相片，并把手电筒的光移到上面。

"看见了吗？这是果园的栅栏，这是后面的树林。栅栏尽头有一棵高大的橡树。"

洛蒂用手电筒照向灌木丛,她颤抖着说:"我才不会走进去。"

"洛蒂,别发疯了。想想吧,如果我们在里面发现了一栋建筑,那该多好啊。我们会有自己的秘密剧院,别人甚至不知道它的存在!"

"但是太黑了。树丛中可能潜藏着任何东西。"

汉娜的脑海中闪现出啮齿类动物眼中反射出的微光。她把这个图像赶出自己的脑海。

"不会有什么危险的。走吧。"汉娜的口气并没有透露出她内心深深的恐惧,因为她根本就不愿去想。

如果棚屋早就被拆除了呢?或者在一场暴风雨中被毁了呢?如果那里什么也没有呢?

她们步履艰难地走过泥泞的田地,洛蒂一直紧紧跟着汉娜。大风鞭笞着她们的脸颊,掠过树冠,发出阵阵奇怪的声音。她们用手电筒照着坑坑洼洼的路面,遍地的兔子洞和鼹鼠洞都有可能让她们趴倒在满是牛粪的地上。

汉娜在手电筒光束下看见了一只兔子的眼睛。它停了一下,然后跑开了。她们头顶有什么振翅飞过。洛蒂尖叫一声,跳到后面。

"嘘,"汉娜说,"难道你希望我爸爸发现我们吗?只不过是一只蝙蝠罢了。"

她希望洛蒂没有发现自己被蝙蝠吓得有多惨。汉娜害怕蝙蝠的程度,就快赶上她对老鼠的恐惧程度了。

"话说回来,你妈妈在这里做什么呢?"

汉娜耸了耸肩:"我想也许她曾经养过鸡。"

"为什么后来不养了呢?"

"二月份的一天晚上,伸手不见五指,从树林里爬出一只怪兽,就像刚刚这只,吃掉了所有的小鸡。"

"别说了!"

黑夜里传出一声凄厉的尖叫。

"那是什么?"洛蒂叫了起来,她的双手紧紧抓住汉娜,把汉娜的胳膊捏得生疼。

汉娜很高兴可以转移一下话题了,她并不想谈论她的母亲。"是一只小猫头鹰。你爸爸会喜欢的。"汉娜说。

洛蒂笑了:"是的,他要是在这儿,此刻一定会掏出笔记本记下来的。"

洛蒂的父亲是一个狂热的观鸟爱好者。他每个月都到陶土山农场进行鸟类调查,这也成为汉娜父亲的生活里重要的一部分。他们两个人会花上几个小时,讨论调查研究结果——本月共有多少鸟类物种,有没有令人激动的新发现。

此时,她们已经走到灌木丛边了。她们停了下来,洛蒂把汉娜的胳膊抓得更紧了。说来也有意思,洛蒂白天在学校表现得自信满满,晚上在农田里竟会如此惊慌失措。

汉娜用手电筒照着灌木丛。光秃秃的树枝伸出黑色的荆棘,乱糟糟的,像一团缠绕的带倒刺的铁丝。

"肯定有一条可以进去的路。我们找一下。"

她们在灌木丛周围走来走去,借着手电筒的光,上上下下仔细搜寻着,但还是没看见进去的路。

"我不明白,"洛蒂说,"你妈妈肯定要进去才能喂鸡呀。"

"那是十年前了。我想,现在树木都长高了,把路给封了。我们得自己开辟了。"

"但是并没有空隙啊。"

"跟我来。"

汉娜低身穿过一根树干。她用嘴咬着手电筒,用戴着手套的手折断大的树枝,拨开小的树枝,一步步往前挪。手套很薄,倒刺穿过手套扎进手里。荆棘也扎进她的外套和帽子里,她必须时不时停下来休整一下自己。洛蒂跟在她后面,躲开打在脸上的树枝,不停地发出阵阵尖叫。

"明天去学校他们会怎么说?我们到时候看上去就像是刚从第一次世界大战的战壕里爬出来似的。"

汉娜从山楂树中挣脱出来,走到灌木丛的另一边。她用手电筒照着前面,以为会有更多的荆棘。但是灯光下,只有一个看起来像常春藤的树篱。

汉娜的心跳加速了:"快,照照这里。"

洛蒂挤过灌木丛,站稳,擦着流血的脸。她举起手电筒,照过去,看见常春藤覆盖的表面。

"哇哦!"

"你觉得是这里吗?"

洛蒂拨开藤蔓。

"看!墙壁是木头的!这是一个棚屋,我就知道!"她转向汉娜。

在手电筒的灯光下,她们互相看着对方的脸上兴奋的表情。

"真是难以置信,"洛蒂说,"这么长时间,它一直都在这里,而我们却对此一无所知。"

汉娜什么都没有说。她浑身都在震颤,起了一身鸡皮疙瘩。

"我们得找到门在哪里。"洛蒂说。

她们沿着低矮的常春藤篱笆一路走过去,缓缓地用手电筒照着树篱的表面。突然,在离地面不远的地方,汉娜的手电筒照到了一个金属门槽。她的心怦怦乱跳。她把手电筒的光竖直向上移动,照到墙的顶端。还有一个门槽。她晃动着手电筒,上下左右照着,一遍遍搜寻。

然后,她看见了一个锈迹斑斑的铁门把手。

"这儿!在这儿!"

汉娜拿稳手电筒,有那么几秒,她们一动不动地站着,盯着门把手。

"哇!"洛蒂说。

汉娜看着门,心潮暗涌。里面有什么呢?

"你敢打开吗?"洛蒂小声问。

"你来开。"

"不行。这是你的农场,你来开。"很明显,洛蒂的语气中透露出她决心已定。

汉娜不得不第一个进去了。她只害怕老鼠。如果里面没有老鼠,就万事大吉了。她伸出拳头敲了敲门,屏住呼吸。

并没有什么声音。她又敲了敲。还是一片寂静。

"好的,我要进去了。"她抓住把手,鼓起勇气,顺着门槽准备拉开门。但是门没有动。

"门没动。常春藤太多了。"

她们开始扯掉上面的藤蔓。在汉娜伸手抓住一根藤茎时,隔着手套,她感觉自己触到了金属。她用手电筒照着。

是一块"U"型铁。一块很大的"U"型铁被仔细地钉在门上。

幸运的"U"型铁。

这是个讯号。

母亲留下来的讯号。

这一定是母亲的小屋。

现在,它注定将成为她们的。

汉娜突然很想进去,她必须得看看里面是什么样子。她抓住门把手,使劲拉。

"门还是打不开。一定是锈住了。"

她用力跺了跺脚,用尽浑身的力气,像是在拔河一样。她渐渐感觉到门开始动了。门框和生锈的门槽摩擦发出吱呀呀的声音,一厘米,又一厘米,门开了。

汉娜的心跳得如此剧烈,她感觉听得见自己的心跳声。

"继续,"洛蒂说,"用手电筒照照里面。"

但是汉娜现在不敢了。因为在没进去看之前,她还可以想象里面是完美的。

如果天花板跌落了呢?

如果只有这一堵墙,其他的都坍塌了呢?

毕竟,都过去十年了。

十年里可能发生任何事情。

"我做不到,"汉娜说,"如果里面都坍塌了呢?"

"好吧,我们一起。一、二、三……"

汉娜深吸一口气,用手电筒照进里面的黑暗。

一时间,寂静无声。过了一会儿,汉娜才开口说话,声音小得像是在耳语。"它还在,"她喘了一口气,"它还在这儿。"

在一片寂静中,她们满怀敬意地走进去,就像是迈入一个伟大的殿堂,用手电筒照着四周。

"哦,天哪,"洛蒂说,激动之情溢于言表,"真是太完美了!"她在屋内来回踱步,用手电筒照着四周的墙面,再到天花板。

"这儿真宽敞!我们可以把它划分成三个部分,一间作化妆室,一间作舞台,一间作观众席。看,观众还可以从另一边出门。墙上还有一些裂缝,但是我们随便就可以修好。地板很干,说明房顶不漏水。简直太完美了!"

汉娜的心头涌来一种奇怪的感觉——就像是回到了家。

这是母亲的棚屋,汉娜想,它是母亲留给我们的。

"我们该给它取个什么名字呢?"洛蒂说,"我们需要一个名字。这样我回到家就可以完成申请表了。真是难以置信!我们可以参加艺术节了!就叫'棚屋里的剧院'吧,怎么样?或者'生锈的马蹄铁剧院'?"

"不,"汉娜说,"我已经知道它该叫什么名字了。"

"什么?告诉我!告诉我!"洛蒂把手电筒对着汉娜的眼睛,"告诉我吧,汉娜·罗伯茨,不然后果很严重哦。"

汉娜笑了,她握住洛蒂的双手说:"这是我妈妈的鸡屋,所以应该取名叫'秘密鸡屋剧院'。你觉得怎么样?"

洛蒂重复了一遍:"'秘密鸡屋剧院',好!听起来不错!"

08 来信

星期五早上八点三十五分,汉娜坐在七年级 B 班教室最里面的角落,飞速赶着她的历史作业,试图不要因为杰克·亚当斯的存在而使自己分心。杰克正坐在米兰达桌边,不知道在干什么。

"嘿,米兰达,"艾米莉说,"你知道戏剧节的奖金数额已经公布了吗?获胜剧院将得到五百英镑!"

五百英镑!

想想五百英镑能为剧院做些什么吧!观众席红色天鹅绒的座椅、化妆间用灯镶边的大镜子、金色的帷幕……

"五百英镑?"米兰达说,"好巧哦,我生日那天就得到了这个数目。"她发出银铃般的笑声。

想想当她的秘密鸡屋剧院赢得那五百英镑奖金的时候米兰达惊呆的表情吧……

"你知道还有什么巧事吗?"杰克说。

汉娜抬头看了一下,杰克的话听起来好像另有深意。

"罗纳尔多的转会费八千万,"他说,"我生日那天也得到了这个数目。"

汉娜咯咯笑了。其他人也笑了。米兰达看起来不知道是该感到生气还是和其他人一起笑。她僵硬地微笑着,甩了一下头。

洛蒂走进来,汉娜抹去脸上的笑容。洛蒂把包甩在教室的桌子上,坐下,然后把一个信封扔在汉娜的膝盖上。"看看这个,"她小声说,"我正准备走的时候邮递员送来的。"

汉娜看了一下时钟,还有十分钟上课,她只剩最后一道题了。时间还很充裕。

她拿起白色的信封,问道:"这是什么?"

"打开看看吧。"洛蒂耳语道,她兴奋地用手指敲击着桌面。

汉娜从信封中拉出信。

亲爱的罗伯茨小姐和珀费克特小姐:

感谢你们参加林福德艺术节少年戏剧盛典。我们很高兴你们的剧团被选中参加这个令人兴奋的比赛。

我们期待看到你们的剧作《根据女王陛下的约定》。弗兰·巴特勒夫人是我们的评委之一,她将在三月二十号下午三点钟莅临你们的剧院,观看你们演出……

"什么!"汉娜突然抬起头,瞪大眼睛说,"只剩……"

"三周。我知道。小声点儿,米兰达会听见的。"

"三周!"汉娜小声说,"我们那时候怎么可能准备好。我们甚至都还没有排练过。哦,天啊,真是难以置信,我们居然获得了参赛资格。"

"尽管如此,想想我们已经做了些什么吧,剧院基本上准备就绪了吧,是不是?"

自从周一从篱笆开辟出一条小道,通向被她们称作"舞台"的门,她们每天晚上都在忙活着把棚屋里的垃圾偷偷运出来,藏在农场周围。

"准确来说还不算就绪,"汉娜说,"我们甚至都没有建好台口。"

"建好什么?"

"台口。你知道的,就是舞台前面、帷幕两边的两道墙。你明天一整天都能来吗?我们可以用树桩和粗麻布袋子做成台口。"

"可是,其他人不会出现在附近吧。"

"早上玛莎会到亚德家去。"

"亚德?丹尼的妹妹亚德?"

"是的,你可以想象吗?奇葩玛莎最好的朋友是丹尼的妹妹。至少她不会碍手碍脚了。"

"正好,"洛蒂说,"那么周日我们就可以开始排练了。演出的时间在复活节假期的第一周后,这样我们就可以在放假以后天天排练了。哦,新台词简直棒极了。"

"真的吗?你喜欢吗?"

"写得太好了。尽管我不太看得懂王后的台词。"

"我确实用到了我的词汇宝典。但是,都是好词,是不是?我最喜欢的词是'宛如天籁'、'缘分天注定',还有'唯我独尊'。"

洛蒂摇了摇头:"你外婆真不该把那本书给你,在你手上简直就成了致命性的武器。"

汉娜接着读那封信。

59

三月二十五号星期四举行艺术节的闭幕式，我们诚挚邀请所有参赛队伍参加，届时将公布每一个戏剧类别的获奖者，并颁发奖金。

林福德艺术节委员会衷心希望各位享受排练的乐趣，并展现出最好的风采。

你真诚的，

马丁·迪恩

林福德艺术节委员会主席

"当裁判发现剧院在一间鸡屋里，"洛蒂说，"你觉得她会怎么想？"

"她会喜欢的。这家剧院不仅原生态，而且都是我们自己一手建造起来的。"

"是的，全靠我们两个人。"

"就是！我敢打赌，米兰达的剧团有大人帮他们打理好一切。"

这时，米兰达已经穿过教室，正在和艾米莉看一本杂志。当说到她的名字时，她转过身来。洛蒂遮住信封，把它藏到桌下，但是米兰达已经看到了上面的标志。

"林福德艺术节。你怎么会收到他们的信件？"

"管好你自己的事情吧，多管闲事小姐。"洛蒂说。

米兰达眯起双眼，问道："你也要参赛？你加入了哪个剧团？"

"嗯，哪一个剧团？"艾米莉附和着问。

"就是，哪个剧团？"米兰达问，双眼紧紧盯着汉娜，"我都不知道你参加了剧团，汉娜。难道是一个专门为农场动物设立的专有剧团？"她眼睛亮了，"你准备表演哪一出剧目？《动物农场》？"

她用胳膊肘碰了碰正笑个不停的艾米莉。

汉娜心里涌起一阵羞愧,脸颊通红。哎,为什么她控制不住呢?

洛蒂扬起下巴,迎上米兰达的目光:"我们参加哪个剧团跟你们没有一点儿关系,而且我们不会告诉你的。"

米兰达甩了甩头,像一匹被激怒的母马。汉娜甚至能感觉她要气得跺脚了。"好吧,如果我是你,我才不会费心参加比赛。我们剧团已经连续三年蝉联冠军了,我妈妈今年创作了最好的剧本,是不是,艾米?而且她会请来伦敦西区[1]的专业导演指导我们排练。其他人根本没有获胜的机会。"

"是吗?"洛蒂说,"那么,你最好准备接受打击吧,因为这次你有对手了。"

米兰达得意地笑了:"对此我深表怀疑,夏洛蒂。我真难想象就你们两个笨蛋和一群农场动物还能对我们造成威胁。"她甩了甩肩上的头发,继续看她的杂志。

"哦,那我可不确定,"洛蒂反驳说,"你就拭目以待吧,走着瞧。"

---

[1] 伦敦西区是与纽约百老汇齐名的世界两大戏剧中心之一,是表演艺术的国际舞台,也是英国戏剧界的代名词。——编者注

09
母亲的窗帘

周六早上,当汉娜来到剧院的时候,洛蒂已经在那里了。她坐在一大桶没开封的库珀牌乳膏(最好的牛乳霜)上面,在她的红色笔记本上作画。阳光穿过墙上的缝隙倾泻而下,照在她的画上。

"你来早了!"

"我知道,"洛蒂说,"我妈妈还在睡觉,在家很无聊。乳膏是什么?听起来好恶心。"

"乳膏并没有什么不好。当你给奶牛挤奶的时候,或者小牛吸奶的时候,如果它们感觉疼痛,你就涂一些乳膏。"

"奶牛的润肤乳?"

"完全正确。我爸爸说,它还可以治愈人的皮肤问题。你在画什么?"

洛蒂展示着她的本子:"我对王后服装的一点儿想法。"

"哇哦,"汉娜说,"好棒啊!"她满怀敬意拿起画本。上面画着一件礼服的设计详图,色泽艳丽,花式繁复,配以各种各样的衣褶、蝴蝶结、花边。

"我想这样才能衬托出王后居高临下的气场,"洛蒂说,"她并没什么品位，只是一味追求排场，华丽而俗气，还自以为看起来很不错。"

汉娜摸了摸那张设计图，想象着自己穿着这套服装，扮演玛蒂尔达王后的感觉：装腔作势地挺直腰身，为了显得自己高一点儿；斜着脑袋居高临下看着自己侍女的傲慢姿态；昂首阔步走过舞台的时候，丝绸裙摆沙沙作响。

"太棒了，"汉娜说，"你真的要把它做出来吗？"

"当然了。我们得去旧品店买些材料，然后我可以用我妈妈的缝纫机来做。"

"那真是太棒了。"汉娜犹豫着，"可是你有没有想过改衣服？我们得快点儿改好，所有的工作都得我们两个人完成。"

"别担心，"洛蒂说，"我会用尼龙搭扣的。你的夹子里面又是什么？"

汉娜读了她母亲关于剧院的一本书，里面是一位导演记录的关于这部戏剧的各方面的笔记。所以昨天下午放学以后她去文具店花了圣诞节外婆给的压岁钱的二分之一，买了一个闪亮的紫色活页夹，一沓纸，以及一些五颜六色的分页签。她已经标好了各个部分：服装、道具、场务、化妆。最后一个部分标着剧本，她已经把影印本装订好，一面是台词，另一面空白，用来写导演给演员的关于走位和手势方面的舞台指导的笔记。

洛蒂赞许地点点头："不错！我们开始吧。"

她们忙活了一个上午，先从篱笆里挑了两根木桩，钉上粗麻布，这样看起来就像画家的画布。然后她们把这两根柱子竖立在棚屋的两边，从地板到天花板，构成了舞台两边的墙。

"大功告成！"汉娜说，她站在观众席上欣赏着她们的劳动成果，"我们的台口。我们可以在侧墙后面加上侧翼用于进出——就像搭建台口一样——然后再在后面挂上黑布，在前面的两面墙上，哗啦啦！"她煞有介事地双手一展，就像拉开了舞台的幕布。

洛蒂皱着眉说："我们去哪里找舞台的幕布？"

汉娜停住了，她的手还在半空中："呃，你妈妈有没有留下什么旧帷幕？"

"肯定没有。她从不留旧东西，我没有被她清理出来并打包扔进垃圾箱都是一个奇迹了。你家难道没有旧布吗？"

"我们家的东西都是旧的，"汉娜说，"但是都已经破破烂烂的了，而且都挂在窗户上呢。"

然后她盯着洛蒂说："哦，但是……"

"怎么了？"

汉娜拍了拍手："客厅的窗帘呢？还挺新的，而且是红色的丝制的。看起来不错。"

洛蒂看着她说："你是在开玩笑吧？"

"没人会注意到的——根本没有人会进去。"

"汉娜，你不能用你爸爸的窗帘。那是偷窃。"

"这不是偷窃，只是借用一下。圣诞节前我们就还回去，只有圣诞节的时候房间里才有人。他永远都不会知道的。"

"窗帘用在这儿效果会很好的。"洛蒂看着空荡荡的台口说。

"当然。"

"但是如果他发现了呢？他会杀了我们的。"

"他只会杀了我。不过他永远都不会发现的。"

客厅有两扇宽大的窗户,都挂着猩红色的窗帘。

"我们拿哪一对?"洛蒂小声问。

"这一对。"汉娜说,"它们掉色还不是那么严重。"

她拉过一把有虫蛀窟窿的红木椅,搬到最远处的窗户下面,然后踩到破旧的天鹅绒坐垫上。

窗帘的横梁上还有干枯的冬青枝。汉娜的母亲还在世的时候,每逢圣诞节整个房间都会闪闪发亮。圣诞树上挂满了灯饰,一根巨大的原木熊熊燃烧,噼啪作响,溅起的火花直冲烟囱。壁炉架上燃着蜡烛,相框上的银箔纸闪闪发亮。父亲每年都用漂亮的常春藤和冬青枝装饰金箔的相框。

现在,他还是会用青枝绿叶装饰房子,他们还是假装度过了一个愉快的圣诞节,但是每个人都知道一切都变了。

汉娜把窗帘递给洛蒂,她小心翼翼地叠好。然后她们带着取下来的窗帘走出寂静无声的房间来到庭院。

"哦,不!"汉娜说。苔丝,父亲的猎犬,正向她跑来,尾巴像风车一样摇晃着。

"我爸爸一定就在附近。"正在她说话的时候,父亲从挤奶棚的拐角处走了出来。

"快!把它们藏起来!"洛蒂小声说。

花园的大门外停着一辆独轮车,表面满是干了的猪粪。

"藏到那儿!"

她们把窗帘扔进去。汉娜脱下外套,丢在上面。

"放松点儿,"汉娜轻声说,"就说我们一直在清理豚鼠便便,好吧?"

她们慢慢走过庭院，推着前面的独轮车。汉娜的父亲从旁边经过，走上通往猪圈的小路，没有看她们一眼。

"唷！"汉娜做了一个口型。

"哦，不——你看。"

汉娜抬头看向农场的小路。农场唯一可以进出的大门插着门闩。乔和萨姆坐在大门上，笑得很开心。一只名叫贾斯珀的大肥羊伸展着四肢躺在大门前，像一个白白的大雪球。它妈妈在它出生两天后就死去了，自打那时候起，乔就照顾着它，现在她走到哪儿它就跟到哪儿。它甚至还有自己的宠物——一只半大的鸭子露西，每天都骑在贾斯珀的背上。露西这会儿也在那儿，蜷缩在贾斯珀大大的、毛茸茸的脖子里。

"呃——哦，"汉娜说，"他们在那儿做什么？"

当汉娜和洛蒂推着车走近的时候，乔和萨姆直盯着她们两个。等她们走到大门边，乔伸出胳膊，手掌竖起，对着汉娜。

"停下，以豆豆的名义。"

"什么？"

"只有说出正确的密码才能通过这扇门。"

汉娜转了转眼珠，环视四周。

"猪粪？"

"密码错误。"

"大肥羊？"洛蒂猜。

乔眯起眼睛看着洛蒂说："密码错误，而且无礼兼伤人。"

汉娜叹了口气说："那些给自己起豆豆名字的疯子？"

"密码错误，而且是对伟大的豆豆协会[1]的极大不敬。"

汉娜对她的弟弟说："萨姆，让我们过去吧。这很重要。"

萨姆看着乔，乔带着一副毫不让步的表情说："不能心软，芸豆。问题是，为什么这很重要？而且，什么很重要？豆豆协会一定要搞清楚。"

汉娜不耐烦地鼓起了腮帮说："萨姆，你为什么要参与这个疯狂的豆豆协会？"

萨姆耸了耸肩说："是她逼我参加的。"

"所有的密码都错误，"乔说，"严禁通行。"

猪圈里传来一阵金属碰撞的声音，并伴随着父亲的吼声："坐下，丫头！坐好！"

洛蒂惊恐地看了一眼猪圈："别胡闹了，快点儿让我们过去。"她抓住门闩，使劲摇，但是大门纹丝不动。

"没用的，"汉娜说，"他们两个坐在上面，贾斯珀堵在前面，像个大型路障，大门当然不会动的。"

"别听她们的，贾斯珀。"乔喊道。

"让我们过去，"洛蒂试着让自己的语气显得很有威慑力，"不然这只羊就惨了。"

乔笑了："如果我是你，我就不会威胁贾斯珀。它可是个受过训练的杀手，它会袭击任何我不喜欢的人。"

"哎呀，求你了。"洛蒂说。

那边传来一阵木头被拖着擦过混凝土地面的声音——父亲正在

---

[1] 乔和萨姆两人成立的秘密社团，喜欢以各种豆名称呼彼此，例如，红花菜豆、芸豆、蚕豆、绿豆、四季豆等。——译者注

关猪圈的门。

"让我们过去!"洛蒂低声说,瞟了一眼小推车。

乔捕捉到她的目光:"如果你想过去,就给我们看看小推车里面是什么。"

汉娜不自觉提高了音量说:"我们一直在清理豚鼠便便。"

乔哼了一声:"你们?!"

"你为什么要把自己的外套盖在豚鼠便便上?"萨姆问。

"问得好,芸豆,"乔说,"让我们来看一看衣服下面藏着什么。"

乔从大门上跳下来,伸手去拿衣服。

汉娜伸开四肢从小推车另一边扑了过来:"不要!把手拿开!"

"那么我想我得告诉爸爸了。"乔张大了嘴,深吸一口气。

"不要!"汉娜和洛蒂异口同声地说。

乔双手插在胸前,眯起眼睛看着她们说:"那么这样吧,只要你给我们看看推车里面是什么,我们就不告诉爸爸,并且可以让你过去。"

"还有,"萨姆说,"你得告诉我们你们一早上都干吗去了。"

汉娜绝望地看着洛蒂。难道剧院还没有建成就要被扼杀在摇篮里了吗?

哐,哐,哐。父亲走路的靴子声从小路那儿传来,他正向他们走来。

"汉娜!"他大吼着,"你是不是把我的推车推走了?"

乔摇了一下脑袋,笑眯眯地说:"我是不是告诉他呢?"

"好吧,"汉娜不情愿地说,"你赢了。现在你掀开看吧。"

正当乔打开大门门闩的时候,汉娜和洛蒂抓起推车里的窗帘,全速冲上了小路。

"嘿!"乔大叫着,"回来!我要告诉爸爸!"

"有本事来追我们呀!"汉娜大喊着,"快来呀!"

10 窥探

汉娜从花园拿来晾衣绳,将那两扇窗帘挂了起来。现在它们在冬日的阳光下摇摆起舞,闪烁着微光。汉娜长长地嘘了一口气,满意地说:"这下看起来才像一家剧院。"

"我们可以从上面连根绳子下来,这样就能从两边拉开或合上幕布了。"洛蒂拍手赞叹着。

"我想这也许就是让那些疯狂的豆豆们加入的好处吧。我们不能既负责拉幕又负责表演。"

"而且有乔参演,至少我们不用换那么多套服装了。"

"她也会演好瑞兰唐多王子这个角色的。"

"最难的就是,"洛蒂说,"从侍女到王子频繁换装,我怎么才能协调好呢?"

"你换装的时候,我可以再给王后多加一些台词。"

"或者男仆可以登场,不过我们最好还是不要给萨姆太多的台词。"

"嘘!"汉娜拍了一下洛蒂的肩膀。

她们停下来,侧耳倾听。灌木丛里传来细枝折断的声音。剧院外面有什么东西或者什么人。

"使劲儿推，烘豆，卡住了。"

是乔的声音。汉娜松了一口气。她推开门。今早她给门上了些油，现在开门容易多了。

小路上，乔正摇摇晃晃地拖着一大件家具，萨姆在后面费力地推着，小脸涨得通红。

"看看我们带来了什么。"乔说。

她闪到一边好让汉娜和洛蒂看见。那是一个没有抽屉的松木橱柜。

"抽屉都在这儿，"乔说，指了指灌木丛下面，"我们得分批拿过来。"

"你们两个就这么拖着一个橱柜穿过庭院吗？"汉娜说，"难道你忘记我们说过什么了吗？必须保守剧院的秘密，不能让爸爸察觉到什么！"

"别担心，"乔说，"他不会介意的。"

"什么？！"汉娜的声音提高了八度，"你问过他了？"

"没有，当然没有。但是他看见我们拖着柜子穿过院子，却什么都没说。"

汉娜和洛蒂交换了一下眼神，觉得这说不通。

"他看见你们到这儿来了吗？"洛蒂问。

"没有，"乔说，"他正要去挤奶棚。"

"但是，玛……"萨姆开口。

"闭嘴。"乔小声呵斥他。

"怎么了？"汉娜问，"你想说什么，萨姆？"

萨姆看了看乔，乔正盯着他。

"没什么。"他们异口同声地说。

汉娜怀疑地看着他们俩。"如果你俩害得我们被逮住了……"她的声音渐渐降低,想不出一种足够严厉的惩罚。

一个巨大的毛绒球沿着小路呼哧呼哧地滚来,背上还骑着一只鸭子。大绒球往乔身上蹭着。

"不能这样,乔!"汉娜说,"我告诉过你,这是一家剧院,不是农场。难道你认为他们会允许一只绵羊出现在古老的维多利亚宫殿里吗?"

"我不知道,我从没去过那儿。"乔说,"别这么严苛,汉娜。它已经很可怜了,我上学的时候它一直孤孤单单。周末它得和我在一起,不然它会消瘦下去的。你知道,动物伤心消瘦会致死的。"

"像它这么肥的羊是不会的。"

乔抱住贾斯珀,把脸贴在它毛茸茸的后背上。她忧伤地拍了拍露西光泽闪亮的羽毛。

"哦,好吧,可以,"汉娜说,"但是你必须清理它们的粪便。这也是古老的维多利亚宫殿的规定。"

洛蒂一边从乔身边走过,一边好好看了看橱柜。

"这真恶心。黏在桌面上的是什么东西?"

汉娜看了一下,有三坨风干了的鸟屎黏在松木柜面上。

"我们在马厩下面发现的,"乔说,"上面有一个燕子窝。"

"太好了,"洛蒂说,"你给我们带来了燕子的坐便器。"

乔冷冰冰地盯着洛蒂说:"有时候你说话很没礼貌,缺少起码的尊重,洛蒂·珀费克特。我们会把它收拾干净,重新上漆,然后我们就可以在里面存放东西了。"

汉娜兴奋地拍了拍手,她眼睛一亮:"是的!用这个橱柜做化妆台再合适不过了!可以用来化妆、做头发。我们可以在上面安一面镜子,然后用作我们的化妆台。这样就像一家正规剧院的化妆室了。"

洛蒂扬起了眉毛,摇了摇头:"你们都疯了吧,这个柜子这么脏。"

汉娜用袖子擦了擦一个脏兮兮的抽屉把手,说:"是陶瓷的。太好了。收拾干净后,它一定会很漂亮的。"

"当然了,"乔说,"来吧,烘豆。"

"我以为他叫芸豆。"洛蒂说。

"那是今早。"乔说,就像在和某个三岁小孩说话。她抬起橱柜的一端。

"哦,不行,"洛蒂抗议说,"如果你没有把它彻底弄干净,就不要拿进剧院。我们刚刚才扫完地。"

乔叹了口气说:"好吧,那我们就在外面收拾吧。"

"我去给你们提一桶水,再拿些抹布来。"汉娜说。

"我们自己去吧。"乔说。

"不行。玛莎回来了。我看见亚德妈妈的车在小路上。你去有可能会暴露的。"

"不会的!"

"好了,我自己去。"汉娜朝前门走去。然后她停下来转身说:"实际上,萨姆,你可以去放哨吗?如果爸爸和玛莎在附近的话,我们需要有人站在农田上面作警卫员。"

"太棒了!"萨姆说,笑容里满是兴奋和骄傲,"我去拿上我的警棍,还有我的双筒望远镜。"他匆匆跑向小路。裤脚拍打着他的脚踝。下周六我必须去童子军义卖会[1]给他淘些新衣服,汉娜想。

"你能帮我取些钉子吗?"洛蒂问,她正在填补剧院墙上的裂缝,"钉子马上就要用完了。"

"当然。"汉娜说。她使劲推开前门,她昨天也给这扇门上过油。

"噢噢噢噢!"外面传来阵阵尖叫,"噢噢噢噢噢噢!"

不,哦,不好!

是玛莎!

完蛋了。

都完蛋了。

一切都完蛋了。

汉娜简直不能接受这个事实。她转向洛蒂,洛蒂当场僵住了。她的手还举着锤子停在半空中,无比震惊地看着大门。

玛莎出现在门廊,满脸怒火。她一只脚抬起,单脚跳着,裸露在外的双腿上全是红色的刮痕。很显然她还没找到路。

"你们这些坏人,你们是故意的!"

洛蒂反应过来。"玛莎,你在这儿干什么?"她一边问,一边向门口走去。

"哈,自从我回来后,我就一直监视着两个傻瓜,我是一路追踪他们到这儿来的。"

汉娜想起萨姆说起过玛莎,而乔犹豫地截住了他的话头。

所以,他们明知玛莎监视着他们,却仍然在光天化日之下拖着一个大橱柜穿过庭院来到剧院。

---

[1] 童子军义卖会是一种买卖二手货的周末跳蚤市场,通常由当地的童子军或教堂等机构以募款或慈善为目的发起。——编者注

"我就知道!"她脱口而出,"我就知道我们不能相信他们!"

他们怎么能如此愚蠢!她和洛蒂一直都如此谨慎,整整一周都在黑暗中做事。她本应该知道这根本行不通,就不应该允许豆豆们参加剧团。

"那么,我现在什么都知道了,"玛莎说,"而且我马上就可以去告诉爸爸,并且……"她停下脚步,盯着悬挂在台口的华美的幕布。有那么一瞬间,汉娜居然看见玛莎的脸上闪现出兴奋和羡慕的表情。然后,玛莎恍然意识到了什么,她双眼睁大,嘴巴张开。

"哇哦,"她说,"这是客厅的窗帘。你把妈妈亲手缝制的客厅的窗帘拿来了。爸爸一定会大发雷霆的。"

"玛莎,别告诉爸爸。求你了。"汉娜居然用这样的语气,虽然她知道于事无补。玛莎显然还是会告诉他的。

"你已经建好了剧院却不告诉我,你这个坏人。你一直在可悲地保守着这个秘密,不让我知道任何事情。你甚至愚蠢到让小傻瓜萨姆加入进来,而他只有六岁。你这么小气,还这么坏,我恨你。我要去把这一切都告诉爸爸,就这样。"

玛莎转身,开始在荆棘丛中拨出一条路来。汉娜站在那儿,没有动,也没有说话。他们完美的秘密剧院还没有机会在一场正式的戏剧比赛中上演一场真正属于自己的戏剧,就要毁于一旦了。又要回到满是泥泞的现实中来,一切都毫无指望。

但是,洛蒂突然跑向门口。她大叫一声:"玛莎!"

"怎么了?"玛莎发着脾气,还在挣扎着走出荆棘丛。

"玛莎,"洛蒂问她,"你愿不愿意加入我们的剧团?"

玛莎转过头:"你说什么?"

"什么？！"汉娜叫了起来。

"你愿不愿意加入我们的剧团？我们需要一个人来饰演公主。"

"我为什么要加入你们的白痴剧团？你甚至都不欢迎我。"

"埃斯梅拉达的服装很漂亮，"洛蒂说，"实际上，她是所有人物里面衣着最华贵的。"

"闭嘴吧你，"玛莎说，"你骗人。你根本不想让我加入你们这个愚蠢的剧团。"

"其实呢，"洛蒂说，"我们刚刚还在想，我们非常缺一个人来做头发和化妆。"

不，我们没有，汉娜想。洛蒂难道疯了吗？她想毁了剧团吗？

"不，你没有，"玛莎说，"我从没听你说起过这些。"

"好吧，那一定是在你监视我们之前。你看，豆豆们发现了这个橱柜，用来化妆和做头发用的，但是我们之中没有哪一个擅长这件事情，我们一致认为这方面你最在行了。"

"但是你什么化妆品都没有。"

"目前还没有，但是我们会找来一些的。求你了，玛莎，我们需要你的加入。然后，这就是我们共同的秘密了。"

汉娜这才明白洛蒂在做什么。当然了，聪明的洛蒂！如果玛莎也加入了剧院，那么她就不能告诉父亲了。她就是这边的人了。

玛莎张开嘴准备说话，但是她们却听见了其他的声音。

"救命！汉娜，快来！救命！"

是萨姆。听起来他正在奔跑。他的声音上气不接下气，而且他好像在哭。可是萨姆从来不哭。

11 天使文身的男人

汉娜冲过玛莎身旁,跑向小路,她的心在胸腔里怦怦乱跳。她一路奔上农田,其他人跟在她身后。萨姆正从农田那边向他们冲来,眼睛睁得大大的,看起来很惊慌。

汉娜抓住他的肩膀,蹲下问他:"怎么了?发生什么事情了?"

"他们在偷爸爸的菲尔德·马歇尔!"

"什么?"

"院子里有两个男人,他们把它装上了卡车。"

"他们不能这样做。"

"他们就是这样做的。去阻止他们,快!"他双手用力地拉着汉娜说。

五个孩子穿过农田,像一群部落的勇士,气喘吁吁地跑上小路,冲进庭院,贾斯珀跟在他们后面跑着。

院子里停着一辆大型平板卡车,卡车排出阵阵黑烟,轰隆隆作响,地面震颤得吓人。它的存在使周围古老的建筑和农具显得十分渺小。他们父亲的菲尔德·马歇尔被装在车后,高高隆起,像被捆起来的俘虏,看起来很小。

77

一个光头壮汉正在把一块大帆布从马歇尔上面扔给站在卡车另一边的那个人。

"把齿轮上紧,"第一个男人高声说,他粗壮的脖颈后面文着一双天使的翅膀,"虽然这看起来就是一堆废铁,但是它可值好多钱呢。"

汉娜浑身涌起怒火。她大步向文身的男人走去。

"嘿!把我爸爸的拖拉机从卡车上卸下来!"

那个男人头都没有回。引擎发出的声音太大了,他没听见汉娜的声音。

汉娜觉得自己都要被气炸了。她抓住那个男人的胳膊说:"你在干什么?你在偷我爸爸的拖拉机!"

他转身低头看着汉娜。他扫视了其他人,还有气喘吁吁的贾斯珀。贾斯珀的口水正吧嗒吧嗒掉在他油光闪闪的威灵顿靴子上。他满脸嫌恶地看着它,把胳膊从汉娜手中抽出来,叫道:"走开!我们还有事情要做。"

洛蒂走上前去,双手插在腰际,对那个男人说:"我们很清楚你有什么事情要做。你怎么敢在光天化日之下跑到这里来抢劫?我特此宣布你被逮捕了。你有权保持沉默,但是你所说的每一句话都会被记录在案,而且……"

他早已转过身背对着她。他拿起另一根皮带,大声说:"准备好了吗,巴里?"皮带打在旧拖拉机光滑的引擎盖上面,发出啪的一声。

"贾斯珀,出击!"乔小声说。

贾斯珀坐着不动。

"别闹了!"汉娜喊着,"这是一件严肃的事情。我们必须阻止他们。"她疯狂扫视着庭院四周,问:"爸爸在哪儿?"

"大功告成。"卡车另一边的男人大声说。

突然,穿着闪闪发亮的高跟鞋的玛莎跳上跳下地说:"我知道了!站在卡车前面。我们所有人,排成一条线。这样他们就不能把车开走了。"

汉娜惊讶地看着玛莎。"真聪明!"她说,"快点儿!"

他们冲到卡车前面,站成一排,然后乔转身问:"萨姆在哪儿?"

汉娜停下脚步。萨姆在哪儿?

这时卡车的引擎熄火了。

大家都看着驾驶座。萨姆在座椅上蹦上蹦下,一边摇头一边笑着,挥舞着他手里的车钥匙。

汉娜高兴地笑了，乔和玛莎也很开心。

"萨姆！"洛蒂大叫着，"你真是太棒了！"

"你们这些烦人的小崽子！"文身的男人大吼着，"从我的驾驶座上下来！"

萨姆把钥匙塞到牛仔裤口袋的最里面，然后爬下来。其他人跑到他周围。

"过来，小萨。"汉娜说，她把萨姆抱下来，给了他一个紧紧的拥抱，"做得好！你真聪明。"

贾斯珀赞许地蹭了蹭萨姆，萨姆摸了摸它的毛。

司机撞开这群孩子，向萨姆伸出一只油腻的手，说："好了，小伙子，别胡闹了，把钥匙给我。"

萨姆用他大大的蓝眼睛仰头看着他。"不，"他说，"除非你把爸爸的拖拉机从卡车上卸下来。"

那个男人脸色一沉。汉娜看见他双手攥成了拳头。

"把钥匙从他那儿拿来。"

"不！"她们齐声说。

萨姆脸都白了，但是他没有动。那个司机一个箭步向前，走到萨姆面前。汉娜跳到他们中间，展开双臂。

其他孩子都大叫起来——

"不！"

"不许碰他！"

"走开，你这个又大又肥的恶霸！"玛莎躲在汉娜的胳膊下，狠狠踢着那个男人的腿。

"嗷！"他大叫着，摸着他的小腿。"天哪，那是什么？！"他盯着玛莎沾满泥的红色细跟高跟鞋,扬起了手,"你这个小……"

乔用力向前猛推了一下贾斯珀,贾斯珀的一只蹄子正好踩在那个男人的长筒靴上。

"嗷嗷!!他妈……"从这句脏话的愤怒程度来看,贾斯珀这一脚踩得可不轻。

突然,汉娜身后有人说:"搞什么鬼?"

汉娜转过身。父亲站在那儿,双手叉腰,目瞪口呆地看着眼前的场景。

贾斯珀把蹄子从那个男人的靴子上拿开,坐在地上,眼睛一眨不眨地看着那个男人抬起一只脚上蹿下跳。那个男人大喊:"你们这群该死的小屁孩!简直就是一群小流氓!"

萨姆跑向父亲,喊道:"爸爸,我们拯救了你的马歇尔!"

父亲困惑地看着他。

"看!"汉娜指着拖拉机说,"他们正在偷拖拉机。我们阻止了他们。"

父亲挪开了视线,好像在看远处的农田。当他开口说话的时候,他的语气听起来平缓而坚决。

"没有人偷拖拉机。"

"有,他们在偷。看!"

"他们没有偷。我已经卖给他们了。"

"什么?"汉娜问。他在说什么?

"是的,"司机说,"快把钥匙给我吧。"

萨姆看着父亲,而父亲的视线穿过牧场,还在看着远方。他转向汉娜。

汉娜抓住父亲的胳膊说:"发生什么事情了?我不明白。你不能卖掉马歇尔。这是爷爷留下来的。再说,你也很喜欢。"

她望着父亲的脸,想要看见他的眼睛,希望他能说句什么让一切回归正常。

但是他一动不动。

司机吹鼓了脸颊,问道:"我们还要不要带走这玩意儿?"

父亲盯着远处的地平线说:"把钥匙给他。"

萨姆脸色苍白,神色迷茫,他看着汉娜。汉娜心里很不好受,她点了点头。

司机从萨姆手中一把抓过钥匙,冲上驾驶室。另一个男人爬上副驾驶座。引擎轰鸣作响。

随着卡车在小路上颠簸着越开越远,孩子们看着菲尔德·马歇尔在视线里变得越来越小。

汉娜转向父亲:"爸爸,你为什么卖掉了马歇尔?"

他沉默了一下,看着她的眼睛。"要交租金。"他说。

然后他转身走开了。他用粗糙的大手揉了揉萨姆的金发说:"走吧,小子。咱们去挤牛奶吧。"

12 更衣室

汉娜穿过曲棍球场的时候,寒风划过她的脸颊,像是被鞭子抽过。其他的女生说笑着,互相祝贺进球得分,谈论着另一支队伍。汉娜站在她们后面。她的脑子里一片混乱,她想弄清楚这些问题。

为什么父亲要卖掉他的菲尔德·马歇尔?

发生了什么?

然后她记起来了。

那个她问父亲要拖拉机车棚阁楼的下午,当她和洛蒂蹑手蹑脚穿过走廊时,她们听见他讲电话的声音是那么刺耳。

"你是说他完全有权利收双倍的租金,而我们对此没有任何办法?"

新的地主把租金翻倍了?

汉娜的脑子里乱了。那不可能是真的,是吗?人们不能就这样随意涨价。如果你走进一家商店,所有的东西都比前一天贵了一倍,而店主说,我们涨价了……我的意思是,人们不能这样做。这样可以吗?

可以吗?

好像可以。

可是突然间怎么可能就有人付得起比之前多一倍的租金呢?

如果他们付不起呢……那么会怎么样?

内心深处,她想把这些埋起来,但她又想起那天在客厅里洛蒂说的话。

"你们家的新地主想要拆掉农场,然后在上面修建住宅。"

不。

这不是真的。

这不可能是真的。

他不能这么做。

他这么做是不会被允许的。

我完全没必要考虑这个问题。

爸爸会解决的。

她又把这些话埋在了心里。

在更衣室,汉娜脱掉靴子,穿过沾满泥的曲棍球棍、臭烘烘的袜子和其他的衣服饰品。

没有什么比公用浴室更糟糕的了。

汉娜还穿着衣服,所以她尽可能远离淋浴喷头,只是把头伸到热水下。她甩了甩头发,像一匹刚从水池里走出来的小马,然后回到更衣室。如果弗罗斯特夫人问起,那么她这样子应该有足够的说服力了。

"怎么了,艾米莉?"普利亚问,她刚认认真真洗完澡,正在穿衣服,"今天你一直都很安静。"

艾米莉坐在木制条形长椅上,仔细地叠放着她的曲棍球装备。

"哦，没什么，我就是有点儿担心星光。"她说。

"你的马？"

"是的。其实就是我寄养它的那些马厩要关门了——昨天那些人告诉我的。可是附近再没有别的地方了，其他的要么得走很远的路或是要骑车，要么就是太贵。我不知道怎么——"

"哦，艾米，"米兰达说，声音尖利得可以劈开水晶了，"我忘记告诉你一件最激动人心的事情了。复活节的时候我要去滑雪！"

"哦，哇，你真幸运！"艾米莉说。

"我知道，是不是很棒啊？我妈妈昨天晚上预订的。我爸爸昨天在索斯比拍卖行卖掉了一幅画，赚了一大笔钱。我们将住在意大利阿尔卑斯山一个超级好的小木屋里，里面设施应有尽有，甚至还配有一名厨师。今晚排戏之前到我家来，我给你看那个网页。"

"好的，没问题。可是，你能想象吗？我们周六晚上就要进行彩排了。我们都没有准备好呢。"

彩排？这周六？汉娜惊恐地看了一眼洛蒂。她们都还没有准备好服装的布料，而且他们都还没有认真完整地彩排过一次。

米兰达在镜子前整好衣服，然后开始梳她那顺滑的头发："我想这正是我们需要的。上周的排练真是一团糟。我是说，有的人到现在都还没有记住他们的台词。真是可悲。他们需要当着一群观众的面，进行一次彩排，这样才能让他们重视起来。"

"是的，你说得对，"艾米莉说，"那倒是真的。我就是在想……"

"哦，对了，我和你说了吗？杰克也会到场？"米兰达瞟了一眼汉娜，汉娜的脸红了。她低下头叠她的曲棍球装备，这样她的头发就会遮住脸了。

"他来看彩排?"艾米莉说,"哦,不,那实在太尴尬了。"

"这才是目的所在,不是吗?至少这样才会让大家好好记台词。反正我问过他了,他说他会来的。好了,我们走吧。"米兰达把头发甩到脑后,飘出了更衣室。艾米莉拿起她的包,疾步跟在米兰达后面走了出去。

"哦,对了,汉娜,"米兰达在门口突然回头说,艾米莉急忙停下脚步,结果差点儿撞到米兰达身上,"我真喜欢你的裤子。"

"讨厌鬼。"门砰的一声关上了,洛蒂骂道。

"我的裤子怎么了?"

"没怎么。她就是那么讨厌。你在干什么?"

汉娜趴在长椅下,声音模糊不清:"我找不到我的袜子了。"

"哦,汉娜,你什么时候能不这么丢三落四的?每次换衣服都找不到东西。快点儿,我们又落在最后了。"

门砰的一声开了,像是被炮轰了一样,她们的体育老师弗罗斯特夫人大步走了进来。她看起来像管道清洁器,但是她一进来似乎房间就被填满了。

"快点儿,你们两个!"她大吼着,"总是你们两个,是不是?我从没见过这么散漫的人。汉娜·罗伯茨,你脸上还有泥。我希望你洗过澡了,小姑娘。"

"是的,老师。"汉娜说。她从长椅下伸出头,指着自己湿漉漉的刘海儿。

"嗯。好了,赶紧动起来。管理员十分钟后过来锁门。还有,出去的时候把这些曲棍球棍放回篮子里。夏洛特,你今天在侧翼表现得不错。"她一边出门一边说道。

"她怎么从来都这么高声大嗓?"洛蒂问,"一个人怎么能连续八个小时一直大喊,从不停歇,居然都不会嗓子疼?"

汉娜跪在地上,脸涨得通红,头发乱七八糟炸得满头都是。

"找不到了。一只袜子怎么可能凭空消失了呢?那是我唯一一双没有破洞的袜子了。"

"是这一只吗?"洛蒂用大拇指和食指夹着一只脏兮兮的灰色袜子。

汉娜感激地接过来穿上。

走廊里传来钥匙叮当作响的声音。

"走吧。"洛蒂说。

汉娜从挂钩上取下她的外衣,走向门口。

"你不拿你的包了吗?"

汉娜转身。她的包还在挂钩上。她把包甩在肩上,它比平时更重了——里面装了好多本教科书,还有科学课的研究课题报告,以及她的练习本。她发现书包带的针脚又开了,今晚她必须缝好它,除非她知道她没时间。昨晚她开始读一本精彩的书,直到读完她都没有时间去做任何缝缝补补的事情。

汉娜和洛蒂离开体健楼走向学校大门的时候,夜色渐浓。风吹在汉娜的脸上,她从外衣口袋里掏出手套:"你要搭个便车吗?我爸爸在开会,他说六点钟到车站来接我。"

"不,我要去林福德找我妈妈,记得吗?这次她终于坐了早班车。"

她们走过自行车棚来到大路上。栏杆上贴着一张塑胶海报,是关于周六童子军义卖会的。洛蒂停下来看了看:"嘿,我们去看看吧?我敢打赌一定会有很多东西可以用来做戏服。"

87

汉娜犹豫不决。她原本打算无论如何都要去的,虽然父亲会给她一些钱给萨姆买衣服,但是她不能把这些钱用来买戏服,可她也不想自己什么钱也不掏就让洛蒂一个人用她的零花钱来买。她希望快点儿长到十四岁,那样自己就可以周六去做临时工了。

哦,等等,差点儿忘记了,她的圣诞节零花钱还剩五英镑没有花。

"那一定很棒。我可能还会带其他人来。"

"可以啊,"洛蒂说,"他们可以帮我们拎东西。"

"我想我们也应该进行一次彩排,"汉娜说,虽然她不确定自己在说什么,为什么要说这个,"有观众的彩排。"

"有观众的彩排!汉娜,我们不是林福德少年剧团。我真不敢相信你竟然学米兰达。"

"我没有。我只是觉得这是个好主意。这样我们才会目标明确,有条不紊。"

"但是离比赛只有三周时间了。"

"那么我们就在两周后进行彩排。"

"但是我们现在连一件演出服都没有。"

"我可以每天在照看萨姆睡觉以后,到你家来帮你一起做衣服。"

洛蒂大笑起来:"你!你能做什么呢?"

"我会缝衣服!我平时都在缝衣服。"

"缝纽扣并不算什么,而且上次我妈妈给你一支笔让你在布料上做记号,而你甚至都没有缝出一个姓名标签。算了吧,根本没有争执的必要。我们不可能在两周之内准备好的。我的意思是,王后本人就有三套服装,而埃斯梅拉达——"

"你可以教我做,"汉娜说,"我会尽自己所能协助你。我会很专心，我保证。而且即使没有全部做好也不要紧——在正式表演之前，我们还有一周的时间。"

"好吧，如果我们没有做好所有的戏服就不能给观众表演。那样会显得很傻。"

"我们必须在有观众的情况下彩排一遍。我们必须习惯在众人注视下表演。我们不能等到裁判观看的那一天才第一次面对观众。至少，这样可以逼着玛莎开始背台词了。"

"但是我们邀请谁呢？而且如果你爸爸看见他们了呢？不行，这个主意太疯狂了，汉娜。不行。不能这样做。不要再说了。"

"你的公交车来了，"汉娜说，"上车吧。明天我们再讨论。再见！"

13 尴尬

一个人的时候,汉娜感觉那些恐惧又会出现在脑海中,挥之不去。她迫使自己不去想那些事情,穿过马路,走上人行道,来到车站。车站那一头,有一个身影靠在那里。

等等……

那是!

她的心漏跳了一拍。杰克·亚当森!而她,汉娜·罗伯茨,将要和他单独站在车站里等车!

汉娜突然强烈地感觉到体内每一个细胞的躁动。她的嘴唇变得干燥,她的胃里好像有一群麻雀困在里面,扑腾扑腾振翅欲出。她都不知道怎么走路了。手该怎么摆放?她该不该看他?哦,不,比赛完以后她梳头了没有?她伸手摸摸头,但是又收了回来。"就像往常一样。"她对自己说。

他会和她说话吗?

他会说些什么呢?

如果他无视了她呢?

说什么都好,哪怕是几句玩笑话,也比被无视了好。

她走过去的时候,杰克正好抬头看到她。

"你好呀。"他说。

汉娜的心激动得快要跳出来了。他和她说话了!也许他们可以有一段交流!

"像往常一样,"她郑重地对自己说,"不要激动。"

"你好。"她回答。他双手插在兜里,在昏暗的灯光下,他看起来比往常更加英俊了。她都不敢看他了。

"我刚上完吉他课,你呢?"

"曲棍球比赛,和泰德米尔斯他们队对阵。"

"哦,对呀。你们赢了?"

"是的,三比二。"她不想告诉他,是米兰达·海瑟薇打进了制胜的一球。

"真棒。"

真棒。他对我说话的语气一直很好!而且他在笑!我很确定他在笑!

接下来是一阵沉默。

轮到我说话了。说点儿什么啊!说些什么有趣的吧!让对话继续下去!

"那么,你准备坐公交车回家?"她问。

这句话多么愚蠢啊。他当然准备坐公交车回家。他每天都坐公交车回家。现在他会说什么嘲笑的话呢?

但是他只是说:"是啊,你也是吗?"

"不,我爸爸会开车来接我。"

杰克为什么这么问呢?他是不是希望她也乘公交车回家呢?如

果是，那么他会坐在她旁边吗？如果他真的想坐在她旁边，那么他就是真的喜欢她了。她希望公交车和她爸爸都晚点儿再来。

但是对话似乎就这么结束了。杰克没有再说什么。为什么她要说她爸爸要来接她呢？这么说显得她像一个婴儿。

杰克把手伸进牛仔裤口袋，掏出一盒火柴。他划着火柴，然后看着火焰在嘶嘶声中摇曳不定。风吹灭了火苗，他把火柴梗扔到人行道上。

汉娜看着他手中的火柴盒。火柴盒上有人用圆珠笔写了什么。是串电话号码，还有一个名字。汉娜努力想要看清。

米兰达。

杰克的火柴盒上写着米兰达的名字和电话号码。是米兰达的笔迹。

当然。他周六要去看米兰达的彩排，不是吗？

接下来更加沉默了。汉娜绞尽脑汁想要说点儿什么。她曾无数次幻想能够单独和杰克在一起，现在机会来了，可是她只是傻站在这里。

她紧张地拉了一下她那破旧的帆布书包。书包正从她肩上往下滑，她向上提了一下。紧接着书包发出响亮的撕裂声，砰的一声掉在了人行道上。

"哦，不！"

噩梦般的慢动作回放，书包里的所有东西全部掉在地上。书本、钢笔、计算器、揉成一团的纸巾、皱巴巴的纸张，都滚落在她周围。她跪在地上急忙去捡她的钢笔，否则它就要滚下人行道了。哦，杰克是不是要在学校食堂讲述这个故事了：罗伯茨和她的无能，居然傻到连最简单的事情都做不好。

然而，接下来奇怪的事情发生了。杰克从车站那边走来。他的鞋子出现在她眼前的沥青碎石路上。然后他蹲了下来，帮她捡起书本和文具，抱在怀里，塞进她的破书包。

"拿好。"他拎起书包，好让她把笔袋装进去。

汉娜终于敢抬起头来看他了。他就站在这儿，他的脸距离她只有几厘米，她绿色的眼睛正对上他棕色的眼睛。"你还好吧？"他尴尬地问。

"嗯，还好。谢谢你。"她又痴痴地看了他一会儿，他英俊的脸庞，漂亮的卷发，昏黄的灯光下映出他的侧影，他用他有力的双手帮助了她。然后，突然，她脱口而出问道："下周六你想来看看我们的彩排吗？"

什么？

她刚刚说了什么？

"什么？"杰克问。

她都还没有反应过来，就语无伦次地说了，就像是黑暗中一个人一头扎进了坑里："我们的剧团会有一次彩排。我们要参加林福德艺术节，你知道的，就和米兰达她们一样。在假期后的第一个周末。十四号，星期天，下午三点。在我们家的农场。鸡屋里面。我的意思是，剧院，但是以前是鸡屋。如果你从小路走，右边有片农田，就在北方牧场的小树林里。其实，你不需要做任何事情……"

突然，她的嘴巴停止了喋喋不休。她都不敢看他了。

可是，神奇的是，他笑着说："当然。为什么不呢？"

她内心欢呼起来。他的确喜欢她！

突然，一阵阵咕嘟嘟的声音刺破空气传来，那声音就像是一群

93

愤怒的鹅在叫。不,现在别来呀!现在别来呀!把车开走!

杰克抬起头来:"那不是你爸爸吗?"

汉娜迫使自己看了一眼。在那儿,父亲那辆古老的满是泥的沃克斯豪尔-谢维特[1],停在车站边,十分显眼。但是车顶上是什么……不,不会吧。

哦,老天啊,是的。但愿这只是一场噩梦吧。大地啊,吞噬了我吧。就现在。哦,千万不要让杰克也看到它。千万不要。

"天哪!"杰克说,"他车顶上面是什么?"

"不可能,"洛蒂说,"你一定是在逗我呢。"

现在是周二早上八点半,她们正在女生更衣室的热水管前挤作一团。

"哦,我也希望我是在开玩笑,"汉娜说,"你能想象吗?"

"简直难以置信。一只死鸭子。不可能吧?"

"一只死去的番鸭,超级大,展开两只翅膀,趴在车顶盖上面。我差点儿就想死了。"

"他为什么要把死鸭子放在上面?"

"他说他是在院子里发现的——一只狐狸抓住了它——他还没来得及埋了它,所以就把它扔到车上,免得被狗吃了。然后,他就把这件事情忘得一干二净了。我是说,什么样的人会忘记自己的车顶上还有一只死去的大鸭子?那简直是我人生中最尴尬的时候了。也就是说,到午餐的时候,全校都会知道这件事情了。"

---

[1]沃克斯豪尔是英国产量很大的轿车厂商,谢维特是其品牌旗下的一款老爷车。——编者注

汉娜缩成一团，把头埋进臂弯。洛蒂抱着她。

别对我这么好，汉娜心想，我并没告诉你事情的全部。如果你知道我邀请了杰克·亚当森来观看我们并不存在的彩排，你现在一定不会还在安慰我了，你一定想徒手掐死我了。

14 秘密和威胁

汉娜坐在观众席一个摇摇晃晃的挤奶凳上面,打开了她的本子:"我再次宣布秘密鸡屋剧院的会议正式开始。时间:三月七号,周日。与会人员:剧团所有成员。"

"第一项:会议议程。由洛蒂·珀费克特陈述,三月六号周六已经一致通过。"汉娜说。

洛蒂坐在另一边的油漆桶上,她伸手从书包里掏出一沓叠好的浅黄色的纸。

"哇哦,"汉娜说,"看起来好专业啊。"

"真棒。"豆豆们也表示赞同。他们俩一起坐在一个翻转过来的长方形鸡笼上,把趴在他们前面的贾斯珀踩在脚下作为羊毛垫脚凳。

玛莎从她的杂志上短暂地抬了一下眼,噘了噘上唇,然后什么也没有说。

洛蒂在封面边缘画了一些荆棘刺。花边里写着:

秘密鸡屋剧院呈现

根据女王陛下的约定
三月二十号，周六
下午三点

在右下角，她画了一只戴着黑框眼镜的母鸡，一只翅膀还拿着一副双筒望远镜。

"为什么这只母鸡还拿着一副双筒望远镜？"

"因为这是一家秘密的鸡屋剧院。它是一只秘密母鸡。"

豆豆们都咯咯笑了。玛莎翻了一页杂志，发出啪的一声。

"然后，里面，"洛蒂说，打开议程表，"有一个场景列表和演员表。"接着她开始读："演员，按出场顺序：玛蒂尔达王后——汉娜·罗伯茨；侍女——洛蒂·珀费克特；男仆——"

"哦，真是意外，意外啊，你和汉娜的名字在最前面。"玛莎说。

"是按照出场顺序排的，"洛蒂咬牙切齿地说，"就像我们说的那样，既然我们确定要有一次彩排，而且是有观众的彩排，那么我就要为彩排做更多的安排。"

洛蒂对着汉娜扬了扬眉毛。汉娜看起来很无奈——她就知道只要多劝几句，洛蒂最终还是会同意的。她说服洛蒂的理由就是彩排会让演出更加专业化。专业性很重要，对她们两个人来说都是如此。

只是，还有一件事情她没有告诉洛蒂。

一件很重要的事情。

但是那样会显得很不专业，是不是？

"观众都会有谁？"萨姆问。

汉娜的心咚咚地跳着。她很难相信自己居然邀请了杰克。这件事情太疯狂了，有时候她几乎觉得其实并没有发生过什么，尤其是自那以后杰克从未提起过这件事情。

向洛蒂隐瞒这件事真是太糟糕了，并且让她感到良心不安。

但是她不能告诉洛蒂，她能说吗？说了洛蒂会发疯的。

再说了，杰克不可能真的来的。尤其是发生了死鸭子事件之后。

"我妈妈会来的，"洛蒂说，"别担心，我爸爸不会来。"她看到汉娜警觉的表情，补充道。洛蒂的父母离婚了，他们在公众场合一同露面时很难保持友好。然后洛蒂继续说："而且我妈妈会去接你的外婆。还有我的姨妈姨父和表亲们。"

"但是，怎么来？"乔问，"这些人都到这儿来，停好车，走进剧院，而爸爸完全没有发现？"

"我已经告诉他们我们是瞒着你爸爸秘密进行的，因为我们想在正式演出时给他一个惊喜。他们会把车停在小路尽头，然后走过来，就像是在路上散步一样。也就是说，除非你爸爸真的出现在这里，否则他不会发现有什么可疑的。"

"如果他正好出现在这里了呢，你这个奇葩？"玛莎说。

"爸爸为什么不能来呢？"萨姆问。

"好吧，"汉娜缓缓地说，"爸爸并不想让我们成立一家剧院，记得吗？所以这一切都要秘密进行。"

"但是爸爸想要来看我们演出的,我想让爸爸来。不邀请他来太不好了。"

汉娜看着萨姆的脸。如果真是这么简单就好了。

"我们不能,萨姆。如果他不喜欢,他可能会阻止我们,那么我们就不能参加比赛了,这样我们之前的一切努力就都白费了。"

萨姆张开嘴想要回答。

"好了,"汉娜迅速拿起她的笔记本,"第二项:服装。三月六号星期六,剧团成员花了一下午在童子军义卖会上成功地买到了布料和化妆品。洛蒂·珀费克特小姐将汇报服装制作的进展情况。"

洛蒂从塑料袋里拉出几件衣服说:"哦,这是我昨晚做的。我先做了我自己的戏服,因为我知道自己的尺寸。"然后她对着玛莎说:"所以,这是给侍女的。"

她拿起了衣服。侍女的上衣本来是一件白色的校服。洛蒂裁下了衣领和袖口,然后从网状窗帘上拆下花边缝了上去。她用一条旧床单做了一条白色的围裙,又改制了一件从义卖会上买来的黑色长裙。

"太棒了,"汉娜说。

豆豆们也觉得很惊艳。

"真难看。"玛莎说。

"下身我会穿黑色的裤子,当我扮演约翰王子的时候,只需要脱掉裙子和围裙,换上黑色的夹克就好了。约翰王子的服装很平实,他为人谦虚,不喜欢四处炫耀——这样才能和华而不实的瑞兰唐多王子形成对比。我会在那件昨天买到的绸缎夹克上缝上很多的花边——事实上,汉娜你可以来做这件事,很简单的。"

99

"那一定很简单,如果汉娜会做的话。"玛莎说。

"现在,我需要你穿这件试一试,玛莎。"洛蒂从包里取出一件戏服。汉娜认出有些部件是他们在义卖会上发现的。紧身衣是一件棕色和粉色印染的裙子的上半身。衣袖是亮橙色窗帘布料,长裙是洛蒂用一条带花饰的床罩做的,上面还缝了很多蝴蝶结。

"我呸!"玛莎说,"真是太丑了!"

"太棒了,"汉娜说,"正适合埃斯梅拉达!"

"你什么意思,适合我?"玛莎大发脾气,"你是在说我很丑吗?你最近照镜子了吗?你知道你自己长什么样子吗?你的鼻子就像从一个脏苹果上面伸出的一条虫。"

"她没说你长得丑,"洛蒂说,"这条裙子本应该是最漂亮的。但重点在于,王后没有什么品位,这件衣服是她强迫埃斯梅拉达穿上的。埃斯梅拉达自己挑选的衣服就会很漂亮。"

"在哪儿?给我看看。"

"我还没有做好。"

"好吧,最好不要像这件一样丑。否则我就不参演你们这个搞笑的戏剧了。别人也许会以为这是我选的衣服。"

"在化妆室的公告板上,"洛蒂继续说,"有一张演出人员向我汇报出场次数的时刻表,这样我就可以知道每个人的尺寸了。"

"非常感谢,洛蒂。"汉娜说,"现在,进行第三项:彩排。正如各位所知,彩排时间就在一周以后,所以从现在开始,大家都要脱稿。"

"脱什么?"

"玛莎,我昨天已经解释过了。脱稿的意思是不能看剧本。每个人都应该背下自己的台词。好了,我们从埃斯梅拉达第一次出场开始。"

"那么,来,乔。我来量一下你的尺寸。"洛蒂说着,向后台走去。

"准备好了吗,玛莎?"汉娜说。

玛莎只当没听见。

"玛莎!"

玛莎继续看她的杂志:"怎么了?"

"我们从你出场开始。你应该到舞台侧面去,左边。"

玛莎叹了口气,拿起她的剧本,不情愿地走到舞台侧面。

"我是说舞台的左边。"

"我就是在左边。"

"不,舞台左边的意思是从演员角度看的左边,记住了吗?所以你应该站在另一边。"

女王的四柱床是用垒起的条形木板箱做成的,汉娜睡在上面,拿出女王的架势:"进来吧,埃斯梅拉达,亲爱的。"她努力让自己的语调听起来有帝王风范。

玛莎把剧本拿在脸前,毫无感情,结结巴巴地念着她的台词,就像一个正在学说话的五岁孩子勉强阅读一篇幼儿读物。

"您……召见了……我?"

"你为什么要这样?"汉娜问。

玛莎睁大眼睛,装作无辜地说:"哪样?"

"假装你不会读,或者不会演,而我明明知道你可以读得很好,演得很好。而且,你本应该脱稿,为什么还要拿着剧本念?"

"这里不是学校,你知道吗!你也不是我的老师。我不需要按照

101

你说的来做,所以闭嘴吧你。"

汉娜深吸了一口气说:"再来一遍。"

她又切换回女王的腔调:"进来吧,埃斯梅拉达,亲爱的。"

"您召见了我?"

"玛莎!"

"怎么了?你不是说我之前语速太慢了吗?我这次就读快些啊。"

汉娜决定继续。

"再有一年,你就十六岁了,到时你会嫁给一个王子,而现在,我已经派我最忠实的仆人到各地去寻找合适的人选了。"

"但是,母亲大人,我想要自己选择自己的丈夫。"玛莎语速飞快地读道。

"玛莎!我们只有一周的时间!你能不能认真对待?!"

玛莎扬了扬眉毛,挺直了身子说:"你是在向我发火吗?如果是的话,那么我就要去告诉爸爸你所有的这些小秘密。那是你所期望的吗?"

汉娜看着她。这么长时间以来,这是玛莎人生中唯一一次手里有牌,而她当下很享受掌控全局的每一个时刻。

"我们继续吧,好吗?"汉娜说,尽力让自己语气平静。"安静,孩子!在你敬爱的父王驾崩之前……"汉娜停下,点头致意,"我们一致决定为你做最好的打算。如果你不听从我的安排,那么就是对你父王的大不敬。你明白了吗,埃斯梅拉达?"

玛莎郑重地看着汉娜,表现出顺从的意思。她嘴唇动了动,但是没有发出任何声音。

"那是提示到你了,玛莎。"

"我说过我的台词了。"

"你没说,你只是做了口型。"

"你不喜欢我的声音,那么就不用听了。现在你就不能抱怨我语速太快或者太慢了。"

汉娜双手扶额:"玛莎,你到底想要怎么样?"

"我想要怎样!那你又想要怎么样?"

"你什么意思?"汉娜问。

"在家的时候,你每天对我呼来喝去,这样还不够?你还想在这部愚蠢的戏剧里继续指挥我?"

"哦,就是因为这个?"汉娜盯着玛莎,突然,她脑袋里灵光一闪,"玛莎,《灰姑娘》的故事里谁是主角?"

"当然是辛德瑞拉,白痴。"

"是的。并不是盛气凌人的继母,尽管她的台词最多。我们这部剧也是一样。埃斯梅拉达是主角。这部剧是关于她的故事的,而且最终她得到了自己心爱的王子,是不是?她和自己的母亲抗争,不过她不是通过大喊大叫获得胜利,她要聪明得多。你演的是这部剧的主角,但是,如果你想要扮演王后,也可以。不过你要背更多的台词,还要穿那些真的很俗气、很艳丽的戏服。"

玛莎扬起下巴,看着别处。

"好了吗?接下来你想要怎样,玛莎?是演漂亮的公主还是又老又丑的王后?全部取决于你。"

15 试演

到下午四点钟的时候,他们已经完整地排练了两遍,然后汉娜宣布彩排结束。

"好了,"当其他人都离开后,她对洛蒂说,"我们来把木板都安好吧?"

汉娜和洛蒂在院子里搜集了各种旧门板、平板、条板,用这些在舞台后面搭建了一堵木墙。反面钉满了钉子和木条,但是从舞台正面看,木墙平整光滑。现在,她们要在上面钉一片薄板,这样看起来就像镶板了。最后,她们要在上面涂上洛蒂在她爸爸的车库里找到的一罐棕色油漆。

"那么,现在唯一没有到位的就是地板了,"汉娜说,"我们真的很需要一块地毯。"

"我们还需要装饰梳妆台。"洛蒂说,"还有,我们应该在镶板上挂一幅古老的油画。镶板上一般都会挂一幅古老的油画。"洛蒂随她母亲参观过一些豪宅。

汉娜看着她,扬了扬眉毛:"我知道哪儿能找到一幅油画。"

洛蒂揣摩着她的意思:"哦,不,不行。想都不要想。"

汉娜已经推开了前门："走吧，那得我们两个人才搬得动。"

"汉娜，别胡闹了！快回来！"

"快走。会很棒的！"

在客厅里，汉娜伸手去够沾满灰尘的油画的挂杆。"想象一下，它挂在王后的寝宫里多棒啊。"她抓住画框边说。

"汉娜！"洛蒂上气不接下气地追过来说，"我们不能把这个拿到剧院去。你爸爸会大发雷霆的！"

"他永远都不会注意到油画不见了，"汉娜说，"比赛一结束我们就把它放回去。"

汉娜抬高那幅骏马和良驹的油画，想把它取下来。这幅画挂在那里很久了，铁丝在画框背后以倒 V 的形状固定着，很难取下来。

"快点儿，抬起另一边。"

洛蒂很无奈，只得过去抬起了相框的另外一边。

"告诉你吧，"就在她们抬着油画穿过大厅的时候，汉娜说，"稍后我会把这些银器也拿过去。摆在王后的梳妆台上，看起来会很棒。我还会在上面插上蜡烛。"

"汉娜，你这个疯子，你不能——"

后门吱呀呀地打开了。两个女孩僵住了。

"苔丝！待在外面，你个小坏蛋。"

洛蒂的眼睛里闪烁着惊恐。"是你爸爸！"她小声说，"哦，老天啊，你害死我们了。"

"汉娜！"父亲叫她。

汉娜用椅子撑住油画。她从大厅碗柜上抓起一块虫蛀的抹布，扔给洛蒂，可是洛蒂已经如石化了一样。"把它遮起来。"汉娜小声说。

汉娜若无其事地走到厨房："什么事？"

父亲穿着靴子站在走廊里。

"去冰箱里取一些抗生素来，好吗，汉娜？"

"怎么了？"

"谷仓里的小牛得了肺结核。"

汉娜穿过大厅走回来。

"发生什么事了？"洛蒂做着口型。

"嘘！"汉娜说。她找到一盒抗生素，拿给父亲。她尽可能表现得像往常一样，镇定地走回大厅。"从花园穿过去，"她小声对洛蒂说，"我爸爸会从另外一边出去。"

"我等得花儿都快谢了，"当她们一路小跑穿过庭院的时候，洛蒂一边踮起脚尖躲过牛粪，一边说，"你以后再也不要让我做这种事情了。"

"可是，一切都是值得的，"汉娜说，"这看起来不是很棒吗？"

晚上九点钟，汉娜像往常一样给她父亲冲了一杯可可，但是他还没有回来。她穿上外套和靴子，来到院子里。

天鹅绒般的黑暗笼罩着农场，天空中闪烁着星星。周围一片寂静，只有一头吃撑的猪偶尔发出哼哼声。当汉娜在寂静中呼吸的时候，谷仓里的一只猫头鹰从高处飞下，羽毛闪闪发亮，掠过院子。

后面的谷仓里发出微弱的亮光。当汉娜走近的时候，她听见父亲用低沉的声音说着什么。她蹑手蹑脚地绕过农用机械，走到谷仓的里面,那儿养着一栏小牛。一头胆子大些的小牛,走到栏杆边嗅了嗅汉娜的手。她抚摸着小牛天鹅绒般的后颈,任凭它用砂纸般的舌头舔着她的指头。

用压捆机线挂在梁柱上的一只古旧的灯笼在发光。灯笼下面是围了一小圈的干草堆。"这样就好了,"父亲正在对着那头生病的小牛说话,他从谷仓那边抱来一捆干草,加到干草筑起的围墙里,"很快你就会感觉暖和的。我们可不想着凉,是不是?我们会在你身旁再多放些的,这样你就会舒舒服服的。乖丫头,就这样很好。我去看看奶牛就回来。"

他两手各拎起一只桶,起身,然后他看见了汉娜。他脸上露出一抹惊慌的表情:"怎么了?发生什么事情了吗?"

"没有,没有,"汉娜连忙说,"大家都好,就是您的可可已经冲好了。"

"好的。我这里也马上就忙完了。"他走向奶牛冬天的牛棚。

突然,汉娜觉得应该和他谈谈。

她喉咙发紧,但是她逼自己说出来:"洛蒂说新的地主想要拆毁农场来建房子。他不能这么做,对不对?"

父亲发出短促的笑声,像一声咳嗽:"你不要担心这个了。卡什莫尔是一条贪得无厌、只知道圈钱的毒蛇,但是只要我们每个季度按时交租,他就休想碰一下农场。"

"但是你怎么才能——"

"你看见那边那台旧打谷机了吗?"他指着谷仓那边停着的一台破旧机器说。它是如此的古老,全部是由木头构造而成的,就连车轮也是木制的。它曾经是浅橙色的,但是现在表面的涂层都氧化脱落不见了。

"怎么了?"

"买下菲尔德·马歇尔的家伙也想买这台打谷机,他们这几周就会来取。我们还有存款。卖掉这些旧机器也会得到一笔钱。所以,下个季度的租金就可以付得起了。你不要再担心了,好吗?"

"好的,"汉娜说,"晚安,爸爸。"

"晚安。"

汉娜一蹦一跳地穿过庭院。这么说来,爸爸已经把一些都安排妥当了。

她听见他正在和奶牛说话:"你好,小聪。这样就对了,大丫头。这儿还有很多呢。好了,蓝铃铛?好家伙,给你。"

他在每一头小牛出生的时候都会给它们起名字,并把它们的名字用粉笔记在挤奶棚的栏板上。他记得每一头牛的名字。

她本就应该相信父亲。他不会让农场有任何事情的。

16 彩排

接下来的一周里,汉娜和洛蒂都在争分夺秒地忙着准备场地布景和服装。周一放学后,她们拼装好了王后的四柱床。她们把栅栏固定在鸡笼的四角,又剪开一大张紫色床罩。现在这张床挂着紫色的绸缎,四角都用金色丝带系着相衬的帘子,看上去真的像是为女王准备的。

周二,她们给一个虫蛀的废弃硬木箱子上了色。那是汉娜在木材堆里找到的,她觉得用这个作临窗的座位最合适不过了。在它上面,她们装上了从棚屋里找来的旧窗框。

"这样看起来真不错,"洛蒂说,"我家有一片蓝色的布料,我们可以把它挂在窗户后面作天空。"

周三,汉娜带洛蒂米到后台,给了她一个惊喜。"你看,"汉娜胳膊一挥,指着从天花板垂下来水平悬挂在半空中的一根截好的扫把棍,"我们的挂衣杆。最棒的是,它丝毫不占地方。不用的时候,我们甚至都不会感觉到它的存在。"

正如汉娜承诺的那样,她每天晚上哄萨姆睡觉之后都会骑车去洛蒂家。随着时间一天天过去,挂衣杆上渐渐挂满了演出服,并且都做好了标记,就像汉娜母亲那本有关剧院的书上建议的那样,标签上记着人物姓名和使用场次。

汉娜享受着准备过程中的每一个时刻。她觉得每天上学的时间比往常更加难熬,她一直盯着时钟,期盼放学的时刻快点儿到来,这样她就可以解放了,可以继续忙剧院的事情了。到了周日下午,当她站在后台,看着她们所做的一切时,她想,母亲一定会为我们感到骄傲的。现在这里真的是一家剧院了。

距离开幕还有十五分钟。汉娜穿着她第一场的演出服:一件装饰着淡蓝色蝴蝶结的粉色褶边长睡裙。这件衣服是用光滑的绸缎制成的,穿着它,汉娜觉得光彩照人,走路都不自觉地飘飘然了。发型的改变也是其中一部分原因。玛莎把她的头发绾成了一个发髻。尽管发夹把头发固定得有点儿紧,头发扎得有点儿靠后,也许定型水根本就用不着,还喷了很多到眼睛里,但是效果立竿见影。还有妆容——橙色的口红、深褐色的胭脂、紫色的眼影——简直光彩夺目。

"乔,你确定一切都准备就绪了吗?"汉娜问,"所有的道具都按出场顺序在桌上排好了吗?"

"是的,我刚才检查了最后一遍,"乔一边把瑞兰唐多王子那件华丽的丝绸外衣拉上肩,一边回答,"我已经在我的列表上把它们一个个勾掉了。"

"瑞兰唐多王子的那封信呢?"

洛蒂坐在窗前,玛莎正在帮她化妆。洛蒂拍了拍女仆装的围裙口袋说:"在这儿,都准备妥当了。汉娜,把你的手表取下来!玛莎,你得快点儿了——你还没有给乔化妆呢。"

玛莎捏着洛蒂的下巴说:"闭嘴,你这个笨蛋,不然我就把你化成丑八怪。"

汉娜把手表放到梳妆台上,从舞台侧面溜过去,最后一次检查舞台。漆过的木质镶板看起来很正规,那幅镶着金框的骏马和良驹的油画让整个屋子看起来富丽堂皇。画前梳妆台上摆着的银烛台闪闪发亮。汉娜呼了一口气,感觉心满意足。

她从幕布缝隙偷偷看了一眼观众席,只有两个观众,贾斯珀和露西,坐在正中间。贾斯珀正在若有所思地反刍食物,露西蜷缩在贾斯珀背后的羊毛里。

哦,好吧。至少乔没有让它们坐在椅子上。

可是,其他的观众呢?如果他们没有找到隐蔽的小路呢?

突然她听见外面的灌木丛中有人说话。她的心一下被提到了嗓子眼。

如果是杰克来了呢?

但这不可能吧,这怎么可能?

当然不可能。他从未提及彩排的事情。他可能都忘记她邀请过他了吧。那只是一句微不足道的蠢话,毕竟——那只丑陋的死鸭子事件肯定早让这件事从他的脑子里抹去了。

而且他没有参加米兰达的彩排,对此米兰达感到很生气。

有人笑了。

唷,是个女人的声音。汉娜跑回后台说:"他们到了!"

大家都停下来,静听。"是卡西姨妈。"洛蒂说。

然后是折断树枝的声音。一个孩子哀号着:"哦,扎到我了!"

"呃,"洛蒂说,"那是我的表弟杰里米。估计他要哭上一个小时了。"

111

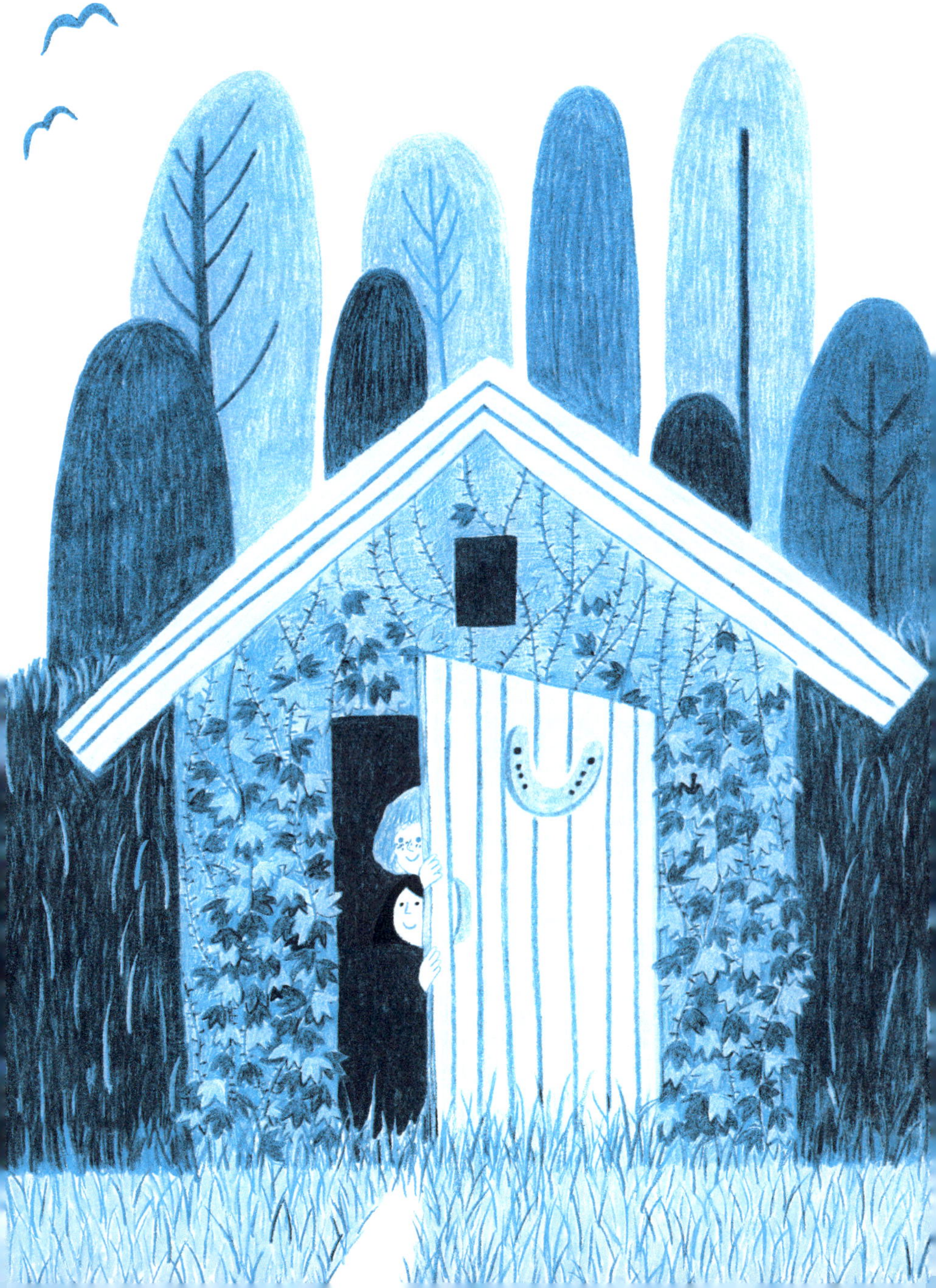

前门滑开了。汉娜走到前台,从幕布边缝向外看。洛蒂的姨妈卡西小心翼翼地跨过门槛,手里拉着一个小女孩。

"是不是很有趣啊?"卡西姨妈说,"你看那些漂亮的幕布,艾维!"

一个看起来脾气暴躁的男人走进大厅,两只胳膊下各夹了一把折叠椅,身后跟着一个抽泣的小男孩。

"真有趣,"男人说,"尤其是你还要自带折叠椅穿过一片该死的树林。这算什么,新兵训练营?"

"嘘,安德鲁,"他妻子说,"他们会听见的。别抱怨了,享受其中的乐趣吧。"

一个脸色苍白、十岁左右的小女孩出现在门口,手里捧着的简装书遮住了她的脸。她在书上面张望着,看了好一会儿,然后选定了一个空位,坐了下来,继续读她的书。

"其他人在哪儿?"安德鲁叔叔说,"不会只有我们要在这儿遭罪吧?"

问得好。

但是,其他人呢?现在肯定已经三点钟了吧?要是外婆和洛蒂的母亲在灌木丛中迷路了呢?

其他人还在为服装和化妆的事情争执抱怨。汉娜偷偷离开舞台,来到小路上,路边嫩绿色的树叶在黑刺李枝上舒展,银莲花绽放着,像是镶嵌在大地上的星星。

这时她听见一个声音,这让她血管里的血液都瞬间凝固了。

"一家剧院?在灌木丛中?你在开玩笑吗,亚当森?"

是杰克和丹尼!她感觉自己的骨头就像水中的药片一样融化

了。她抓住一根榛树枝。不，不，不！

在她自己都意识不到的内心深处，汉娜曾经偷偷地幻想过，也许杰克会来观看表演，而一旦他观看了她的表演就会被她征服，从此以后用一个全新的视角来看她，疯狂地爱上她。

多么荒唐的想法啊。他的确来了，但他是和丹尼一起来的。当然了。他们就是来指指点点，冷嘲热讽，得意扬扬，开玩笑，然后周一早上去学校四处宣扬汉娜·罗伯茨每周末都在一个破旧的鸡屋里搭建一家剧院。

而且洛蒂会怎么说呢？

发生这件事情以后，洛蒂可能再也不会和她说话了。

汉娜扶着榛树枝站在那儿，然后她又听见丹尼的声音。

"那儿什么也没有，伙计。她一定是在耍你呢。"

然后是杰克的声音："管他呢。算了，咱们走吧。"

汉娜抓着榛树枝，一动不动，甚至屏住呼吸，直到他们的声音渐渐听不见了。等到只能听见草被风吹得发出的窸窸窣窣声，汉娜还是双腿打战，迈不开脚步。她简直难以相信，他们真的走了。

事实上，他们再也没有回来。没有其他的响动了。

她没事了。她以后再也不能犯这种愚蠢的错误了。

"到了，多拉。这儿一定有条小路。"

是洛蒂的母亲。汉娜的外婆也和她在一起。

汉娜虽然感到如释重负，但仍然两腿发软，她赶紧在她们看见自己之前跑回剧院。

乔和洛蒂已经各自在舞台侧翼两边就位，手里拽着拉幕的绳子。洛蒂看着汉娜的眼睛。"准备好了吗？"她小声问。

汉娜把头枕在王后的枕头上,闭上眼睛。洛蒂和乔拉开了幕布。

汉娜发出巨大的打鼾声,同时听见观众席上传来惊叹和称赞声。她听见外婆说:"上帝啊,她们弄得可真漂亮!"

汉娜优雅地伸展四肢,打了一个大大的哈欠。她慢慢坐直身子,睁开眼睛,扬起下巴,大声呼叫:"侍女!侍女!我命令你立即过来!"

戏剧已经演了一半,一切都在顺利进行。尽管洛蒂扮演的约翰王子的胡子掉了好几次,乔说错了一句台词(不过,公平一点儿地说,这是因为她的裤子中途松落才造成的),但是,并没有出什么大的差错。玛莎扮演的埃斯梅拉达公主简直就是惟妙惟肖。而最重要的是,观众们似乎真的喜欢这部戏剧。他们抓住了所有的笑点。

现在洛蒂穿着她的女仆装登场了,手里的托盘上放着一封信。汉娜正懒洋洋地躺在床上,手里拿着一面镜子,自我陶醉地端详着自己。

"女王陛下,有您的一封信。"洛蒂一边屈膝行礼,一边禀报说。

汉娜伸出一只手,用大拇指和食指夹起纸:"哦,太好了。是我的侄子,劳伦斯王子写的。"她浏览了一下信的内容。"唉,真是让人心烦啊。他那个装病的妻子身体欠安,不愿来参加我的生日庆典了。"她又读了一遍来信,"不知道什罗普郡是谁的领地,他对他们赞不绝口。你就是什罗普郡人,侍女。哪个家族在这片领地声名显赫?"

洛蒂正在拂去窗棂上的灰尘,她抬头思索了一下:"女王陛下,好像有丁立—威尔逊勋爵和夫人,或者——"

"蠢材!"汉娜尖叫着,"你难道不知道丁立—威尔逊夫妇只拥有九座城堡吗?你怎么能如此侮辱我亲爱的侄子?你居然认为我侄子会和只有九座城堡的人为伍?你应该以叛国罪论处。"

"您说的是,女王陛下。"洛蒂低下了头,"请女王陛下宽恕。"

这时,萨姆从舞台侧面冲了上来。

他在做什么?离他出场还有很长时间。

他拽着汉娜的裙子。"着火了!"他气喘吁吁地说。

汉娜看着他。他脸色发白,惊恐地瞪大了眼睛。

"什么?"汉娜问。

洛蒂转过身背对着观众,把手搭在他的肩上,小声说:"萨姆,还没到你出场呢。"

萨姆挣开她的双手。"不是的,"他大喊,"不是在演戏,农场真的着火了。"

17
大火

汉娜冲向那条秘密小路，躲过荆棘，钻过树枝，气喘吁吁地跑到牧场上。

拖拉机车棚后正冒着滚滚浓烟。她站在那里眼睁睁地看着院子那边凶猛的火势，火焰噼里啪啦地燃烧着，像是发动机点着了火。

汉娜想要大喊，却发不出任何声音。她甚至无法思考了。她只能跑。她用尽所有的力气奔跑着，咚咚咚，她穿过空地，只听见自己的心剧烈地跳动着。

气味越来越浓——一股难闻的、令人窒息的、有毒的气味。汉娜隐约知道众人跟在身后，她极速穿过院子，到院角的时候停下来看着后面的谷仓，喘着气。

她颤抖着，大口吸气。谷仓里全是黑烟。黑烟喷射出蓝色和橙色的火舌，马上就要舔着房顶了。

啪！啪！啪！

汉娜感觉到萨姆的手抓住了她的手。她看见玛莎张嘴尖叫起来，但是爆炸声和烈火燃烧的声音盖过了她的声音。

洛蒂面色全无，她艰难地组织着自己的语言："那是什么声音？"

汉娜往上指着。波纹屋顶因为受热膨胀爆裂,发出巨大的啪啪声。随着火势的蔓延,谷仓两边的墙开始膨胀,扭曲。

"回来!"她听见有人喊着,汉娜回过头,是洛蒂的母亲,她身后跟着其他人,"回来,所有人!那间谷仓随时有可能坍塌!"大人们抓住孩子们,拖着他们远离谷仓。汉娜朝这些人身后看去,但是那里并没有其他人了。

"爸爸在哪儿?"她哭喊着。

"有人打电话给消防队了吗?"洛蒂的姨父安德鲁叔叔吼着,他拿着手机转来转去,"我收不到任何信号。有人能收到信号吗?"

乔惊恐地瞪大了眼睛,张大了嘴巴,抓住汉娜的胳膊。"那些小牛!"她大叫道。

汉娜心猛地一沉,一瞬间好像天旋地转。她又用目光搜寻着满是浓烟的谷仓。那些小牛——蓝色眼睛的、连路都走不稳的小牛——被圈在谷仓最里面。

而她知道他爸爸一定在那里。

"爸爸!"她尖叫着,但是没有人回应。她跑向谷仓。这就像噩梦一般。她用尽浑身的力气往前冲,但是什么人把她拉了回来。她拼命挥舞着四肢,却还是在原地。

"从那儿回来!"一个声音说,"别犯傻了。"

洛蒂的姨父抱着她的腰,把她从谷仓外拽回来。她挣脱着跑出去,但是他抓得太紧了,她又被拉了回来。她一直紧盯着满是浓烟的谷仓,搜寻着,搜寻着。

过了一会儿,在浓烟和火焰中,出现了汉娜父亲的轮廓。他的脸完全被熏黑了。每条胳膊下夹着一头扭来扭去、踢来踢去的小牛。

汉娜停止了挣扎，安德鲁叔叔也松开了手臂。汉娜一把推开他，挣脱束缚，箭一般地冲向父亲。

就在这时，一辆消防车开进来停在挤奶棚前，另一辆跟在后面。里面涌出消防队员，一些人开始铺开消防软管；一些人戴上呼吸设备；一些人走到大人们跟前，似乎在询问什么。

一个消防员跑向父亲。父亲一边咳嗽一边喘着气把一头小牛推

到消防员怀里,另外一头给了乔。"把这两头小牛抱到下面的院子去。你给他带路,乔。"他说完便转身走向着火的谷仓。

那名消防员用那只没抱牛的手抓住父亲的肩膀:"你不能再进去了。那些气体有毒,而且火势越来越大。"

父亲推开消防员的手:"那么就快点儿把火扑灭。你做好你的工作,我做好我的。"

"你不能进去。那儿没有什么东西值得你用生命去冒险。"

啪!枪鸣般的响声传来,谷仓的墙被炸开了一个大洞,火焰喷射而出。父亲从口袋中拿出一块布,在水箱里浸湿,遮住口鼻,然后消失在浓烟里。

"不!"汉娜大喊着。她追着他冲进去,但是消防员从地上拎起她,把一边尖叫一边呜咽的汉娜从谷仓中抱了出来。

"你再敢跑到里面去!"消防员吼道。

"可是我爸爸——"

"我们会帮助他的。你和你的弟弟妹妹待在一起。"

汉娜转过身。玛莎和萨姆就站在她背后,惊得目瞪口呆。她伸出双臂,但是玛莎躲开了。萨姆扑到汉娜怀里,抱住她,泣不成声。

汉娜又回头看去,半个谷仓都被大火吞噬了。穿过火焰,她隐隐约约可以看见父亲弓着腰,低着头,艰难地走来。他旁边是一名戴着呼吸设备的消防员。他们各抱着两头被吓坏的小牛。

紧接着汉娜眼前的一切似乎都用慢镜头播放着。父亲头顶上一根巨大的混凝土柱子正好从天花板上落下来。汉娜心惊肉跳地看着它砸向地面。

她的心骤然一紧,弯腰躬起了身子。她感觉到洛蒂的胳膊抱住了她的肩膀:"没事的,汉娜。看,他没事。"

汉娜抬眼望去。父亲和那名消防队员奇迹般地出现在她面前。父亲一边喘气一边咳嗽。两名消防队员跑过来接过他手中的两头小牛,其他两名消防员扶着他远离谷仓。

孩子们冲向父亲。他弓着腰,大口吸着气,胸腔上下起伏着。

"往后站,"一名消防员说,让孩子们走远一点儿,"我们需要给他做个检查。"

乔从院子外跑来:"发生了什么事?爸爸还好吧?"

消防员抬起头:"往后站,孩子们。让他喘口气。"

他们向后退了一步。汉娜心惊胆战地看着消防员拿着氧气面罩和呼吸设备忙来忙去,说着她一句都听不懂的话互相转达指令。

最后,汉娜极其紧张地小声问:"他会没事的吧?"声音听起来甚至都不像是她发出的。

"我们正在竭尽全力救他,"一名消防员说,"救护车已经在路上了。"

汉娜喉咙一紧,洛蒂扶着她的肩膀支撑着她。"救护车?你说这话什么意思?"汉娜问,但是她的声音沙哑低沉。火焰噼啪作响,呼呼地吞灭了谷仓,没有人听见她说的话。

18
火柴盒

"呸！"萨姆把一口粥吐回到他碗里，"真难吃。"

"粥糊了，"乔说，"还结成了块。"她推开碗，把一本黄色的练习本拉近。封面上用几个醒目的大字写着："豆豆一锅烩"。这是一部关于伟大的豆豆王国的专属杂志。

汉娜本希望他们没有注意到粥糊了。她叹了口气："那你们要吃点儿烤面包片吗？"

"爸爸会被抓去坐牢吗？"萨姆问。

汉娜的内心涌动着："不，当然不会了。"

"你给我的是牛奶，给萨姆的是水。"乔说着，把杯子换了过来。

"那为什么会有警察在这里呢？"萨姆问。

"他们就是来调查一下起火的原因，仅此而已。"

昨天下午，当汉娜提心吊胆地站在火势汹涌的谷仓外，看着父亲消失在火焰中时，她就坚定地告诉自己，如果父亲能够活着从火场出来，她就不用再担心任何事情了。

而父亲确实活着出来了。他甚至都没有去医院。当救护车到达的时候，他拒绝上车。"我还有一家农场要经营。"他说，而且当其他大人们主动提出帮他照管农场和孩子们的时候，他还是毫不让步。所以，医护人员只好在确定他没有大碍的时候就离开了。他们说，他一定有一对很强健的肺。

所以，汉娜应该十分高兴才是，不是吗？

"乔，把你画画的那些东西拿开。"汉娜把两个盛着烤面包的盘子从桌面上推过去。

"嘿，蚕豆，看看这个。"乔把打开的书挪向她弟弟。

"真棒，"萨姆说，"黄油在哪里？"

"冰箱里。"汉娜说。

客厅里传来父亲突然提高音量的声音，吓得萨姆从他的凳子上滑了下来。

"你认为是我放火点着了自己的谷仓？而我的牲畜还在里面？"

"有没有果酱？"乔问道。

"嘘嘘。"汉娜说，但是她没有听到警察的回答。

那是什么意思？警察是在怀疑父亲自己纵火吗？怎么会有人做出这种事情呢？

"汉娜，有没有果酱？"

"天哪，乔，你自己去取！"

大厅的门砰的一声被撞开，玛莎冲进厨房，脸上还残留着埃斯梅拉达公主的眼妆。

"呃，这里真难闻。"

"汉娜把粥熬煳了，"乔说，"你的眼妆让你看起来像一只獾。"

"闭嘴，你这个小怪胎。我的眼睛很漂亮。你的眼睛看起来就像肮脏的沼泽底。"

客厅的门被打开了,父亲和警察们走了出去。他们没有一个人看一眼这些孩子。父亲送警察从洗涤室的门出去的时候,脸色阴沉。

"好的,感谢您抽出时间,"当父亲拉开门的时候,警察说,"我们会和您保持联系的。如果您发现或者听到任何能够帮助我们找出起火原因的事情,请直接和我们联系。无论什么事情。如果这是一起蓄意纵火案,我们必须找到嫌疑犯。"

蓄意纵火?

难道警察认为有人故意放火烧了父亲的谷仓吗?

但是谁会做出这样的事情呢?

父亲走回厨房。孩子们都避免碰上他的目光。自从大火发生以后,他的脾气越发暴躁了。

他停下来,站在餐桌边上。

"你们中有没有谁在谷仓旁边玩火柴?"

孩子们全都看着他,异口同声地回答:"没有。"

"你们确定吗?昨天下午你们都到哪儿去了?"

豆豆们看着汉娜。"我们都没有在谷仓附近。"汉娜说,"而且我们都不会做出类似这样的事情的。你知道我们不会的。"

他哼了一声:"嗯。"

"你为什么这么问呢?"汉娜说,"警察不会认为是我们干的吧?他们这样想的吗?"

父亲皱起了眉头说:"他们认为这一定是一起蓄意纵火事件。一个圈养牲畜的谷仓不会平白无故地起那么大的火,没有其他的解释了。天哪,他们甚至开始盘问我了。"

"你?"乔说,"你为什么要自己点着自己的谷仓呢?"

"哦,不用担心,我很快就让他们打消了这个荒唐的推测。我都没有买保险,放火烧自己的谷仓实在没有任何意义。好了,我得走了,"他往房间后面走去,那里存放着他的外套和靴子,"但是如果你们看见或者听见了什么,就要告诉我。"

有史以来第一次,汉娜希望现在不是假期。如果是在学校,那些嘈杂喧哗的声音就会驱除她脑海中不断回放的影像。

父亲在大火中奋力前行,混凝土的梁柱在坠落,坠落,坠落……

她收拾完吃早饭的餐具,才发现自己正走在去谷仓的路上。

散发着臭气的化学气体还盘旋在谷仓的上空。但是艳阳高照,麻雀在树篱上叽叽喳喳地叫着。这感觉有点儿不对,就像葬礼上的笑声。

谷仓烧得只剩下钢筋柱子。阳光倾泻在烧焦的地面上,看得见空气中悬浮着成千上万颗灰烬。一丝微风都会扬起一片灰尘和煤渣。汉娜吸进去了一些,咳嗽起来。

她走过原本是谷仓的地方,从另一边走出来。那边门外的土也被烧焦了。她走了过去,后面那条分开田地的小路一直延伸到村子的另外一边。

在小路上,她发现了一个火柴盒。汉娜讨厌别人随地乱扔垃圾,于是她弯腰把它捡了起来。她准备往回走的时候丢到垃圾桶里。

她换了另一只手拿着,好放到口袋里。

换手的时候,她突然看见火柴盒背后写着什么。

汉娜的胃紧缩成了一个小球。

"米兰达"——上面用蓝色圆珠笔写着,而且名字下,是一个电话号码。

汉娜手一松,火柴盒掉在了地上,仿佛被它灼伤了手指。她的心在胸腔里剧烈地跳动着,她盯着躺在尘土里的火柴盒。

上一次她看见这个火柴盒的时候,是在车站,那时它还是满的。

现在,火柴盒空了。

而谷仓却被烧成了灰烬。

父亲的话又回荡在耳边:"你们中有没有谁在谷仓附近玩火柴?"

然后她又想起杰克在剧院门口说:"算了,咱们走吧。"

她回头看着被烧毁的谷仓仅剩的巨大残骸。

不。

不。不要乱想。他们不会做出这种事情的。他们不会的。

他们没有走进谷仓。火柴盒是在这儿,在路上。也许他们只是沿着小路走过来的,并没有接近谷仓。

一定是其他什么引起的火灾。不可能是他们,可能吗?

如果是他们……那么她就该为此负责。因为他们会出现在农场里全是她的错。

不。不会是他们。

汉娜看着地上的火柴盒。

这不是证据,是吗?她不能把这个报告给警察。就因为一个愚蠢的火柴盒?

这是犯罪吗?隐瞒证据?

但是她不能告诉警察,谁都不能告诉。不然的话,他们就会知道她邀请了杰克来农场,而农场起火全是她的错。

她再次看了眼火柴盒。她伸出手指,缩了回来,又伸出去。

她缓缓蹲下身,用指尖捡起火柴盒,放在口袋里,然后步履沉重地走回家。

一辆大型黑色宝马停在农场的院子里,看起来很眼熟,但是汉娜却说不出为什么。

19
折旧费

家里很安静。他们一定都在自己的卧室里玩耍。

"嗨,我回来了。"汉娜冲着楼上喊。

客厅的门开着,乔从里面悄悄走了出来。她拉长着脸,指了指身后的房间。

"怎么了?"汉娜问,但是乔伸出一根手指放在嘴前,挥手示意汉娜跟着她走到大厅。

"那个男人又来了。"乔小声说。

"哪个男人?"

"地主派来的那个男人,那个经纪人。"

"他到农场来做什么?谁放他进来的?"

"他说他必须进来。"

"必须进来?"

"他拿着写字板。"

汉娜大步走进客厅,她想告诉那个男人,带着他的写字板离开这儿。

那个男人站在房间中间,看看左边的窗户,又看看右边的窗户。

"这么说,只有一扇窗户挂着华美的窗帘?"他说着,看也没看汉娜一眼。

每当面对一个粗俗的成年人时,汉娜都会问自己:如果换作是母亲,她会怎么说?

"有什么需要吗?"她冷冷地问。

"倒杯茶就好。"他看着自己的写字板,没有抬头。

真是厚脸皮!她站直了身子,好让自己看起来高一些:"你到这儿有何贵干?"

他挥手指了指周围:"折旧费。我正适合处理这件事情。这个地方本该预留出一天时间。"

汉娜并不知道他的话确切的意思,但是这个人对他们家的态度一直很无礼,这是显而易见的。她全身怒火中烧:"那是什么意思?折旧费?你为什么会在我爸爸不在的时候出现在我们家?"

"意思是,我一直在监察卡什莫尔先生的财产,以确保它们被租户妥善保管。这是常规程序,租户有义务为我提供全方位自由出入的权限。看起来你们已经逾期欠费很久了,谁知道上一个地主在做什么。整个地方就像一个垃圾场,发生那场火灾倒不如说是因祸得福。我敢打赌,谷仓里一定堆满了垃圾,从地面到天花板。至于你们的父亲——"他用一种鄙夷的语气吐出这几个字,这让汉娜真的很讨厌他,"一周前他就收到通告了。"

他走到那扇没有挂窗帘的窗户面前,拨弄着掉下来的漆皮,并记在他的写字板上。然后他注意到从前悬挂骏马和良驹那幅油画下面的电源插座松动了。早在汉娜记事时起,那个插座就只剩一个摇摇欲落的螺丝钉固定。只要你每次记得拔电暖器插头的时候用力把它摁在墙上,那么一切就都还好。

经纪人扭着电源插座。它掉了下来,落在他手中。"哎呀。"他说,又记了一笔。然后任由它挂在墙上,他走出门,上了楼梯。

"你不能上楼!"汉娜说,她想起了她卧室房间满地的脏衣服,还有这几周她从书包里倒出来的各种东西。

"我有责任检查所有的财产。"他用他锃亮的黑鞋戳了戳破旧的地毯,又记下一条。

"这不是什么财产!"汉娜喊道,"这是我们家!"但是他没在意她说的话。她随他走上楼去,希望他不要抬头看上面。

然而,他还是看了。"真是一团糟,"他盯着那些蜘蛛网咕哝道。汉娜对他充满了厌恶感。

他在楼梯顶端左转。哦,不。不要去爸爸的卧室。那儿更糟糕,而且糟糕得多。她的房间顶多就是令人尴尬,爸爸的房间则会让人难过。

但是他走进了萨姆的房间。

萨姆正在模拟经营农场。在卧室中间,有一辆后面固定着播种机的拖拉机模型,萨姆正推着它穿过房屋中间的破旧方形地毯。当汉娜和乔跟着那个男人走进来的时候,萨姆皱起了眉头,他低身护住了自己的拖拉机模型。

"在玩你的拖拉机,啊哈?"那个男人说,"我还以为你会玩那边那台大型联合收割机呢。"

萨姆看着他,脸上的表情似乎在说:"你是不是真的很蠢啊?"

"我才在播种春大麦,到八月份才能收割呢。"萨姆说。

那个男人清了清嗓子,翻着写字板上的纸页。他掀起地毯的一角，查看裂开的木板，地毯下面的一张纸显现在众人面前。萨姆一把夺过那张纸，抱在胸前。汉娜知道纸上是什么。萨姆把屋子的每一个房间都想象成他农场的一块地，在每一块地毯下面都有一张记录土地规划的纸，上面列着他在这块农田上播种的作物。

男人在萨姆的房间窥探结束之后一言不发地回到过道上。汉娜和乔跟在他身后，萨姆走在最后，也许是要确保那个经纪人不会再发掘出他更多的土地规划。

当经纪人推开乔的房门的时候，汉娜稍稍松了一口气。乔是家里最爱整洁的那一个人。

但是那个男人显然不会关注收拾得井然有序的书桌，书架上摆放整齐的动物书，整洁的床铺。他只是凑近了看墙上脱落的漆皮，干裂的泥浆留下的污点。

汉娜观察着乔的反应，但是她面无表情，神态不可捉摸。汉娜觉得自己马上就要气炸了。每一个嘘声，每一次皱眉，每一次用手指指一下、用脚尖戳一下，每一句嘲讽的话，都像是刀子刺痛着她。

他走过楼梯过道，来到玛莎的房间，转动了门把手。门没有动。他用力推着。

"滚开，你这个肥猪！"玛莎大吼着。

那个男人在门外后退了一步。他的脸比之前更红了。他迟疑了一下，似乎准备再试一下，但是他收回了他的手。

哦，不。轮到她的房间了。汉娜的神经都绷紧了，她深感窘迫。如果他看见她房间乱七八糟的样子，谁知道会说出些什么话来？

但是他又左转了，往另一扇门走去，门上挂着一个汉娜在幼儿园的时候制作的黏土板。黏土板用贝壳装饰着，上面写着"妈妈和爸爸的房间"。

他打开了门。

"天哪!"他走进去的时候又嘀咕着。

乔和萨姆在门口停下。汉娜推开经纪人,踏入房间里。如果你说出什么话,她想,如果你胆敢说一句趾高气扬的评语……

当经纪人四下打量房间的时候,汉娜也在他眼中看到了房间的影像。蜘蛛网挂满了窗户,并从天花板上垂下来。露在衣橱外的一条裙子上也粘着蜘蛛网。母亲的鞋子,曾经被擦得干干净净,一双双顺着墙摆放着,而如今都被尘土覆盖,变成了灰色。放在母亲的拖鞋旁边的那双拖鞋,父亲刚穿过,所以没有灰;床单皱巴巴的一片,那是他今早起来刚睡过的地方,所以也没有灰。

六年了,灰尘渐渐落满了母亲所有的物件。自从她去世那天起,父亲就没有移动过任何一件东西,而且禁止任何人进入这间屋子。

经纪人回过神来。他走近一面墙,戳了戳粉末状的泥浆。他对着剥脱的墙纸发出啧啧声,用手指拨拉着墙上的油画。汉娜注意到书柜里有一个空隙——母亲那本《戏剧社手札》她昨晚还在读,现在还躺在她的床下面。等这个男人一走,她就得马上把书拿回来放好。谢天谢地,父亲还没有发现书不见了。

经纪人挪到母亲的梳妆台前。一些半空的香水瓶上缠绕着蜘蛛网,覆盖着厚厚的灰尘,摆在化妆镜前。满是灰尘的镜子上面挂着一把梳子,上面还残留着母亲的发丝。

他伸出他那红肿的肥手,拿起一瓶母亲最喜欢的香水。梳妆台上留下一个没有灰尘的圆圈。

汉娜从壁炉里拿出拨火棍。母亲的东西任何人都不许碰。任何人。而且坚决不能是一个态度刻薄、油光满面的土地经纪人。

"天啊，"他盯着满是灰尘的镜子说，"像是有人死在这儿了。"

汉娜把拨火棍举到身前，径直走向他。

"是有人死了。现在，放下我妈妈的东西，滚出我们家。"

他转过身笑了："你准备用一根拨火棍威胁我吗？"

"滚出我们家！"汉娜大喊着。

楼下，后门砰的一声开了。

"爸爸回来了。"乔喊道。

汉娜依然举着拨火棍,她向经纪人走近。他开始往房间外退去。

"滚出去,立刻。如果让我爸爸看见你在这间屋子里,顶在你胸前的就不是一根拨火棍了,而是一把枪。"

20
对峙

汉娜站在洗涤室前的走廊里,看着经纪人的脸。那张脸满面红光,养尊处优。她又看看父亲的脸,父亲的脸皮肤干燥,饱经风霜,就像塑料和皮革。

经纪人清了清嗓子说:"罗伯茨先生,我为斯特克兰和沃尔姆伍德工作。我是卡什莫尔先生的土地经纪人。你会收到我们的信件的。"

"你是不是一直在我家里晃荡?"父亲问。

"我通知过你——"

"趁我不在家的时候?你以为自己可以为所欲为?在我的孩子面前耀武扬威?你这个自大的——"

"他进了我们的卧室。"萨姆说。

父亲的脸色变紫了:"什么?"

咯噔,咯噔。咯噔,咯噔。所有人都转身看着玛莎,她上身穿着亮片装饰的马甲,下身穿着紧身裙裤,脚上踩着母亲的红色高跟鞋,摇摇晃晃地走下楼。

父亲看见经纪人脸上露出那种令人恶心的色迷迷的表情。"玛莎,"父亲说,语气平静,但不容反驳,甚至比他大喊大叫更让人不寒而栗,"回去换上合适的衣服。"

玛莎扬起下巴,没有动。

"照我说的去做。马上。"

玛莎夸张地叹了一口气:"好吧!"

经纪人趾高气扬地说:"罗伯茨先生,我有义务向卡什莫尔先生汇报这里的情况——"

"他说家里面一团糟。"玛莎站在楼梯口说。

"哦,他这么说,是吧?"

经纪人发出短促的笑声:"哦,算了吧,我不过就是在说实话。本来就是一团糟。在你试图翻新之前,我就可以宣布这是一栋危房。"

父亲冷冰冰地说:"只是在说实话,是吗?是的,都是些大实话。无论你是谁,但凡你有点儿智商,你都知道的。事实是,这栋房子里有一些灰尘,而且我妻子已经不在了,但是我们已经尽最大的努力了,这里是我们的家。所以,你可以滚出这里,回去写你假惺惺的报告,写完之后记得寄给我,我会把它拿去喂猪。我可能会,如果我不怕它们被恶心到吐的话。"

父亲转过身,大步走到院子里。

那个男人的脸涨得通红。他跟在父亲后面走了出去。几步之外,孩子们跟在他后面。

"随你怎么说都行,罗伯茨先生。但底线是,如果仲夏那天这一季度的房租没有交到我手上,你就会失去农场,失去你的家。"

汉娜倒吸一口冷气,仿佛有人扇了她一巴掌。父亲嗖地转过身,愤怒地阴沉着脸:"你这是在威胁我吗?"

萨姆抓住了汉娜的胳膊:"他说的话是什么意思?为什么他说我

们会失去家,失去农场?"

"没事,小萨。"汉娜轻声说。她把双手放在萨姆肩上,把他拉近:"他在胡说。那不是真的。"

那不会是真的,她想。不可能是真的。你不可以仅仅因为人们没有按时付清房租就将他们扫地出门,你可以这样吗?

可以吗?

如果可以呢?

一阵恐惧向汉娜袭来。她望着乔,想知道乔是什么反应。这时贾斯珀从院子那边跑来问候乔,乔蹲下抱着它,把自己的卷发埋在羊毛里。

"我只是提醒你,"经纪人说,"无论这里之前发生过什么,卡什莫尔先生绝不会容忍任何拖欠租金的行为发生。有传言说你在筹钱方面有些困难。"

"是的,当房租一夜之间翻倍的时候,人们在筹钱方面都会有些困难。"父亲说。

"房地产不是慈善事业。长时间以来,租金都要得太低了。你要知道,这可是土地开发的黄金地段。"

"土地开发的黄金地段!"父亲几乎是破口大骂,"土地开发的黄金地段!这是一家正在运营的农场,是一家农场。"

还是我们的家,汉娜想。

"人们需要住房,罗伯茨先生。"

"人们的确需要,但不能以摧毁一家农场为代价。一旦你失去了一家农场,就再也不可能重建了。人们还需要食物,而农场可以为人们提供食物。"

"那些牲畜怎么办？"乔突然大喊道，"还有那些野生动物怎么办？"

大家都回头看着她。她脸红了，不再说话。

继续说，汉娜想，不要因为他而沉默。

但是乔又把头埋进了贾斯珀的羊毛里。

父亲看着乔，注视良久。"说得对，"他说，转身面对着经纪人，"农场主们经营这片土地很久了——"汉娜随着他的眼神掠过牧场、溪流、树林和池塘，父亲继续说："有数百年的历史了。如果我们拖欠了租金，你就会让推土机来把这里夷为平地，这就是你想要说的吗？"

经纪人抖了抖肩膀，穿好他的夹克："我到这儿来不是要和你争论，罗伯茨先生。我只是来给你郑重的警告，以后租金的支票必须按时寄到。而且，即使发生了火灾也不能改变什么。我希望你的财产都上了保险。"

汉娜倒抽了一口冷气。

那台打谷机！

那台打谷机本来是要用来交租金的，但是父亲没有给它参保，因为他准备下周卖掉。现在打谷机烧成了一堆灰烬，留在谷仓的废墟中。

汉娜惊恐地瞪大眼睛。她望着父亲，但是看不透他脸上的表情。

"赶紧离开我的农场！"父亲说。

"当然，"经纪人说，"我已经看过了我想看的东西。再会，罗伯茨先生。"

他敲了敲夹在胳膊下的写字板，然后从容地走向他的汽车。汉娜看着他渐行渐远,怒不可遏却无能为力。乔悄声对着贾斯珀的耳朵说:"贾斯珀,出击!"

贾斯珀一动不动。

乔又一次轻声下达命令,语气十分坚决。

然后,贾斯珀低下了头,开始冲锋。

它用羊角正好抵到经纪人的屁股。他被撞得双脚离地,砰的一声摔在水泥地上,手脚胡乱挥舞着,尖叫着骂出一连串的脏话。孩子们看着这一切,瞠目结舌,像是被施了咒语一样呆住了。

经纪人摇摇晃晃地站了起来。已经很久没有下过雨,泥土都成了灰尘。他的黑色西装上沾满了脏东西,混杂着粉尘状的黏土,一缕缕干草和被压扁的鸡屎。他的脸红得像熟透了的李子,要气炸了一样:"那只该死的绵羊!像疯子一样跑来跑去!就应该被拴起来!"

他拉开车门,使劲拍去西装上的土。

乔的金色卷发连同身后的太阳一起熠熠闪光,就像天使的光环。"我很抱歉,"当那个男人弯腰坐进车的时候,乔说,"我也不知道它怎么突然会这样。"

经纪人啪的一声关上车门,开启发动机。汉娜冷哼着,正当如此。他们在水泥地上笑弯了腰,笑得停不下来。他们相互搀扶着,才没有笑趴在地上。萨姆高兴得又唱又跳,手舞足蹈。

汉娜瞥了一眼父亲,然后又惊讶地多看了一眼。

她轻轻推了一下乔。父亲看着经纪人远去的汽车,眼神中闪着光,嘴唇颤动着。他看见两个姑娘盯着他看,于是弯下腰,揉着贾斯珀厚厚的羊毛。"好孩子,"他喃喃地说,"好孩子。"

他向房子走去。当他用力踏上楼梯的时候,汉娜听见多年都不曾听见的声音回荡在院子里。

她的父亲在笑。

21 主意

那是一个短暂的胜利,只可惜太短了。当那过去之后,汉娜感到急需帮助。

她照看萨姆睡下以后,就立刻去了洛蒂家。她必须见见洛蒂。

洛蒂住在村子边的一座维多利亚风格的别墅里,就在农田的边缘,那儿建有很多住宅楼。从前面大门就能看出这是个整齐干净的地方。大门是刚刚上过漆的,挂着铰链,静静地摇摆着。而那修剪整齐的草坪就是最好的地毯。

踏进这间房子就需要立刻换鞋。地板上铺着各式漂亮的地毯,每一面墙都粉刷成了白色。抛光的古式家具上不允许落上一粒灰尘,四下看不到一片纸屑。洛蒂的母亲不喜欢东西杂乱。

洛蒂领着汉娜径直走进她整洁的卧室。缝纫机摆放在她的桌上。"我马上就要做好埃斯梅拉达第三幕的戏服了,"她一边说着,一边把布料放在地板上叠好,"有什么事吗?是关于火灾的吗?究竟是怎么回事?你爸爸还好吗?"

汉娜摇了摇头:"糟透了。所有的事情都糟透了。今天过得简直糟糕透了。"

她在房间里来回踱步，告诉洛蒂警察早上说的话，以及经纪人的到访和他做出的威胁。她还提到了那台没有参保的打谷机，而且解释了这也就意味着父亲下个月的租金变成了一堆灰烬躺在变成废墟的谷仓里。

她唯一没有提及的就是她发现的那个火柴盒。

洛蒂静静地坐着，认真地听着。然后，她问："你爸爸还有其他可以变卖的东西吗？"

在来洛蒂家的路上，汉娜也问过自己同一个问题。"我觉得没有了。菲尔德·马歇尔和那台打谷机是仅剩下的两件还可以运转的机器了。他还有其他的旧东西，但是都锈迹斑斑，或者破烂不堪。你知道的。你看见过它们散落在四处。"汉娜说。

洛蒂盯着地板。过了一会儿，她欲言又止地说："要不然——"

汉娜好奇地看着她："什么？"洛蒂并不是一个优柔寡断的人。

洛蒂迎上她的目光："好吧。我已经考虑了一段时间了。艺术节的奖金是五百英镑，对不对？我们必须确保我们会赢。"

"所以呢？"

洛蒂深吸了一口气："我觉得我们应该把这笔钱交给你爸爸。"

汉娜盯着她看："把我们所有的奖金都交给他？"

"他比我们更需要这笔钱。"

但是剧院怎么办？汉娜想。观众席的红色天鹅绒座椅怎么办？金色的幕布呢？买道具的资金呢？能不能不要再用纸板制作道具了？而且……还有……

"这是个办法，"汉娜说，"但是他绝对不会接受的。"

"我们可以说是租金，剧院的租金。"

然后另一个画面闪现在汉娜的脑海中——秘密鸡屋剧院公司向父亲呈上五百英镑的租金支票。如果她们赢得了奖金并用它支付了租金,那么父亲就会看到剧院的重要性了,是不是?

洛蒂打断了她的幻想:"我的意思是,我知道这些钱不够支付所有的租金,但是至少能减轻一点儿压力,是不是?租金一共多少钱?"

汉娜盯着她。租金多少钱?

"我不知道。"

"你不知道?"

"好吧,难道你知道你爸爸的租金是多少?"

洛蒂气势汹汹地看着她:"他们离婚了,你忘了?他们花了一年时间在金钱纠纷上面。我几乎知道这间房子每一块砖头的价钱。"

汉娜吓得缩了回去:"对不起,我错了。"

"反正那两个买走菲尔德·马歇尔的人说它值几千英镑,是不是?你爸爸卖掉它就是为了交租金。那么也就是说,租金应该有几千英镑吧。"

"几千英镑?一年交四次?怎么会有人付得起那么多钱?"

"是的,他本来就付不起,是吧?现在更付不起了,因为他们把租金翻倍了。"

汉娜心中升起一阵怒火,然后绝望之情让她镇静下来:"也就是说,五百英镑根本起不到什么作用,是不是?"

"也并不是毫无作用,总比什么都没有好得多。"

汉娜双手捂住了脸,想要大脑运转起来:"如果我们能想出其他什么价值五百英镑的东西,那么我们就可以给他一千英镑了。"

"卖掉什么东西?瞒着他?"

143

有钥匙插进了楼下的锁孔:"嗨,亲爱的!我回来啦!"

"嗨,妈妈,"洛蒂回应着,"汉娜在这儿。我们在忙呢。"

"嗨,汉娜,"洛蒂的母亲瓦妮莎说,"你们还有十五分钟,姑娘们,然后就该吃晚饭了,夏洛特。"

"如果是他不会注意到的东西,也许我们可以卖掉。"汉娜说。

"但是你说,再没什么值钱的东西了。"

"可是我也不清楚,是不是?我们怎么知道什么值钱?我是说,也许有些掩埋在泥土中的旧机器其实值些钱呢。"

洛蒂笑了:"《古董巡回秀》[1]。"

"什么?"

"你知道的,他们收集以后可能值钱的东西。我倒想看看如果我们拽着你爸爸的一把犁,他们会是什么表情。"

"他们会收集哪一类东西?"

"哦,你知道的,家具、银器,一些家里的东西——"

汉娜吸了一口气:"比如烛台?银质烛台?"

"是的,就是这种——"洛蒂停下来,盯着汉娜,"但是,不——你不是——你不能卖掉你爸爸的银质烛台。我是说,你不会背着他那样做的,对不对?你会吗?"

汉娜在房间里踱步:"它们已经在剧院里了,而爸爸却没有发现,是不是?而且,再说了,那些也不是爸爸的,是我妈妈的。"

"那就更加不对了,而且无论如何现在也是他的了。你不能背着他拿去卖掉。那是偷窃。再说了——"

---

[1]《古董巡回秀》是英国BBC电视台制作的一档收视率很高的鉴宝节目。——编者注

"这种偷窃还真有趣,卖掉某个人的烛台然后再把钱直接给他。洛蒂,如果这样能够拯救农场,我们必须这样做。"

汉娜心想,我必须帮农场渡过难关,因为谷仓被烧成废墟全是我的错。都是因为我的错,父亲才没有了东西拿来支付租金。

"但是那也该是你爸爸卖掉它们,"洛蒂一边说,一边咬着指甲,"也轮不到我们。这应该由他来决定。"

"他永远都不会卖掉的。那是我妈妈继承下来的东西,曾经属于我妈妈的曾祖母还是谁。"

洛蒂脸都变白了:"那么我们就更不能卖了。尤其是他现在这样的处境。"

"也许它们并不值什么钱呢。"

"不。"洛蒂满怀希望地说。

"我们怎么知道呢?"

"汉娜,你不能卖掉它们。"

"好吧,但是我们可以去弄清楚它们是否值钱。仅仅出于兴趣。你妈妈喜欢古董是不是?你怎么知道什么东西值钱呢?"

"你得去找鉴定师,"洛蒂说,"古董商、拍卖商或者其他什么人。"

"例如索斯比?"汉娜说。

"什么?"

"你知道的,就是米兰达爸爸工作的地方。"

"他不是在那里工作,他只是在那儿卖过画。"

"无所谓。那是一家拍卖行,不是吗?"

"但是它在伦敦。难道你现在准备拿着你爸爸的烛台去伦敦吗?"

汉娜沮丧地大叫起来:"说实话,洛蒂你真是吹毛求疵。难道你希望农场被夷为平地吗?我只不过是在想办法。"

"好吧,但我又不是专家。我不知道索斯比是不是出售烛台。"

汉娜坐在洛蒂书桌的椅子边缘:"好的。把门插上。"

"你要干什么?"

"他们一定有家网站。我要查一下。"

洛蒂叹了口气:"好吧,可以。我们来查一下吧。但是请你从我的椅子上起来。我来查。"

"这不公平!那是我的烛台!"

"这是我的电脑,而且你那么慢。你来查的话,我们整夜都要耗在这里了。现在我们只有五分钟。"

"哦,那好吧,老大!但是至少让我坐在你旁边吧。"

洛蒂开始在键盘上敲击。"点击'项目和服务'。"当网页打开后,汉娜说。

项目列表很长。"'英国和欧洲的银器和艺术品',"洛蒂说,"你的烛台是英国的,对吧?"

"什么是艺术品?"汉娜问。她准备先记在脑子里,回家以后自己再查。

洛蒂点击了一下这个项目。

两个姑娘都吸了一口气。

因为在"英国和欧洲的银器和艺术品"标题下面只有一幅画。是一套银质烛台。

"那么也就是说,他们的确经销烛台。"

"哦,天哪,你看!"汉娜指着屏幕另一边的一个格子。里面是同一幅图片的缩小版。而图片的下方有烛台的介绍和标价,上面写着:"二十二万九千六百英镑。"

她们对视了一下,眼睛瞪得大大的。"那是不是说,"汉娜的声音小得都听不见了,"那些烛台卖了二十二万九千英镑?"

洛蒂对着屏幕皱起了眉头:"这一套烛台共有六件,而且是皇家用品。所以——"

汉娜激动地扭来扭去:"但是即使我们的烛台只卖到它的三分之一——好吧,因为它们不是皇家用品,所以降低一点儿售价——那么也能卖到,估计,我不知道,也许……洛蒂,也许它们值五万英镑!"

"唔,"洛蒂说,"我不知道是不是那样算的。"

"好吧,但是即使它们只值一半的价钱——即使只值几千英镑——洛蒂,太好了!"汉娜激动得在椅子上蹦上蹦下。

洛蒂点击着那些链接。突然她两眼放光:"看,这个真不错。我们可以免费请他们估价。我们可以在线填一个估价表格,并用电子邮件发照片给他们,然后他们就会告诉我们大概的价格。"

"夏洛特!"洛蒂的母亲在楼下喊着,"晚饭准备好了。"

"来了!"洛蒂回答。

汉娜趴在屏幕前快速读着:"发送彩色清晰照,正面和反面……签名的照片,制作者标识的照片,不同程度损坏的照片……哦,天哪,洛蒂,我们可以的!能借一下你的照相机吗?明天早上我就拍照。等其他人走之后,我就去剧院拍。有后面油画的衬托,它们看起来棒极了。比起放在客厅脱落的墙纸前不知好多少。"

"这里说,他们需要四到六周来评估和回复。"

"好吧,我想,还来得及。他刚卖掉菲尔德·马歇尔用来支付租金,

147

应该距离下一次付款还有一些时日。你觉得还有多久——"

外面传来一阵脚步声,有人跑上楼。洛蒂关掉了网页。

卧室的门被打开了:"快点儿,你们两个姑娘。晚饭好了,夏洛蒂。你好吗,汉娜?你可怜的爸爸今天过得怎么样?"

汉娜站在门廊穿上她的外套,当她伸手去掏口袋里的手套时,她的手指碰到了杰克的火柴盒。她的心咯噔一下。

"那么你知道是什么引起了火灾吗?"瓦妮莎问。

汉娜抬眼看着她。瓦妮莎一边把围巾递给她,一边看着她的眼睛。汉娜觉得自己的脸颊发烫。瓦妮莎能读出她的心思吗?

她接过围巾,绕在脖子上,把头埋进去。

"我不知道。没有人知道。完全是个谜团。"

22 险被发现

周二早上九点半,汉娜快速浏览了一遍相机里面的照片。拍得很不错。真的不错。

她内心欢呼雀跃。她想象着当她把这辈子见过的最大数额的支票递给父亲的时候,他会是什么表情!当所有的问题都一劳永逸地解决了的时候,他会多么高兴啊。

她把相机装进自己的外衣口袋,环顾剧院四周,还是火灾发生后他们离开时的模样。洛蒂已经把所有的戏服拿回来了,但是她明显还是倍感震惊,因为洛蒂直接把戏服一股脑地全扔在了王后的床上。戏服全散发着浓烟的臭味。

汉娜开始平静下来,做好清理剧院的工作。她把戏服上的褶皱弄平整,把它们放回挂衣杆。她把珠宝首饰放回橱柜中间的抽屉,把道具放回道具箱。她把书册打开,对照着道具列表检查是不是所有的物件都齐全了。

前门滑开了,一道晨光照到地板上。汉娜再次意识到王后的寝宫居然是水泥地板,这多不协调啊。

"汉娜?"洛蒂说。

149

汉娜抬起头。

洛蒂的声音听起来有些慌张："汉娜，我们有麻烦了。有大麻烦了。"

汉娜浑身的血液都冷却了。还有别的麻烦？

洛蒂语无伦次地说："评委刚刚打电话问周六来农场的路线，她的语气听起来真的很友好，她想知道在哪里停车。但是我不能告诉她停在小路尽头，然后步行，因为如果她一路步行到院子，然后发现有停车的地方，她会觉得我们十分无礼。而我又不能告诉她这是一个秘密，如果秘密剧院是违反参赛规定的呢？所以我就告诉她停在农场的院子里，但是这样一来你爸爸遇见她，发现了一切又怎么办？"

汉娜盯着洛蒂，大脑一片空白。她从未考虑过父亲发现剧院的可能性，现在这个问题和其他事情在她脑海中乱成一团。所以她想不出能说什么。

她转过身，这时门开了，豆豆们冲了进来。

"哇哦，刚才好惊险，"乔说，"我们以后一定要十分小心。爸爸和亚当刚刚走下去喂猪。"

亚当是一个农牧专业的学生。他从去年开始在农场实习，他很喜欢这份工作，现在几乎每周周末都来这里帮助父亲打理农场。

"把门关上，快点儿。"汉娜说。

一个巨大的绒球挤过门廊。

"乔，我说过了，这周剧院不允许出现动物。我们必须保持专业。"

"贾斯珀不是动物，它是我的朋友。"乔抱着贾斯珀毛茸茸的粗脖子说。

洛蒂一边查看戏服，一边说："那么评委的事情我们怎么办？"

"贾斯珀，从舞台上下来！"汉娜说，"乔，让它下来。"

"评委怎么啦？"乔问，她双手抱住贾斯珀肥大的肚子，想把它拽到观众席去。

洛蒂解释了一遍问题。当她说完之后，坐在观众席地板上的萨姆一边戳着贾斯珀一边说："我觉得我们应该邀请爸爸。他会喜欢我们的演出的。"

"呵呵。"汉娜说。

但是洛蒂仍然站在挂衣杆前，皱眉凝神想了想说："你知道吗，如果萨姆说得对呢？"

"什么？"汉娜说。

"也许他会喜欢我们的演出。也许他会以你为傲的。一旦他观看了这部剧，也许他会觉得建立剧院是件好事。"

"哦，是的，"汉娜说，"很不错的主意。但是如果他不喜欢呢？如果我们邀请了他，然后他大发雷霆，命令我们立即解散剧院，把这儿所有的东西迅速放回去呢？而我们已经做了这么多事情，我们把剧院装扮得如此漂亮，周六评委就要来了——"

"但是如果我们没有邀请他，"洛蒂说，"然后他看见了评委，并且发现了这么长时间我们一直背着他做的这一切，他可能更加生气，甚至冲进剧院，当天就让我们结束一切。我们可不能冒这个险，是不是？"

乔一直蹲在观众席边上的墙边，修补一个布袋，突然，她把食指放到唇边，低声说："嘘！"

他们惊讶地看着她。"怎么了？"汉娜问。

"有沙沙的声音。"她轻声说,"就在外面。我想是一只狗。"

大家都侧耳聆听。外面确实有沙沙声,现在还有喘息声。"是苔丝。"乔小声说,"它能嗅到我们。"

喘息声变成了狗吠,狗吠变成了抓墙声。小路那边传来喊声:"苔丝!苔丝!回到这儿来!"

"哦,不!"汉娜小声说,吓得一动不动,"爸爸会发现我们的!"

萨姆蜷缩在汉娜的身旁,抓住了她的胳膊。

"我们该怎么办?"洛蒂问。她环顾剧院,但是很明显他们无处可躲,对此他们都心知肚明。

"走开,苔丝,走开!"乔小声说。

苔丝更大声地叫着,更用力地抓着墙。

"哦,不;哦,不,"洛蒂拖着哭腔说,"他会杀了我们的!"

"除非爸爸打开门,否则苔丝进不来,"汉娜小声说,"全都不要说话。"

"苔丝!苔丝!"父亲站在田野里呼喊着,"快点儿出来!那只淘气的狗跑到哪儿去了?"

然后他们听见了亚当的声音:"我想它被困在这儿的荆棘丛里了。"

"好吧,我进去看看它到哪儿去了。"

他们一个个噤若寒蝉,听着荨麻丛被踩过时,荆棘被折断的声音。很显然,父亲拿着一根棍子,正拨开树丛向鸡屋迈进。

汉娜的心怦怦地撞击着胸口,如此剧烈,她甚至感觉到胸口疼。

接着传来更多荆棘被折断的声音,然后是亚当的声音,越来越近:"找到它了吗?"

"在这儿。你这只坏狗狗！"父亲咆哮着，"你以为你在玩什么花样？"

他就站在外面，和孩子们坐的地方相距不到一臂。而且，亚当也渐渐走近，传来重重的脚步声。

苔丝又开始抓墙面。

汉娜屏住了呼吸。千万不要发现门，爸爸。千万不要，上帝啊，千万不要让爸爸进来。

"你这是怎么了？"爸爸问苔丝，"有老鼠吗？"

"这是什么地方？"亚当问，"我都不知道这里有一个棚屋。"

父亲先清了清嗓子，然后说："曾经是个鸡屋，很多年没用了。离开那儿，姑娘。你真是一团糟。让我们把你皮毛上的那些刺果取下来吧，嗯？"

贾斯珀使劲抖了抖它的脑袋。乔严厉地盯着它，把手指放在嘴唇上。

"那么，你不准备为租金继续和他们争执了？"

"不了。"

"但是，那确实涨了一大笔数额。我简直不能相信法律居然允许他这样做。"

"好吧，我已经和律师谈过了，据他估计，即使我们上诉也不可能打赢官司。租金确实上涨了很多，但这也是随着市场波动的。我没有时间和他争斗。这里要忙的事情已经够多了。坐好别动，苔丝。还有，再也不要接近这间棚屋！你这只该死的讨厌鬼。"

"你不是真的准备卖掉那些奶牛吧？"

汉娜的胃翻滚着。卖掉奶牛？

乔的脸变得惨白。萨姆瞪大眼睛看着汉娜，他正准备张嘴说话。汉娜捂住他的嘴，冲他摇了摇头。

"没办法。无论如何都要把租金付了。"

"那明年怎么办？没有了奶牛你要怎么办？"

"等到我们需要面对的时候再说吧，"汉娜听到父亲用对话到此结束的语气说，"走吧，苔丝，我们还有事情要忙活。"

没有人说话，也没有人动一下，直到脚步声和沙沙声渐渐听不见了。最后传来靴子踩在柏油路上咯噔咯噔的声音。汉娜放松了肩膀，呼了一口气。

"哦，天哪，差点儿就被发现了，"洛蒂说，"我还从没这么担惊受怕过。"

"汉娜，爸爸不会真的把奶牛卖掉吧？"萨姆说。

"当然不会。"汉娜说，但是她内心很焦躁。父亲变卖机器已经很糟了，难道现在都要卖牲畜了！

到最后，没有什么剩下可以卖的东西了，那怎么办呢？

"他不能卖牲畜，"乔说，"没有奶牛的农场就不是农场了。我不相信他真的会这么做。"

"这也说明，"汉娜说，"我们必须赢得比赛，把奖金交给爸爸。我们仅仅需要确保我们的戏剧最好，仅此而已。"

"是的，顺便抹去米兰达脸上沾沾自喜的笑，"洛蒂说，"就为这一点也值了。"

彩排结束以后，汉娜和洛蒂走上小路。一缕缕白云飘浮在湛蓝的天空中。红隼在头顶盘旋，鸟儿的歌声从灌木篱墙上倾泻而下。

很快，牧场上又会开满野花，比如百脉根、四叶草、九轮草、毛茛，还有汉娜母亲的最爱——布谷鸟剪秋罗[1]。

汉娜呼吸着清新的空气。然后一个场景闯进了她的脑海：一列货车沿着小路轰隆隆开下来，卸掉上面的水泥，倒在农田上，闷死了花花草草，活埋了昆虫，饿死了小鸟。

她想象着奶牛、猪、羊被装上车，拉到集市，它们乱哄哄地挤作一团，发出各种惊恐的声音。她想象着破墙重锤在房子上方摇晃着：砸穿母亲的卧室，砸碎厨房。她仿佛看见巨大的钢球摇摆着穿过父亲的办公室，然后一摞一摞纸飘散在院子里，账单、时刻表、信件，还有记事簿，就像一场纷纷扬扬的暴风雪。她仿佛看见推土机碾过她的剧院，掀翻房顶，推平围墙。

她仿佛听见链锯刺耳的声音，古老的树木被锯断倒地，让人心里很不舒服。

然后是一片沉寂，死一样的沉寂。什么声音也没有，只剩一片死寂，因为在坚硬的水泥地下躺着他们活埋的生灵。

她想象着父亲现在经历的一切。

然后她摸到了口袋里面的火柴盒。

她可以告诉父亲这是杰克的火柴盒，是不是？她可以不用说为什么这两个男生会出现在农场里。

虽然告诉父亲是谁引起的火灾，并不能拯救农场，但是也许可以让他暂时分心，不再去想别的。

至少，这是她欠他的。

---

[1] 布谷鸟剪秋罗，一种石竹类植物。——编者注

23
古董行

周三下午两点，旧公共汽车摇摇晃晃吱吱呀呀地开往密西汉姆。汉娜倾斜上身靠到洛蒂那边，用手背擦了擦车窗上的雾气。

还有很长的路。她看了看她的手表说："两点半之前我们是不可能到了。我们该早点儿出发的。"

"别担心。古董商没有那么忙。我确定迟到十分钟不是什么大事。"

公共汽车慢腾腾地停靠在站台边。一个老人慢吞吞地上了车，他的雨伞在滴水，身后是两个十年级的男生，低着头，身上的帽衫被雨水浸湿，贴在背上。汉娜把放在膝上的塑料袋抓得更紧了。

洛蒂说着有关埃斯梅拉达最后一场戏的戏服的事情，那件衣服她早上刚刚做好，但是汉娜要想的事情太多了，没有心思注意听。

这是个正确的决定，是不是？如果父亲决定在下一次集市上卖掉奶牛——据乔所说，下一次集市就在两周后——那么他们等不到索斯比四周后的回复了，是不是？而且那只是估价。烛台真正被卖掉估计都要几周以后了。

不，她们现在急需用钱。要不卖烛台，要不卖奶牛。

而且当父亲意识到是她们挽救了他的奶牛的时候,他就不会生她的气了。

洛蒂还在继续说着,但是汉娜还是难以打消心中的顾虑。"你确定这个人可靠吗?我的意思是,如果他用五百英镑从我们手中买到烛台,但转手以五万的价钱卖掉呢?"汉娜问洛蒂。

洛蒂叹了口气说:"汉娜,我妈妈认识他很久了。她从他那里买了很多古董,也卖了很多古董给他。她说他估价很准的。"

"你什么都没有和你妈妈说?"

"当然没有。我只是昨天一整晚都假装自己对古董产生了十分浓厚的兴趣。"

"谢谢你,洛蒂。我真的很感激。"

"没什么。其实也挺有趣的。你知道吗……"

汉娜很想集中注意力,但是洛蒂一提到昨天晚上,她就又想起了其他的事情。她怎么才能鼓起勇气告诉洛蒂她昨晚干了什么呢?

如果洛蒂知道是杰克和丹尼烧毁了农场,她会更加憎恨杰克。如果还有可能更恨的话。

但是如果洛蒂开始问一些令人尴尬的问题呢?她总能问出一些让人措手不及的问题。

当她们在密西汉姆下车的时候,天气阴冷潮湿。她们沿着大街走,天色暗沉如铅,让人倍感压抑。

当她们从一座桥上穿过河流的时候,洛蒂突然抓住汉娜的胳膊说:"就在那儿!"

她指着一个黑底金字的标牌。它挂在一扇红棕色窗外的铁架上,

157

上面写着——"休·费瑟斯通古董店"。

汉娜的心在胸腔里剧烈地跳动起来。这是真的吗?她们真的会在走出这家小店的时候口袋里塞满成千上万的钞票吗?哦,天啊,她们会在回家的路上被打劫吗?

别犯傻了。会开张支票的吧,对不对?

但是如果支票被偷了呢?或者掉到水池里了呢?

洛蒂拽了拽她的胳膊说:"走吧。是不是很激动人心啊?"

汉娜一走进门,首先映入眼帘的就是盛放在花瓶中的一大束百合,摆在一张抛光的大桌子中央,花香四溢。

她突然感觉一阵恶心,转身冲出了门。她站在人行横道上,靠着古董行的墙,努力眨眼不让泪水掉下来,大口吸入混合着公交车的柴油味、河水和啤酒花味道的空气。

洛蒂跟在她后面出来。"怎么了?你脸色这么苍白。你不舒服吗?"她猛地吸了口气,"哦,天哪,是因为百合,对不对?"

洛蒂记得的事实让汉娜仿佛又回到了痛苦的深渊。

汉娜母亲去世的时候,人人都送来了百合,以至于好几周,家里一直弥漫着百合的花香。

洛蒂拥抱着她,一直到她的抽泣渐渐变成哽咽。

"现在好点儿了吗?"

汉娜用袖子擦了擦眼睛:"我不能回去。"

"我们必须去。我们得把烛台卖掉,是不是?想想吧,等我们出来的时候就会拿着一张五万英镑的支票!看着吧,我会进去让他们把百合搬开,再让他们在周围喷些空气清新剂。"

"这你怎么办得到呢?"

"我会想点儿办法的。"

过了几分钟,洛蒂回来了,她咧嘴笑着。"现在里面全是浓重的契约味。"她低声说,"我告诉他说,我们携带着价值连城的烛台,但是我们不能进去,因为你对百合的香味严重过敏。只要吸入一口,你就会昏厥过去。"

汉娜笑了。

"好了,"洛蒂说,"咱们走吧。"

这是汉娜第一次注意到钟表的嘀嗒声。到处都是钟表——落地大摆钟、挂钟、壁炉台上的座钟;木盒、银盒、黑色胶盒和镀金盒子的各式钟表;大钟、小钟、带钟摆的钟、棱柱装饰的钟。这些钟表有的声音低沉洪亮,有的声音急促断续,嘀嗒声此起彼伏,一波盖过一波。每一种声音的音调和音频都各不相同,各种钟都争先恐后地发出声音,像幼儿园蹒跚学步的孩童想要引起他人的注意。在这里工作的人怎么没有被逼疯?

汉娜本以为这家店应该类似高级的义卖会之类的,但是这更像一座缩小版的豪宅。高雅精美的嵌板安装在墙面上。店铺的中央摆着之前放百合的富丽堂皇的桌子。桌子的表面被打磨得光滑如镜,映射出各种银器:银烛台、银茶杯、银糖罐、银餐具、银盘、银相框。它们熠熠闪光,交相辉映,相互攀比,好像在说:"我比你更重要,我比你更值钱。"

"我说了他是银器方面的专家。"洛蒂说。

汉娜把胸前的塑料袋抓得更紧了。突然,她不想抛弃高祖母的烛台了,多少年来它一直骄傲地立在客厅壁炉架上,而现在,她要把它留在这些银器中间,它们被抛弃在这里,除了价格标签上的数目,一文不值。

"怎么了?"洛蒂小声问,"你还闻得到那……你知道的……"

汉娜摇摇头。如果她告诉洛蒂她现在脑子里想的事情,洛蒂一定会认为她疯了。她转过脸,望着窗,然后吓了一跳。

哦,不。

不要在这儿。不要是现在。不要是和洛蒂在一起的时候。

也许他们不会看见她。

汉娜低下头,从窗前走开,往商店里面走。她装作在研究一件橱柜,但还是禁不住回头看窗外。

通过雾气蒙蒙的玻璃,丹尼·卡尔的视线和她的撞在一起。

哦,不。她为什么要转身呢?真蠢啊!

"我想,你有些银烛台想要让我估价吧。"

汉娜抬头看。

柜台后面站起一个中年男子,他微微屈身,面色暗淡,苍白如纸,头发干燥稀疏,穿着一件褪色的羊毛衫,整个人毫无生气。他看起来很需要扫去笼罩着他的阴霾,去享受灿烂的阳光,去呼吸新鲜的空气。

也许他们已经走过去了。汉娜又向窗外看去。

不,他们还在那里。虽然隔着满是雾气的窗户很难看清,但是他们看起来似乎在争执着什么。

但愿他们千万不要进来。千万不要。

洛蒂用胳膊肘使劲戳了一下汉娜。汉娜看着她,她扬起眉毛,暗示汉娜说:"打起精神,我们要干正事了。"

汉娜清了清嗓子,递上手中的塑料袋。为了拯救那些奶牛,她对自己说。

那个男人接过塑料袋,转身走进里间。

商店的门突然被撞开了。汉娜的胃紧张得缩成了一个球。

洛蒂唰地转过头。汉娜通过她的脸色就知道他们进来了。

汉娜转过身。

只有丹尼一个人。他看起来气势汹汹。

杰克在哪里?她又看着窗外,但是那里没有人了。

"你想要——"洛蒂刚开口。

但是丹尼推开她,直接站到汉娜面前。

"你这个可恶的告密者。"他唾骂道。脸凑到汉娜面前,相距不过几厘米。他满口的大蒜味。汉娜依然低着头,往后退了一步,她的心剧烈地跳动着。

"嘿,"洛蒂说,"怎么了?"

他没理睬她。"你这个告密者,"他咬牙切齿地又对汉娜说了一遍,双手攥成拳头,"你这个该死的告密者。"

"到底怎么了——"洛蒂说。

他转过头,冲着她抬了抬下巴:"不关你的事,蠢货。"

"走开,丹尼,"洛蒂说,"否则我就叫店主了。"

"是啊,你当然会。你们俩都是这种人,不是吗?"

洛蒂大步向柜台走去。

"小心点儿,"丹尼逼近汉娜的脸前说,"我们会回敬你的。"

"尽管放马过来吧,"汉娜说,心怦怦直跳,"好像我怕你一样,丹尼·卡尔。"

丹尼的嘴抽动着，向汉娜吐了一口唾沫。汉娜向后一缩，闭上了眼睛。口水落到她下巴上，溅得满脸都是。

"呃，你真恶心！"洛蒂尖叫起来，"出去！"她从上衣口袋掏出纸巾递给汉娜。汉娜擦着脸。

丹尼转身拧开门走出古董店。洛蒂看着他走了，便转过身，瞪大眼睛问汉娜："这是怎么回事？你做了什么？"

汉娜的双腿都在抖。她扑通一下坐在一把古旧的椅子上。她不能告诉洛蒂。她不能再让另一个人冲她发火了。

"汉娜，说啊！到底发生什么事情了？"

汉娜摇了摇头。

"告诉我！你做了什么招惹到丹尼？"

汉娜深吸了一口气："如果我告诉你，你要保证不会说'我早就说过了'。"

"好的。你说吧。"

"我在谷仓外面发现了一个火柴盒，"汉娜说，尽量保持语气平缓，"上面写着米兰达的名字和电话号码。那天我和杰克在公交车站的时候，他拿的就是那个火柴盒。"

洛蒂屏住气问："是杰克放火烧了谷仓？"

"昨天晚上我告诉了爸爸，他给警察打了电话。今早警察去了杰克家。"

洛蒂紧盯着汉娜，目瞪口呆："我简直不能想象是他放火把你爸爸的谷仓烧了。你为什么不告诉我呢？简直难以置信。实在是罪大恶极。他会被怎么处理？"

汉娜耸了耸肩："警察已经告知学校了，但是我不知道他们会不会采取什么措施。"

洛蒂的脸色因愤怒变得铁青:"实在是罪大恶极。他应该被送进监狱。"

"那是个意外。我知道事态严重,但那确实是个意外。他说他们在那儿点了火,但是他们以为已经扑灭了。"

"你之前为什么不告诉我呢?"

汉娜局促不安地扭了扭身子:"好吧,在警察打电话之前我并不确定是不是他们,而且我是在今天离开前才刚刚发现的。"

洛蒂皱着眉问:"可是你怎么知道丹尼也参与了呢?你不是只发现了杰克的火柴盒吗?"

汉娜感觉自己的两颊发烫。她甩了甩脸前的发丝,望着地面:"哦,你知道的……他们两个人总是混在一起。我只是猜测,真的。"

"我不明白。他们在你家农场干什么?他们之前并没去过,对不对?"洛蒂说,汉娜能感觉到她还是皱着眉头。

汉娜表示不置可否。

"他们真是败类,"洛蒂说,"我早就知道杰克·亚当斯是个败类。"

"你说你不会说'我早就说过了'的。"

"我没有。我就是说——"

"那是个意外。他们并不是有意放火烧谷仓的。"

"两个白痴,"洛蒂说,"在谷仓里点火!而且没有彻底扑灭!愚蠢,两个可悲的白痴!哦,汉娜,得了吧,这点你不可否认。"

汉娜沉默了。她没法和洛蒂争执,因为她必输无疑,但是她也无法抹去脑海里的美好画面:杰克扯下她空白的数学作业纸,撕成碎片撒在风中；杰克在公交车站蹲在她面前，帮她捡起掉落的东西；杰克居然没有在操场上散播关于那只死鸭子的故事；杰克调皮的笑容，他眨着眼，目若星灿，逗她开心的样子……

"啊，年轻的女士们。"

她们抬头看。那个男人回来了，站在柜台旁边，手里拿着烛台。他似乎觉得挺有意思，好像是被某个私人小玩笑逗乐了，心里偷笑着。这和他并不相称。他的脸奇怪地扭曲着。也许二十年来他都没有试图笑过了。

"有意思，"他说，汉娜的胃再一次翻滚起来，"你说，这些是你继承来的？"

"是的。"汉娜说。

"从你高祖母那里？"

"是的。"

"嗯，"他清了清嗓子，"你知道你的高祖母是怎么得到它们的吗？"

"不知道，"汉娜说，她的心跳加速，"我想她也是继承来的。"只要告诉我它们值多少钱就可以了，她心想。

他顿了顿，又开始回味那个私人小玩笑。汉娜开始有点儿讨厌他了。

"嗯，"他又开口说，"我想并不是那样。也许它们对你来说有着某种特殊的意义，但是我很遗憾告诉你，这些恐怕并非真品。"

汉娜盯着他："什么意思？"

"亲爱的，它们并不是纯银制品。它们是在 20 世纪 50 年代大批量生产的镀银制品，就是那种你可以在任何街道的家居用品店买到的东西。"

"但是……它们怎么能是……我是说……你确定吗?"

他的语气变得温和起来:"我很确定,很抱歉。"他把烛台放在柜台上,用汉娜之前小心包裹的报纸重新把烛台包起来。他把烛台装回塑料袋,然后递给汉娜。

"很抱歉让你失望了。"他努力挤出微笑,"我希望你并没有打算用这笔钱去巴哈马旅游。"

"没有,"汉娜说,"不是巴哈马。"

"那就好。"

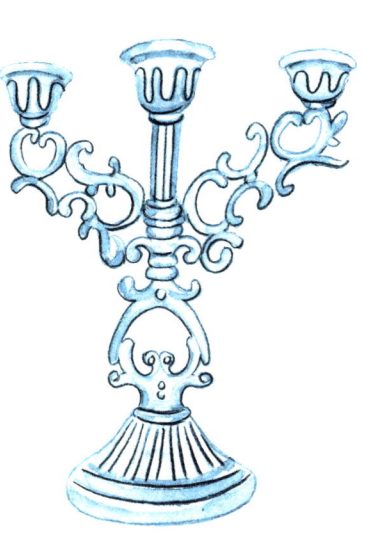

此刻大雨倾盆——雨滴浸湿了汉娜的外套,寒彻骨髓。她低着头,缩成一团。

洛蒂抱紧胳膊说:"我很抱歉,汉娜,真是遗憾。"

汉娜步履沉重。她说不出话来。

"它们看起来真的像古董。"洛蒂说。

汉娜吸了口气。

索斯比。

她寄了一张20世纪50年代的廉价烛台的照片,去索斯比的银器部估价。她还以为事情不会比现在更糟糕了。

"至少我们尝试了。"洛蒂说。

汉娜心中的悲哀变成了愤怒："他们为什么要骗她？我简直难以相信他们说谎！"

"谁？谁骗了谁？"

"我妈妈的曾祖母或是其他什么人，她骗了我妈妈。"

"好吧，你妈妈是从她祖母那里得到的，是不是？也许她祖母真的以为它们是真品。"

"那么好吧，她的祖母骗了她。肯定有人知道它们不是真品，她从百货商店买来烛台，装作它们价值不菲。为什么会有人做出这样的事情？"

洛蒂抱住汉娜说："我不知道。真遗憾！但是听着，我们唯一能做的就是确保我们赢得比赛。距离彩排还有两天的时间，我们必须做到万无一失，那么我们就有五百英镑可以给你父亲了。这样就可以帮助他挽救农场，五百英镑还是可以帮到一些忙的，不是吗？"

24 最后一天

周五下午,汉娜躺在床上,满脑子构思着她新剧本里反派的开场白:一个邪恶的地主决定摧毁贫苦农民租户经营了十代的美丽山谷。他准备圈起这片土地,强迫农民成为他的劳工,为他建造世界上最辉煌的宫殿。

"肃静,农夫们,你们都必须听我的命令!"她写道,"你们不用再照料那些瘦小的山羊和羸弱的绵羊,苟延残喘,勉强度日。这片土地是属于我的,你们都明白吗?你们的草地将会变成我的游乐场,你们的牧场将会变成我的玫瑰园……"

隐约间,汉娜才意识到电话在响。她叹了口气,把剧本放到床底下,跑下楼去接电话。

"汉娜?"是洛蒂,"你一定猜不到我从隔壁家的垃圾箱里翻出了什么。"

"你刚才在翻垃圾桶?你,洛蒂·珀费克特在翻垃圾桶?"

"我听见他们说清理出来了好多东西,我就来看看。你现在就得过来帮我把它搬到剧院去。"

"现在?是什么东西?"

"这是个惊喜,但是我保证一定很棒,而且我们明天的演出绝对要用到。我发誓,它一定会派上大用场。他们现在不在家,我们必须马上行动。"

汉娜斟酌着。距离下午茶还有一个小时,但是,她又要花一整晚来写剧本了。不过如果垃圾箱里找到的东西能让洛蒂都如此兴奋,那么它也许真的是件值得令人兴奋的东西。

"那么,好吧。"汉娜说,"二十分钟后见。"

汉娜走出餐厅的时候,抽出一把椅子。也许她现在就可以搬走一把,这样的话早上就可以节省一些时间。

今天是第一次感觉到春天真的来了。蔚蓝的天空如穹顶般笼罩着整个农场,从北方的林木到南镇的青山。苍穹之下,一簇簇黄水

仙围绕着长满青苔的树干肆意盛开。

汉娜拿着椅子顺着秘密小路向剧院走去，沿途的黑刺梨树上生长着微小紧实的粉色花苞。她推开前门，把椅子放在下面的观众席中。猛然间，不知从哪里涌起一阵阵纯粹的喜悦感。剧院很美，天气很美，昨天的彩排也进行得很顺利。他们一定会赢得林福德艺术节的戏剧比赛！

汉娜甚至可以感觉到剧院都对明天的表演充满了期待。她能感觉到空气中跃跃欲试的气息。一切准备就绪。观众席被打扫得一尘不染，只等摆好其他椅子。化妆室里，所有的服装都已贴好标签在挂衣杆上整齐地排列着，五颜六色，如彩虹般炫目多彩。玛莎已经把化妆品一一摆好在梳妆台上，并把珠宝首饰一一擦亮挂好在匣子上。剧本被放置在道具箱上。每一件道具都一一对照表单查验过，并按照出场次序摆放整齐。

舞台上，王后的寝宫完美无瑕。那套并不值钱的烛台又被放回到梳妆台上。汉娜尽量让自己不去想那些烛台，将种种感触通通抛之脑后。

"我们会赢的，妈妈，"她小声说，"保佑我们吧。你会以我们为荣的。我们会把钱交给爸爸，帮助他拯救农场。我们不会让任何人毁掉农场。我保证，我们不会让这件事发生的。"

"你不会相信的，"洛蒂开门的时候说，"你一定不会相信的。"

她取下挂钩上的背包甩在肩上："我已经改好了乔的瑞兰唐多王子的裤子腰围，这样裤子就不会再往下掉了。等我们干完这件事情以后，我就让她试穿一下。现在，来看看吧。"

废品箱的边缘是用参差不齐的木板拼凑而成的。洛蒂从边缘探进头去,拉扯着什么。

"你看。"

是一卷地毯。从洛蒂拉起的一角可以看出,地毯的底色为红色,还饰以蓝白黑金各色图案。地毯看起来完好无损。

"哇,"汉娜说,"真是捡到宝了。"

"我知道,"洛蒂说,"就像命中注定一样。"

汉娜在脑海中勾画出王后的寝宫:墙上镶嵌着木质的壁板,窗前悬挂着漂亮的窗帘,有四柱床,现在还多了一块波斯地毯。她满心欢喜地吸了一口气,然后拥抱了洛蒂。

"这是一个前兆,"她说,"我们将赢得比赛。"

地毯沉得令人难以置信。她们需要时不时停下来换手,抖抖酸痛的胳膊。外面很多人在遛狗,但是没有人问她们为什么会在周五下午抬着一大块波斯地毯走在榆木街上。

当她们走在农场小道上的时候,北方牧场里那些奶牛们抬头望着她们,直到她们跟跟跄跄地走过,奶牛们才继续反刍咀嚼。而南方牧场里那头怀有身孕的绵羊对此毫无察觉。

"停一下,汉娜,"走到半路,洛蒂喘着气说,"我需要休息一下。"

"你疯了吗?万一我爸爸看见咱们了呢?起来吧,我们就快到了。"

她们步履蹒跚地穿过农田,走过秘密小路,一路上地毯还撞断了不少树杈枝条。汉娜拉开前门。她们跌跌撞撞地走进去,卸下肩上的地毯。地毯砰地落下后,她俩一屁股坐在上面,一边喘着粗气,一边揉着自己酸痛的胳膊。

"好了,"汉娜跳起来说,"让我们看看效果吧。"

洛蒂喘着粗气说:"再让我休息两分钟。"她扭了扭肩膀,转了转脖子,接着说:"我简直难以相信评委明天就要来了,你呢?"

"我也觉得难以置信,"汉娜说,"不管怎样,这简直太棒了——感觉我们真的准备好了。"

"但其实还有一个问题,不是吗?"洛蒂看着她说,"你爸爸。"

汉娜的胃抽动着。"来吧,"她站起来,"我们把舞台上的东西都搬下来,然后铺上地毯。先搬床。"

洛蒂起身,拂去裤子上的灰尘,然后她们抬起底角固定起来的板条。

"我猜,他明天下午不会外出吧?"在她们把王后的床挪到观众席的时候,洛蒂满怀希望地问。

"他不外出,"汉娜说,"小心那个床柱——别挂到窗帘拉绳。我试着提议过一些事情,但是他看我的眼神就像是我疯了一样。好了,下面搬梳妆台。我们先清理一下桌面吧。"

她们拿起烛台、王后的发梳、香水瓶和珠宝首饰,放到后台。然后准备搬梳妆台。

"我觉得我们应该告诉他。"洛蒂边说边抬起桌子的一头。

汉娜放下了另一头。她惊慌失措,全身颤抖着说:"我们不能告诉他!他会生气的。他会逼我们拆了剧院,不让评委来,中断一切事情。"

"但是,汉娜,我们讨论过这个了。如果他看见评委到访,通过这种方式得知真相,然后大发雷霆呢?如果我们事先告诉他,也许还可以说服他呢。"

"但是也许他不会发现,"汉娜说,"发生火灾的时候他就什么都没有发现,是不是?所有的嘉宾都在场,我们还穿着戏服,看到这一切他连眼皮都没有眨一下。"

"那可能是因为他忙着把牲口从燃烧的谷仓里救出来吧?"洛蒂说,"但愿明天不要再发生这样的事情影响我们。"

汉娜绞尽脑汁地想着。如果萨姆告诉了他呢?他也许不会冲萨姆发火。

但是这对萨姆并不公平,对不对?

洛蒂重新抬起梳妆台:"来吧,我们把它搬走。"

她们搬起梳妆台,像螃蟹一样左脚并右脚横着走,把梳妆台放到观众席。

"我们要怎么搬开窗边的位子呢?"汉娜问,"窗户和座位还有天花板都连在一起。"

洛蒂看了看说:"我们需要帮手。我们去找豆豆们吧。乔来了还可以试一下裤子。"

当她们走到北方牧场的时候,汉娜看到溪边灌木丛中一道蓝色的闪光。汉娜抓住洛蒂的胳膊,指给她看:"看,是翠鸟。"

那只小鸟飞向另一根树枝,落在上面。

"哇哦,"洛蒂说,"我从没见过翠鸟。我以为它们要大得多,原来这么娇小,好漂亮啊。"

"我要记得告诉我爸爸,他以为现在附近已经没有了。我不知道你爸爸做鸟类调查的时候有没有见过。"

洛蒂猛吸了一口气，抓住汉娜的胳膊说："我知道了！"

汉娜盯着她："什么？"

"如果我让我爸爸给你爸爸打电话，告诉你爸爸有关翠鸟的事情呢？然后我爸爸会提出要来看看，明天和你爸爸在这里汇合，正好在演出开始以前，带他去看翠鸟。然后我爸爸可以带你爸爸到剧院来——他可以说那里有一个鸟窝在灌木丛中或者随便哪里——这时，观众都已经到了，还有评委……"

汉娜看着洛蒂，好像她是个疯子一样："你在说什么啊？"

"你还没明白吗？"洛蒂说，"如果我爸爸在表演就要开始的时候把你爸爸带到剧院来，你爸爸就不能冲着我们大喊让我们停止演出了。他不能当着我们家人和评委，以及其他人的面这样做，那么至少我们就可以进行演出了。即使大家都走以后他会大发雷霆。"

笼罩在汉娜脑海里灰蒙蒙的雾被一道光劈开了。"你知道吗？"她说，"这也许真的行得通。"

"好的，"洛蒂说，"今晚我就给我爸爸打电话解释这一切。"她停下脚步，说："哦，但是我们必须记得。我们中的一个人一会儿要做一件事。"

"做什么？"

"我们要把烛台，以及骏马和良驹那幅油画拿走。"

谢天谢地，洛蒂的心思如此细密！如果让父亲看见母亲珍贵的烛台和她最爱的画作被挂在鸡屋里，他绝对会暴跳如雷。哪怕是女王本人坐在观众席上。

173

25 绝望

星期六早上九点钟,乔把头伸进后门。汉娜和洛蒂正站在洗涤室里。

"怎么样?"汉娜问,在过去的五分钟里,她的手指一直不停地敲击着冰箱。

乔走进来,手里拿着笔记本和铅笔。她郑重地清了清嗓子。

"秘密安全报告编号07962,来自至高无上、无所不能的豆豆协会。报告时间,三月二十号周六早上九点整。经过绿豆和刀豆的全方位搜索,现正式宣布农场院子为安全地带。八点五十六分目击主要嫌疑犯代号A.R.驾驶拖拉机开往沃特布鲁克方向。"

"很好。留守在这儿,继续侦查。我们再去搬些椅子,很快回来。哦,对了,玛莎!"汉娜回头对着厨房喊道,玛莎还在吃早饭,"记得十点钟之前就要到剧院。"

"十点!"玛莎嘴里塞满了吐司,含糊地回答,"别傻了。评委下午三点才来呢。"

"但是我们十点钟还要进行最后一次彩排。如果昨天你待到彩排结束再走,你就该知道的。"

"闭嘴吧你，稻草头。我能来都不错了。你说话最好小心点儿，否则今天我还不演了呢。"

汉娜张嘴准备回击，但是洛蒂抢先说："如果你不出现那真是太可惜了，评委都来了。你是个出色的演员，也许评委是个星探呢，没准她会推荐你参演电影的。"

"闭嘴。"玛莎说，但是语气中已经没有敌意了。洛蒂向汉娜眨眨眼，汉娜冲她笑了。这招激将法真起作用。

汉娜搬起餐厅的两把椅子，准备穿过院子。洛蒂两个胳膊下各夹了一把椅子，摇摇晃晃地走在她后面。

汉娜的胃里似有蝴蝶振翅，不，不是蝴蝶——更像是大象在她体内踏步。她简直难以相信发生的这一切：真的有艺术节裁判到他们的剧院来观看他们的演出！

还有五百英镑的奖金。

她脑海中又开始浮现出自己向父亲递上奖金支票的白日梦场景。父亲眼中涌起感动的泪水，谦卑地低下头，收起他的傲慢，接过钱。这笔钱会拯救农场，会让他往后比从前更加疼爱并看重汉娜。

真是个美好的白日梦。但是她想到父亲真的来观看他们的演出时，胃里面的大象就更多了，它们成群结队地大踏步起来。

他一定会被打动的，确定吗？他不会打断我们的演出吧？他不会当着评委的面暴跳如雷，让我们当场拆掉剧院吧？他绝不会这么做的，他会吗？

不不不，当他看了表演，他会喜欢的。

我知道他会喜欢的。

他一定会喜欢的。

汉娜一边喘气,一边把她搬来的椅子放在观众席的入口处。别担心,她对自己说,一切都会顺利的。地毯让一切变得完美,现在舞台真的看起来像王后寝宫的样子了。

她推开门,走进观众席。

她的身体僵住了。她张嘴倒抽一口气,但是说不出话来。

"汉娜?"身后的洛蒂问她,"快点儿,进去啊。我的胳膊疼死啦。"

洛蒂把椅子推进剧院。然后也僵住了。

汉娜一动不动地站着。她不能动了,也说不出话来。她睁大眼睛,惊恐万分。她站在那里,看着眼前一片狼藉:

绯红色的窗帘,已经被撕成布条。

木质的壁板上被涂得乱七八糟,溅满了花花绿绿的颜料。

眼影、胭脂、指甲油和口红,在地板上摔成了碎片。

波斯地毯被践踏踩脏,沾满了化妆品的污渍。

王后梳妆台上的香水瓶,现在都碎成了玻璃碴,散落在地毯上。

汉娜呆住了。她没办法接受眼前的这一幕。她不知道怎么办。她只能看着,震惊地看着。

洛蒂吸了一口气,回过神来。她从舞台侧翼飞奔而入,冲进化妆室。

"不!"她号啕大哭起来,"哦,不,不,不!"

汉娜心跳加速,走进后台。

眼前尽是被肆虐过的混乱景象:抽屉被拉开了;鞋子、包、围巾被拽下来,扔在地板上;首饰珠宝被踩碎在地板上;挂衣杆上空无一物,被扔在地上。

这不是真的。

这只是一场噩梦。

洛蒂跌坐在水泥地上，怀里还抱着一团演出的戏服。"看，"她哭着拿起一条裙子，"看看他们都做了什么。"

汉娜吸了一口气。王后的长裙上裂开一个大口子，从脖子一直到裙边。

"还有这个。"她拿出埃斯梅拉达的蓝色丝绸裙子，上身部分全是被刺穿的洞孔。

"所有的，"洛蒂抽泣着说，"全都被毁了。一件不剩。"

汉娜挨着洛蒂坐在冰冷的水泥地上。她拿起演出服，一件又一件。连衣裙、衬衣、外套、短裙，所有的戏服都被剪开，撕裂，戳烂，扯碎。

愤怒涌上她的心头："他们怎么能这样做？怎么会有人做出这样的事情？"

洛蒂吸了一口气，她抓住汉娜："你看！"

汉娜抬起头，看见镜子上面有人用血色的口红潦草地写着："回敬你，母牛。"

她们目瞪口呆地看着彼此。

"丹尼！"汉娜说，与此同时洛蒂喊出，"丹尼和杰克！"

汉娜想哭。不，不会是杰克。杰克不会做出这样的事情的。

但是她说不出来。

因为他会的，不是吗？

在古董店，丹尼说的话就是这个意思。

"我们会回敬你的。"

他们的确这样做了。

洛蒂抓起支离破碎的演出服搂在怀里，把脸埋进去。"我不相信。"她哭着说，"怎么会有人这么坏？他们怎么可以就这样毁掉一切？他们怎么可以？"

汉娜还是一言不发。洛蒂说得对。人怎么可以如此心狠手辣？她伸出胳膊抱着洛蒂，洛蒂趴在演出服上哭泣。

然后洛蒂突然坐直了身子，她盯着汉娜："等一下。他们怎么知道我们在这儿有家剧院？"

汉娜的心跳停止了。她的记忆又闪回到那天在公交车站的场景。

"你来看我们的彩排吗？在我家的农场。"

她都做了什么？她都引发了什么事情？就因为发出了这个愚蠢的邀请，她毁掉了多少事情？要是她能及时穿越回去，要是她能收回这句话，让她做任何事情都可以。任何事情。

但这是不可能的，不是吗？

你不可能删改已经发生的事情。

洛蒂气愤地在剧院来回踱步："是谁告诉他们的？除了我们家人，我没有告诉任何人，而你只告诉了你外婆。豆豆们绝对不会告诉别人。所以只能是——哦！"

她嗖地转过身，盯着汉娜。"玛莎！"她大叫着，"她仇恨咱们，而且她和丹尼的妹妹关系要好。是她告诉了他们，就是为了报复咱们。"

洛蒂的脸涨得通红，她看起来似乎要气炸了。

我必须告诉她，汉娜对自己说，我不能让玛莎背负这个罪名。

但是当洛蒂知道其实一切都怪她的时候，洛蒂的反应又会是怎么样的呢？想到这里她又退缩了。

"我要杀了她!"洛蒂说,"愚蠢至极的丫头!我们早就该知道她不会保守秘密。我恨她。我恨死她了。"

舞台门外的灌木枝咯噔一声被踩断了。

洛蒂大步走到门前,拉开门。

外面站着玛莎,她下身穿着紫色裤袜,上套一件黑色紧身马甲,她双手叉腰,满脸怒容。"乔问你们为什么不来搬剩下的椅子,废柴们?"她停下来,"你干吗用这种眼神看着我,奇葩?"

洛蒂一把把玛莎拉进剧院。"是你干的吗?"她用手指狂乱地点过乱七八糟的东西,"是不是你告诉他们我们剧院在哪儿的?你知不知道他们会这样?"

玛莎瞪大了眼睛:"哦,天哪,发生了什么事情?"

"洛蒂,"汉娜说,"洛蒂,不要——"

但是洛蒂似乎并没有听见她的话。"不要装作你对此一无所知!"她冲玛莎尖叫,"是你告诉他们的,是不是?你告诉你那愚蠢的朋友有关剧院的事情,所以丹尼才能到这儿来毁了它。你告诉他们今天有比赛,然后他就来毁了我们的剧院,为了报复汉娜。"她抓住玛莎的双肩,猛摇起来:"你怎么能?你怎么能这么做?"

汉娜挪动沉重的脚步,碰了碰洛蒂的胳膊:"洛蒂,我想不是——"

玛莎拉下洛蒂的胳膊:"松手!什么朋友?你在说什么?我什么都没有做!"

洛蒂捡起一堆残破的演出服,伸到玛莎脸前:"你很清楚我在说什么。丹尼·卡尔的妹妹亚德。你有没有告诉丹尼我们的剧院在哪儿?"

玛莎向后退了一步,盯着指责她的人,扬起下巴:"你这个恶毒的猪头!你怎么敢?你怎么敢这样指责我?你真卑鄙,坏透了的恶霸,你们两个。我倒希望是我拆了你们这个愚蠢的剧院,我真高兴有人这么做了。再也别想让我参加你们愚蠢至极的演出了,因为我绝不参加,就这样吧。我恨你们,我巴不得你俩都去死!"

26 忏悔

她们一动不动地站着,直到玛莎跑远,渐渐听不见她的脚步声了。一时间安静得可怕。然后洛蒂慢慢转过身,看着汉娜。

"你知道吗?我有种很不好的感觉,不是她干的。"

汉娜的内心好似打转的汤水:"你是说……?"

"我只是在想……当她看到这一切的时候,她的表情……看起来……很震惊。"

告诉她,汉娜对自己说,你必须告诉她。

但是汉娜没有说话。

"但是如果不是她告诉他们的,"洛蒂说,"那么又是谁呢?他们不可能碰巧发现这个地方,除非他们跟踪了我们。"她瞪大眼睛,盯着汉娜,"一定是这样!有一天他们跟踪了我们,然后发现了这里!你说是不是,汉娜?"

咚咚咚,舞台的门被敲了三下。汉娜的胃紧张得翻滚着,因为从没有人敲过这里的门。

是父亲吗?玛莎已经跑去告诉他了吗?这么快?

"喂!夏洛特,汉娜!"

是洛蒂的母亲！汉娜如释重负。

洛蒂拉长了脸，只推开一点儿门缝："你要干什么？"

"很高兴看见你，我的生命之光。鉴于你们这么忙，我想也许你们需要补充一些能量。"她拿出一盒饼干，"汉娜呢？"然后她拉开门，走了进来，顿时吃惊地瞪大眼睛、张开嘴巴："天哪！这里究竟发生了什么事情？"

她们沉默着。但是瓦妮莎的目光落到了镜子上，看见了镜子上的字。

"回敬你？"她问，语气中有些担忧，"这是什么意思？谁为了什么事情要回敬你？这里发生了什么事情？"

她们一言不发地站着。瓦妮莎等了片刻，然后从观众席搬来三把椅子，摆成一个圈。

"好吧，"她说，"坐下来，告诉我是怎么回事。"

两个女孩依然站着不动。汉娜可以感觉到洛蒂正看着她，但是她不敢迎上洛蒂的目光。

洛蒂很明显受够了汉娜的沉默，她坐了下来，直截了当、一句一顿地说："是我们班的杰克·亚当森和丹尼·卡尔干的。他们这么做是为了报复汉娜，因为汉娜发现是他们放火烧了谷仓并且告诉了警察。"

事实上，瓦妮莎一时间也说不出话来。"杰克和丹尼烧毁了谷仓？"最后她说。

"不是有意的。"汉娜脱口而出。洛蒂冷哼一声，汉娜后悔她没管住自己的嘴。"他们在这儿点火，"汉娜向瓦妮莎小声解释说，"但是没有完全扑灭。"

"真是两个白痴！"瓦妮莎说，"两个不负责任的白痴！"她摇了摇头。"你那倒霉的父亲，对他来说真是倒霉到家了。我希望他们会得到应有的惩罚，而且之后他们又做出这样的事情！"她指着残骸说。然后她皱起了眉头："但是他们是如何发现你们的剧院的？"

洛蒂讲了她关于两个男生如何发现的各种推论。然后她看着汉娜："你觉得呢？你为什么一言不发？你怎么了？"

瓦妮莎也看着汉娜。汉娜的心猛烈地撞击着胸腔，她甚至感觉到头晕目眩。

她必须开口。要么现在就说，要么永远不说。

"不是玛莎，是我，是我告诉杰克剧院在这里的。"她声若蚊蝇地说。

洛蒂盯着她，眼睛越睁越大："什么？"

汉娜抓住椅背，盯着地板，她把所有的事情都和盘托出。她是怎么邀请杰克参加彩排的，她在剧院外听见的杰克和丹尼的对话，还有洛蒂她们已经知道的那部分——她如何发现那个火柴盒，最后又告诉了她父亲。

她说话的时候没有看她们中的任何人，但是当她说完的时候，她抬头看了一眼洛蒂。

她后悔她看了。洛蒂正怒视着她，眼睛里充满了怒火。

"你这个叛徒！你怎么可以？！你这头愚蠢的母牛！这么长时间，我一直以为是其他某个人，某个讨厌我们的人，原来是你！一切保密工作是为了什么？我们所做的一切又是为了什么？如果到头来一切都会被你毁掉，所有的事情都是为了什么？"

洛蒂现在站起身来，张牙舞爪地对汉娜大吼着。汉娜靠在椅子上,缩成一个球。"对不起,"她说,"真的真的对不起。我太愚蠢了,我愿意做任何事情,如果能收回那句话。"

"但是你不能,"洛蒂咆哮着,"所以说这些又有什么用?你现在当然感到抱歉,当一切都被毁掉的时候。但这还是不能阻止你,背着我们所有人,邀请你心爱的杰克来参加我们的彩排,是不是?"

瓦妮莎站了起来。汉娜心想,现在她也要冲我大吼了。我罪有应得,我知道我活该。

但是瓦妮莎把双手放在洛蒂肩上,压着她坐回她的椅子。"够了,夏洛特,"她说,"冷静一下。"洛蒂甩开母亲的手,但是她坐了下来,下巴昂起,两臂交叉抱在胸前。

瓦妮莎转身面向汉娜。汉娜浑身都僵硬了。但是瓦妮莎并没有对着她大吼,而是蹲下身子,用胳膊抱紧她,给了她一个拥抱。然后她向后倾了倾,依然蹲着,扶着汉娜的胳膊说:"现在,汉娜,你必须停止自责。你并没有做错什么。"

"哦,她的确没有做错什么。"洛蒂说。

瓦妮莎唰地转过头:"安静,小姑娘。"她又转过来对着汉娜,语气柔和地说:"想想吧。你所做的不过是邀请一个人——一个朋友,或者你是这么觉得的吧——来观看你的演出。你没有放火烧毁谷仓,你没有破坏剧院,而且你不可能预先知道他会做出这些事情来。"

"不,她本该知道,"洛蒂说,"人人都知道杰克·亚当森是个可悲的蠢蛋!"

"好吧,我觉得他看起来一直很讨人喜欢,"瓦妮莎说,"而且他是个长相俊俏的男孩子。"

洛蒂不屑地哼了一声。瓦妮莎站起来,盯着她:"还有一件事,年轻的小姐,今天你都邀请了谁来观看你们的彩排和演出?"没等洛蒂开口,她就开始用手指掐算起来:"你妈妈,你爸爸,你姨妈,你叔叔,你的表亲们。而谁会来观看汉娜和她弟弟妹妹们的表演呢?只有一个人,就是他们的外婆。汉娜的外婆,确实非常和蔼亲切,但是已经八十高龄了,还十分瘦弱。所以,这一次你必须试着站在你朋友的处境想想,夏洛特,这样也许你就会理解为什么她想要邀请其他人来看她的演出了。是不是这样?"

洛蒂皱起了眉头。汉娜喉咙的紧张稍微放松了一点点。

瓦妮莎站起来,拍了拍手。"好了,"她说,"既然我们已经说清楚了,问题是,我们怎样才能在评委抵达之前补救一切?"

洛蒂和汉娜盯着瓦妮莎。

"别犯傻了,"洛蒂说,"我们什么都做不了。我们来不及清理好这一切。你看见那些演出服了,都被撕烂了。我们只能打电话给评委,告诉她不要来了。然后,米兰达·海瑟薇会赢得比赛,就像她赢得每一场比赛那样。"

"那么就不要让她赢!"瓦妮莎说,"振作起来,你们两个。大家都会帮忙的。雷切尔从前用的缝纫机一定就放在房子的某个地方。我会把它搬回家,再加上夏洛特的缝纫机,我们两个可以缝好演出服,其他人可以把这里收拾干净。"

"但是,评委三点钟就到了,"汉娜说,"而剧院完全被毁了。即使我们试着修好这些东西,它看起来也不会像从前一样好了。现在我们没有任何赢的机会了。"

"汉娜·罗伯茨,"瓦妮莎说,"这可不像你。你不是那种轻言放弃的人。"

185

但是她们所经历的一切，像沉重的拆迁球一般击中了汉娜。她蜷缩在水泥地板上，双手抱头说："我没办法做到。一切都被毁了。现在剧院再也不可能恢复到从前的样子了。"

瓦妮莎蹲下来，双手放在汉娜的肩上："那两个男孩做了坏事，但是你不能让他们得逞。你现在的反应完全就是他们所期待的结果。他们就是想要打击你的信心，让你放弃。你必须振作起来，战胜他们，让他们知道他们无法击败你。"

汉娜没有动："他们已经击败我了，他们赢了。"

她缩成一个球，听见瓦妮莎发出一声懊恼的叹息。"好吧，我先把那些演出服拿到外面的车上去，然后我要进屋去找那台缝纫机。等你准备好了就回家来帮我，夏洛特。还有，汉娜，"瓦妮莎站在门口说，"如果我不得不穿上王后的演出服上台给评委表演，那么我会的。但是我演得还没有你一半好，估计演出效果不会很好。那就是你想看到的吗？"

27 重燃希望

似乎过去了很久，汉娜感觉到洛蒂的胳膊搭在了她的肩上。

"对不起，我冲你大吼大叫了。"

汉娜浑身的肌肉都不再紧张了，她感觉既吃惊又宽慰。"不用道歉，你没什么好道歉的。"她将头埋在双膝间，声音低沉地说，"我活该！我真的很抱歉！但我知道说这些也没什么用。"

"好吧，你真的是愚蠢得令人难以置信，"洛蒂说，"但是我知道你很抱歉。"

汉娜蜷缩的身子稍稍放松了些："谢谢你。"

"我还是生你的气。"

"我知道。"

洛蒂站起来，开始在化妆室里来回走动。当她再次开口的时候，她的语气又恢复成往常那样："你知道吗？我觉得我妈妈说得对。我们要回击，我们不能让他们击败我们。"

"我做不到。我没有能力做到。"

"汉娜，想想如果我们不这么做的话，如果我们就这么让他们得逞了，将来我们的感受会怎样。而且，很明显，正因为是你让我们陷入这个境地,你,应该比我们其他人更加努力,帮助大家战胜困难。"

洛蒂穿过侧翼,来到舞台。"看,我们可以把这里收拾干净,你知道的。其实并没有看起来那么糟糕。我是说,虽然有很多活儿要干,但是如果我们再叫上豆豆们,就会有四个人一起做。"她看了看她的手表,"距离评委到达,我们还有将近五个小时的时间。"

汉娜的脑海里闪现出一道光亮。她把头从膝盖上抬起,然后看着散落四处的化妆品和碎了一地的珠宝首饰说:"但是这些该怎么办呢?化妆品是不可修复的。"

"是的,但是我们可以借一些。我妈妈有很多化妆品,我今晚放回去就可以了,她永远都不会发觉的。"

洛蒂真是勇敢。汉娜可以想象当瓦妮莎发现自己的香奈儿眉笔被用来给十岁的小孩画胡子的时候会是什么反应。

"而且我们并不需要珠宝首饰,"洛蒂说,"我是说,如果有最好,即使没有,也不要紧。"

"但是她是王后,"汉娜说,"她必须佩戴珠宝首饰。"

"哦,算了吧,汉娜。这会是个挑战,你喜欢挑战。"她开始捡起地板上的其他演出服,"我要回家去帮我妈妈缝好这些衣服。你去找豆豆们,然后把这里收拾干净。"

也许。也许还有可能。也许她们真的可以上演她们的戏剧。

但是接着,像被重锤击中,她猛然想起了玛莎:"洛蒂,我们没办法。玛莎不会参演的。没有她我们演不了。"

洛蒂正在捡起约翰王子的夹克,她停了下来:"也许那只是个威胁呢?她之前就威胁过,但是她总在最后一刻出现。"

"这次不会了,在你刚刚对她说了那些话以后。我告诉你吧,这次她绝对不会回来了。"

洛蒂把演出服放在橱柜上,拿起一把扫帚,开始把散落的珠宝首饰扫成一堆。"那么好吧,我们得邀请我的表妹来扮演埃斯米兰达了,反正她也会来观看演出的。"她说。

"什么?就是上次那个视线从未离开书的女孩?"

"是的。她记忆力很好。我敢打赌,如果你现在把剧本给她,三点之前她就可以记下台词。"

汉娜眯起了眼睛:"她是不是就是你看过学校演出后,说这是你见过的最差劲的女演员的那个女孩?"

洛蒂转开视线。她铲起一堆破碎的珠宝首饰,倒进垃圾桶:"我可从没说过。"

"你说她是如此糟糕,你简直以和她有亲戚关系为耻。你还说就算他们在舞台上摆一块木板都比她的表演显得更加真实。"

"我一定是夸大其词了,她没有那么糟糕,至少不会像玛莎一样把什么都弄得一团糟。"

"至少玛莎会表演。"

"但是玛莎是绝对不会回来了,所以讨论这个还有什么意义呢?"

"除非……"汉娜瞥了一眼洛蒂,"除非你去和她道歉。"

洛蒂眉毛上扬:"我?!"

"指责她的人是你。"

"是啊,那是因为你当时没有告诉我真相。"

汉娜停下来,深吸一口气。

"是的,你说得对。"她站起来,感觉恢复了一些勇气,"好吧!

如果我们要参加比赛,我们必须认真对待。我去跟玛莎道歉。"

"真去吗?"

"是的。如果我们要演出,那么必须竭尽全力做到最好。"

现在洛蒂也深吸一口气说:"好吧,我想我最好还是和你一起去吧。我觉得我也该跟她道歉,虽然这全都是你的错。"

28
道歉

玛莎卧室的门关着。

"玛莎?"汉娜叫她。

没人回答。汉娜推了推门,门锁住了。

"玛莎?"

"走开,讨厌鬼!"

汉娜深吸一口气,感觉就像是预备奥运会的撑竿跳。

"玛莎,我很抱歉我们指责你泄漏有关剧院的事情。我们现在知道那个人不是你了,我们不该说那些话。当时我们只是太生气了,因为一切都毁了。"

她等着玛莎回答,但是玛莎没有回应。

"对不起,玛莎,"洛蒂说,"我们很抱歉错怪了你,我很抱歉冲你大喊大叫。"

还是没有声音。

"继续,"洛蒂悄声说,"再说些抱歉的话。"

除此以外,别无他法。汉娜必须低声下气了:"玛莎,我们真的真的很抱歉指责了你。我们很刻薄,我们不该说那些话。我们很生气,并且把气撒在你身上,我们不该那样做。请你原谅我们!求你参加演出吧!如果没有你,演出不会成功的。你真的是一个非常好的演员,我们需要你。如果你现在不演了,那真是个遗憾,毕竟我们彩排了那么多次,付出了那么多。求你了。"

仍然没有任何反应。

汉娜看着洛蒂:"到你了,对她说些软话,求她。"

洛蒂怒视着她:"如果你告诉我是你告诉杰克剧院在哪里的话,"她压低声音说,"那么我绝对不会冲她大吼的。"

"我准备说的,但是你一直在大吼。"

洛蒂面色阴沉地看着她,然后转身面对锁着的门:"玛莎,我很抱歉对你大吼大叫,还指责是你泄密给他们的。我知道你不会做出这样的事情,我只是因为演出服被毁,实在是太气愤了。但是我们可以全部缝好,我妈妈会帮我们缝衣服,解决所有问题。所以,请你参加演出吧。我们真的需要赢得比赛,但是没有你我们赢不了。你是主演。"

玛莎的房间里一片寂静。汉娜和洛蒂绝望地看着彼此。

"好吧,"洛蒂小声说,"告诉她这都是你的错,是你邀请了杰克和丹尼观看彩排。"

"什么?!"汉娜低声说,"不行。"

洛蒂又狠狠地盯着她:"如果你不说,我就说了。"

汉娜本以为没有什么比向洛蒂承认她的愚蠢更糟糕的事情了。

但是她错了。

这个就更糟。

汉娜对着妹妹锁着的卧室门,把所有的事情和盘托出。她觉得自己这辈子还从未做过比这更丢人的事情。

当她说完的时候,她从门口后退了一步,等着里面大骂起来。

但是没有人大骂。

弹簧床垫吱嘎响了一声。汉娜吓得大气都不敢出。她看着洛蒂。

门锁转动了,门被缓缓打开。玛莎站在那儿,眼里满是仇恨,脸上全是泪痕。

她的语气缓慢而平静。"你们这些坏人。你,"她对汉娜说,"你是个骗子,还是个懦夫。还有你,洛蒂·珀费克特,你尖酸刻薄,欺凌弱小。我恨你们俩。"

"玛莎,我很抱歉,"汉娜说,"我知道,我不该让洛蒂指责你。你说得对,我是很懦弱。我做了一件很愚蠢的事情,邀请杰克来看彩排。但是如果我们没有在评委来之前打扫好一切,那么——"

"而且评委一定会对你的表演印象深刻的,"洛蒂说,"你绝不会想到,也许她会推荐你参演一部电影,或者其他什么。"

"走开!"玛莎尖叫着。

汉娜和洛蒂向后跳了一步,就像是被赶牛棒戳到了一样。

"我恨你们两个,我恨你们那个愚蠢的剧院!我再也不会和你们说话了!"

"但是,玛莎,演出是在为农场筹钱,"汉娜乞求说,"如果你不参演,我们就不会获奖,农场就得不到一分钱。"

"反正你也不会赢的,你们两个就是在异想天开!"玛莎尖叫着,"你们在恶心的鸡屋里的恶心的表演永远都不会获奖的。我搞不懂你们俩为什么还在费这个心。我恨你们俩,你们两个丑陋恶毒的坏人!"

"我也恨你！"汉娜高叫着，"你小气自私，我们两个人谁都不会再和你说一句话！"

汉娜转身从前面的楼梯跑下，从前门出去跑到院子里。她的头像是要气炸了。

"好吧，你是对的，"洛蒂追上来说，"她再也不会回来了，但是我们不能让她毁掉演出。我打电话给爱丽丝，现在就叫她来，你可以和她一起彩排。几点了？"

汉娜看了看她的表，她的心狂跳起来："已经十点半了！"

"好吧，"洛蒂说，"我要回家去缝衣服。我叫爱丽丝直接过来。我缝完后就尽快来找你。"

汉娜费了好大的努力，才把玛莎满脸泪痕的那张脸从脑海中赶走，集中注意力处理眼前的工作。还有墙面要刷，地毯要洗，道具要修，一个新的王子排练，还有……

"窗帘！"汉娜喊道。

洛蒂瞪大眼睛："我们该怎么办呢？"

"我去把另外一对拿下来。"

"汉娜，你不能那么做！"

汉娜有了主意："对，你说得对，我们不能让我爸爸看见。我们昨天就该把那一对取下来的。"

"那么我们要怎么办呢？"洛蒂问。

"我去把我卧室的窗帘拿来。它们很破旧，但是只能这样了。去吧，你去缝衣服，我去找豆豆们收拾剧院。两点前赶回来，"她冲着洛蒂远去的身影喊道，"我们还要和你的表妹好好排练一遍。"

29
抵达

下午两点之前,汉娜和豆豆们已经清扫了地板,收拾了化妆室,挂上了新窗帘,刷洗了地毯,重画了嵌板,盖住上面的涂鸦。画还没有干,但是只要不去碰就好。谢天谢地,她们当时没有把烛台和油画留在剧院。昨天晚上汉娜完全忘记了要带走它们,但是洛蒂一定记得。如果被丹尼拿到,不知他会做出什么事情来,一想到这里,汉娜就浑身发抖。

汉娜深吸一口气,默背着在脑海里重复了整个下午的祈祷文:我们会赢的,我们必须挽救农场。

她看了看眼前这个紧张而认真的女孩,觉得试图让爱丽丝学会表演就和让不可理喻的玛莎参加彩排一样艰难。

但至少爱丽丝不是故意的。

汉娜拿出最后的信心和勇气说:"好吧,我们再来一次。这是十分重要的一个场景,记得吗?这是埃斯梅拉达第一次直面王后。所以,她应该表现得勇敢无畏,意志坚决。"

爱丽丝看着地板,塌肩驼背,语调平缓单调地嘟囔着:"我已经决定了,母后陛下。我拒绝嫁给那个讨厌的瑞兰唐多王子。如果我不能嫁给约翰王子,那么我谁都不嫁。"

她满怀希望地望着汉娜。汉娜挤出微笑:"很好!不错。好了,我们继续。"

"汉娜,开门!"

汉娜冲到门前,推开门。外面是洛蒂,她几乎淹没在了一堆衣服后面:"拿走一些。我的胳膊快断了。"

汉娜连忙抱过一部分衣服。"你全都缝好了吗?都能穿了吗?"她把衣服放在王后的床上,"哇哦,它们看起来像是新的一样。"

洛蒂把她拿的一堆扔到床上。"大多数衣服我们只要缝上裂口就可以了,但是有些,就像这件——"她拿起埃斯梅拉达的连衣裙说,"在原来满是破洞的紧身衣上我重新缝了一件。因为短裙很宽松,所以希望缝补的针脚不会太显眼。"

"太棒了,"汉娜说,"不会有人注意到衣服是缝补过的。我简直不敢相信你把这些都缝好了。"

"其实,我妈妈做的比较多。"洛蒂说,她环视着剧院,"这里看起来也很好。"

乔正在和萨姆刷洗观众席的地板,她抬起头说:"这个指甲油怎么都擦不掉。"

"别担心那个了,"汉娜说,"我们只要在那儿放把椅子就好了。既然洛蒂来了,现在更重要的是进行最后一次彩排。"

"我还带了化妆品。"洛蒂说着,把行李包的东西都倒在了床上。看起来价格昂贵的口红、眼线笔、睫毛膏、腮红掉在衣服上面,滚得到处都是。

"你妈妈要是发现了,你就完蛋了。"

"她不会发现的。等她发现都晚了。她两点半来,顺便说一下,她会在院子里接一下评委,然后把她带过来。我爸爸已经计划好两点四十五分过来见你爸爸,去牧场转转,讨论鸟类的栖息地,但事实上他会把你爸爸带到剧院来。到那时,评委到了,你外婆和我家人也到了,这样你爸爸就不能有所举动了。"

洛蒂看起来成竹在胸。当她们刚开始做出这项计划的时候,汉娜并没有多少信心。但是现在……

现在她很确定,如果父亲走进剧院,不喜欢他眼前的一切,那么五十个评委也不能阻止他当即中断演出。

彩排很不顺利。

实在是太糟了。

汉娜想,很明显,洛蒂的表妹还不如一个硬纸板做的假人。现在真是一点儿获胜的希望都没有了。我们最多希望表演的时候不要太丢人就好。

甚至连做到这点都很不容易。

"哦,好吧,"洛蒂说,与此同时,汉娜在检查所有的道具,把它们一一放回到桌上,"人们说,一个糟糕的彩排预示着成功的演出。"

"哼,我想不出别人看了我们如此糟糕的彩排后还能说出这样的话来。"

"嘘,"乔说,"是谁来了?"

汉娜侧耳倾听。

是瓦妮莎的声音。

197

汉娜的胃翻滚着。洛蒂的母亲正把评委带进剧院。

剧院观众席的门开了。其他人挪到舞台前沿,想透过幕布看看评委。但是汉娜动不了,她僵直地站着,紧张又担心。她的胃翻腾着。

然后,她真的以为她要吐出来了。因为在剧院外面的某处灌木丛里,她不会听错,是她的父亲清了清嗓子。

这么说来,计划成功了。

而他现在来了。

"是爸爸,"乔轻声说,"我希望他会喜欢。"

萨姆满脸欣喜,激动地蹦了起来:"爸爸来看我们的演出了!"

洛蒂尽管显得自信满满,但也脸色发白。她像脚下生了根似的站在原地,啃着她的大拇指指甲。

爱丽丝头也不抬地看着她的剧本。

汉娜没法呼吸。当父亲进来后,他会做什么呢?他会说什么?哦,她们为什么要冒这个愚蠢的风险呢?根本不需要带他到这里来。他是如此粗心大意,他们本可以再继续表演几年,而他根本不会注意到。然而,现在他已经踏上了小路,而且绝对不会回头,对此她心中确信无疑。

突然,汉娜的脑海中如电石火光般闪过一个念头。她突然意识到:她之所以同意这项计划,是因为在内心深处,她其实是希望父亲来看演出的。

她希望他能注意到她。

这时,剧院后台的门吱嘎一声开了。汉娜猛地转过身,她的心停止了跳动。父亲就站在门口,粗花呢布外套上满是灰尘,还沾着一点儿猪食。

30
怒火

他张了张嘴,但是什么都没说。这是汉娜第一次见到父亲完全说不出话来的样子。

孩子们都一动不动站在原地,目不转睛地盯着他,在一片紧张的寂静中等待着他的反应。

然后,最奇怪的事情发生了。看着父亲瞠目结舌的样子,汉娜突然十分想笑。

她内心咯咯地傻笑着。她咬得自己两腮生疼。但她现在绝不能笑出来,绝对不能。

终于,他出声了:"这都是怎么一回事?"

汉娜再也控制不住自己了。在一片寂静中,她狂笑起来。

一旦开始,就停不下来了。过去几个小时里她的紧张感和各种情绪此刻都爆发了出来。她一直笑到眼泪都流了下来。她倚着橱柜坐下,笑得直不起身,自己根本控制不住。

她感觉到洛蒂抓住她的肩膀晃动着她。"别笑了,汉娜!"洛蒂低声说,"别笑了!你在干什么?"

汉娜强迫自己停下来。她抬头看见父亲还站在原地,居高临下地俯视着她，仿佛她是一只怪异的野生动物。

四周陷入可怕的安静。她知道她必须说点儿什么，于是她挣扎着站起来。

"很抱歉，爸爸，"她说话的语气苍白无力，"不是因为你。我只是……我不知道——"

他打断了她的话："这都是什么？这是要干什么？"

"这是我们的剧院，"汉娜说，她的心怦怦狂跳，"我们把鸡屋改造成了我们的剧院。"

他眯起了眼睛，脸色更加阴沉。

"来看看我们的舞台吧，爸爸，"乔说，拽了拽他的衣袖，"很棒的。看，我们有地毯，有真的木质壁板，还有各种道具。但是在舞台上你得小声点儿，因为评委坐在外面。"

汉娜的胃翻滚着。

"评委？"他说，"什么评委？"

所有的人都僵直地站着，但是他们都望着汉娜。

"喔，"她终于开口说，觉得自己猛烈的心跳声一定人人都听得见，"是这样的，我们的戏剧参加了林福德艺术节的比赛，评委会来这里观看演出，还有外婆和洛蒂的亲属们也来了。所以，我们想也许你也想看看呢。我是说，如果你有时间的话。如果你不介意……"她的声音渐渐低了下去。

"如果我不介意！如果我不介意！我告诉过你很多遍了，不要把农场的房屋弄乱！而你，在这里，背着我……"他环顾四周，"你把原本放在这里的东西拿到哪里去了？"

汉娜咽了口唾沫说："在……其他的棚屋。"

"其他的棚屋？我难道没告诉过你不要移动任何东西吗？"

"但是你又没有用这里的任何东西，"汉娜说，"你早就不用了，自从……"在父亲的怒视下，她鼓起勇气继续说："自从……你知道的……"

"我用不用它们，不用你来操心。这是一个鸡屋，不是一家剧院。"

萨姆这么长时间一直攥着汉娜的手，他用弱弱的声音问："那么，你到底要不要看我们的演出呢？"

父亲一边怒气冲冲地转过身，一边咆哮着说："不，我才不看。游手好闲，就知道演戏！我们有些人还有事情要做。"

他走上小路的时候踩断了不少树枝。大家都一动不动。

"喔，"最后洛蒂开口说，"我觉得，原本可能比这还糟。我是说，至少他并没有禁止我们演出，对不对？"

汉娜正准备冷哼一声，表示讽刺，突然听见有人大声叫着："喂！"

汉娜触电般跳了起来。洛蒂的母亲正在壁板附近东张西望，她的脸上绽放着灿烂的笑容。哦，不，观众们都听见了吗？

"妈！"洛蒂低声说，"你到舞台上来干什么？"

"我只是想祝你们好运，亲爱的。我一直在和评委说话，她看起来特别友善。尽管我不得不把她和你爸爸隔开，夏洛特。"她翻着白眼，神叨叨地对洛蒂小声说，"说实话，他那有关鸟类观测的话题都把这位可怜的女士烦死了。我不知道为什么他不明白根本没有人有兴趣听呢。"

洛蒂脸色阴沉地看着母亲。

"不管怎么样，亲爱的孩子们，除了亚瑟，大家都到齐了。我让他到后台来,这样他就可以祝你们好运了。他一定对你们所做的一切赞叹不已。他已经回去了吗?"大家都一言不发。也许瓦妮莎已经知道了真相,因为她换了一种更加欢快的语调说,"好了,亲爱的孩子们,我们都会在外面给你们加油的。我相信你们的演出一定万分精彩。加油,你们大家都要加油!"

然后她就离开了。大家仍然一动不动,但是汉娜感觉到他们都在满怀期待地看着她。她瞥了一眼手表,颈后的汗毛都竖了起来。

现在是三点整。

汉娜鼓起勇气说:"那么,各位,该我们上场了!爱丽丝,不要紧张,你会表演得出色的,如果你忘词了,我们会提示你的。大家要记住,不要看观众,忘记评委,忘掉一切。专注于表演,享受这个过程。让我们发挥出最佳水平,拔得头筹,赢得奖金。"

31
演出

乔和洛蒂拉着幕布绳。爱丽丝和萨姆在舞台侧翼等待着他们上场的提示。

汉娜睡倒在枕头上,闭上眼睛,竖起大拇指,给出讯号。洛蒂和乔拉开了幕布。

观众低声赞叹着。汉娜停留了几秒好让他们感受布景的华丽。然后她睁开眼睛,坐起身子,优雅地伸了个懒腰。

她扬起下巴,召唤仆人:"侍女!侍女!我命令你立即过来!"

一旦汉娜开始用王后的语气说话,她就是王后本人了。

"来了,女王陛下。"洛蒂说。她立刻出现,后面跟着萨姆,一身男仆的装扮。

"我都等了很久了,侍女!喊得我的脸都青了,嗓子都哑了!"

观众大笑起来。汉娜听见笑声,就像吸入了氧气,信心倍增。

"早餐呢?"她倨傲地看着洛蒂说,"我要茶、牛油果、培根、鸡蛋、腰子、葡萄和奶酪。就这些吧。"

"遵命,夫人。"洛蒂行了个屈膝礼,然后拍拍萨姆。他离开去端早餐盘。

"现在,侍女,"汉娜说,"正如你所知,我的女儿,埃斯梅拉达公主下个生日就要年满十六岁了。那时候她应该成婚了。"

隐约间,汉娜似乎听见剧院的后门吱嘎一声开了。

"为什么要在她十六岁生日的时候,女王陛下?"洛蒂问。

舞台侧翼的爱丽丝猛地从她的剧本上抬起头,像一只受惊的兔子,呆呆望着后台。发生什么事了?

"这是我们家族长久以来的传统。"汉娜说。

有人带着狂怒,一阵风似的闯进舞台侧翼。

玛莎!哦,天哪,是玛莎!她来做什么?她是来毁掉演出的吗?哦,不!千万不要。

"这不是你该操心的问题。"汉娜说。

在舞台侧翼,玛莎抓着爱丽丝的胳膊,把她拽下台,扯开她长裙背后的褡裢。爱丽丝的脸扭曲着,尽是屈辱。她的胳膊伸到背后胡乱扑打着,想要拨开玛莎的手。

"听明白了吗,侍女?"汉娜说完台词。幸运的是,这个场景他们已经排练过很多次了,每一句话每一个动作都不必刻意为之。而在脑海里,她一遍遍祈祷着:你们俩千万不要喊叫,千万不要弄出任何声响。

"明白了,陛下。"洛蒂说。幸运的洛蒂,她背对着舞台侧翼,完全不知道身后正在上演的哑剧。

"遗憾的是,这里没有门当户对的合适的王子。"

"艾尔弗雷德王子——"

玛莎跳到爱丽丝背上,把她扭打在地。

要是她们滚到舞台上了呢?到后台去!马上!乔到哪里去了?

她怎么不采取些措施呢？

"你知道自己在说什么吗，侍女？"

爱丽丝绝望地挥舞着双手，表示投降。玛莎从她身上跳下来，把她拽向化妆室。现在她又要做什么？

"我要你派两个人去全国各地找门当户对的王子。他们必须一年内回来复命。"

"但是，女王陛下——"

"安静，侍女！难道你想被处以叛国罪银铛入狱吗？好了，从今天开始立刻就去寻找。"

"遵命，女王陛下。"

萨姆，一身男仆装扮，端着满满的早餐盘走进来。

"您的早餐，女王陛下。"

"拿开！我不要。是什么让你觉得我要吃早餐？"

观众的笑声给了汉娜更多的信心。她大摇大摆地走到梳妆台前。她用眼角的余光看见了舞台侧翼的玛莎正在换上埃斯梅拉达的衣服。哦，我的天哪！她现在又要做什么？

"现在，我该挑选一件长裙，"汉娜说，"让我看看。把我那件蓝色丝绸的裙子拿来。不，不，不要那件。我想还是要绿色锦缎的那件吧。再去把我的女儿叫来。"

"遵命，女王陛下。"

玛莎正在系紧她的裙子，她停下来狠狠地拧了一下洛蒂的胳膊。洛蒂又是惊讶又是疼痛，脸都皱了起来。她怒气冲冲地瞪着玛莎，但是玛莎已经施施然地走上了舞台，神色平静。

"进来吧，埃斯梅拉达，我亲爱的。"汉娜拿腔拿调地说。

玛莎优雅地行了一个屈膝礼,低目垂眉,温柔地说:"您要见我吗,母后?"

之后的演出进行得很顺利。汉娜完全沉浸在演出里,无暇看一眼观众,完全沉醉在他们的笑声和赞许声中。

只有那么一刻例外。

第二场,当女王暂时陷入沉思,试图出题考验王子们的时候。当汉娜将目光投向远处的观众席天花板时,她似乎看见父亲站在后面的门边,但她必须迅速回头厉声责骂侍女。而当她又有机会偷偷瞥一眼的时候,那儿已经没人了。

是她在做梦吗?还是某种幻象?

是因为她心里想要他来看演出,所以眼睛就欺骗了她,就像是沙漠中口干舌燥的旅人以为自己看见了远处有绿洲?

"哇哦,"洛蒂说,"你敢相信一切进行得如此顺利吗?比彩排好千万倍。汉娜,你真是太棒了,还有玛莎也是。"这时幕布已经拉上,掌声结束了,观众开始热烈地讨论。洛蒂转向玛莎说:"你演得真好!"

玛莎吐了吐舌头。

"对不起,我冲你怒吼了,再次道歉,玛莎,"洛蒂说,"你演得太好了。真感谢你来了。"

"是的,"汉娜说,"你来得真及时,挽回了局面。谢天谢地你来了。"

"别说了,废柴们。"玛莎说。

洛蒂的母亲把头伸进幕布说:"亲爱的孩子们,演出很精彩!简直妙不可言!真是笑料百出,精彩纷呈。巴特勒夫人刚刚让我来叫你们换好衣服就到观众席来,她好和你们谈一谈你们的演出。"

汉娜的胃翻腾起来。巴特勒夫人会说什么呢?如果她说这是她看过的最糟糕的演出呢?如果她说他们邀请她来棚屋看他们这个荒唐的、不值一提的演出简直就是浪费她的时间,居然还敢不知天高地厚地参加这么正式的比赛呢?汉娜坐到观众席下面的时候,心里似有千斤重压。

评委对围坐成一圈的演员们微笑着,他们神色紧张,只有玛莎看起来神态自若。

"好的,祝贺你们,所有演出人员,"巴特勒夫人说,"那么,首先我要说明我现在还不能给你们任何暗示,表明你们是否赢得了比赛。获奖名单会在下周三艺术节的闭幕式上宣读,我希望届时你们都能到场。但是考虑到颁奖的时候并没有时间进行评述,现在我还是很想就你们的演出给出些反馈,所以我先讲一下,我对你们的表演的确是印象深刻。"

汉娜的心高兴地跳跃起来。她如释重负,松了一口气,感到十分欣慰。

"很能打动人,"巴特勒夫人接着说,"因为我可以从你们的表演看出,你们完全是靠自己支撑起这部戏剧的。我猜想其中并没有任何成年人的参与,对吗?"

他们点点头。

"而且你们其中的一位家长告诉我昨天晚上你们的剧院遭到了严重的破坏,你们不得不花了一早上的时间修复剧院。"

他们又点了点头。

"那么,我认为这足以显示出你们不同寻常的决心和毅力。当遭遇这种情况的时候,很多人都会放弃。显然,你们是一个坚强的团队。我不得不说,我并没有看出任何毁坏的痕迹,所以很显然你们的修复工作做得很好。"

汉娜很想说,是的,但是你到底认为演出如何?有没有好到可以获奖?告诉我们吧!

"所以,我想你们迫不及待想知道的是,"巴特勒夫人说,"我觉得你们的表演怎么样?"

灌木丛中的麻雀叽叽喳喳,而剧院里却安静得可怕。

巴特勒夫人笑着对他们说:"别这么紧张地看着我。我很喜欢这部戏剧。"

她喜欢!

他们的表演,她自己写的剧本,而评委喜欢!汉娜满心欢喜。

"我觉得台词很棒,"巴特勒夫人说,"语言风趣幽默,以原来的童话体裁为框架,又进行了新的尝试,人物设定也不错。选角恰如其分,表演淋漓尽致,节奏把握得恰到好处,说明戏剧编排十分出色。你们的场景布置恢宏大气,尤其是壁板镶嵌让整个场景华美高雅。还有服饰装扮惊艳靓丽,这些服装真的都是你自己做的吗,洛蒂?"

"其实,汉娜也帮了忙,"洛蒂说,"还有我妈妈帮我们缝补。"

汉娜不能就这样让洛蒂把功劳都让给别人。

"基本上全是她自己做的,而且是她设计的所有服装。"

"我觉得这真是了不起,"巴特勒夫人说,"你的确是才华横溢,洛蒂。很多成年人都做不到这些。"

洛蒂的脸红了。汉娜对她笑着。

"最后,我想说你们整个演出组织得非常出色。你们的演出很精彩,你们在剧院营造了一种很好的氛围,你们都很清楚自己的职责。所以说,每个人都表现得不错。"

巴特勒夫人微笑着环顾了一周,然后弯腰拿起她的包:"好了,我现在必须告辞了。五点钟我还要看另外一部剧,尽管这次不是在一个鸡屋里。我想这方面你们是独一无二的。汉娜,你能领我去取车吗?还有玛莎,如果你不介意。我可不想在灌木丛中迷路。"

"这真是个景色宜人的地方啊,"她们穿过田野的时候巴特勒夫人说,"就像个世外桃源。古老的灌木树篱和谷仓,小鸡在院子里啄米,以及田野里的牛、羊、猪……我以为这样的农场已经不复存在了。还有小鸟的歌声!我以前从没听到过这么多鸟啼鸣。真是不可思议!"

汉娜想说,那就把奖金给我们吧,这样的话这里就不会被水泥填平了。但她只是说:"谢谢。"

巴特勒夫人上了车。然后她看着汉娜和玛莎说:"我不想在里面特别点评谁的表演,但是我的确认为你们两个都是很有天赋的演员。"

那是今天下午第二次,汉娜只是咧嘴傻笑。这个笑出于纯粹的惊讶和一种不可思议的感觉。一个专业的评委刚刚说她是一个很有天赋的演员!

"我是认真的,"巴特勒夫人说,"如果这真的是你想要做的事情,那么就坚持下去。还有写作,汉娜。剧本语句精炼,舞台指示气定神闲,这是难能可贵的。十年后也许我可以在剧评上找到你的名字。我可以预见到你会拥有自己的公司——成为一个布莱希特风格[1]的演员、作家或导演。"

汉娜傻呆呆地站着,瞪大了眼睛。她很难相信。

评委是在和她开玩笑吗?但是她看起来并不像在开玩笑。

她自己的剧院公司?想想吧!

创作剧本,参演剧目,导演发行——把这些作为一项职业!

这真的有可能吗?她,汉娜·罗伯茨,真的可以做到吗?

巴特勒夫人似乎觉得她可以。

"布莱希特风格"是什么意思?她必须回去查查看。

"现在我必须动身了,不然下一场演出我就要迟到了,"巴特勒夫人说,"很高兴认识你们俩,下周三的颁奖典礼上我们会再见的。拜拜!"

她们道别以后,汉娜看着玛莎。玛莎的脸上洋溢着自豪感。汉娜突然意识到自己与妹妹之间的情感,她迎上妹妹的视线,对玛莎笑着。

玛莎沉下脸,撇了撇嘴,等巴特勒夫人一发动汽车引擎离开,她就一言不发,大步走进了房子。

汉娜站在院子里,看着汽车颠簸着开上小路。她的整个世界都

---

[1] 布莱希特戏剧是20世纪德国戏剧的一个重要学派。其风格是利用艺术方法把平常的事物变得不平常,揭示事物的因果关系,暴露事物的矛盾性质,使人们认识改变现实的可能性。就表演方法而言,它要求演员与角色保持一定的距离,不要把二者融合为一,演员要高于角色,驾驭角色,表演角色。——编者注

炸开了。她可以成为一个演员！她可以成为一个作家！她可以创作剧本，并在伦敦西区的舞台上上演！她可以名利双收，她可以买下这个农场，把农场从那些想要夺走它的人手中永远地拯救出来。而她精彩纷呈的崭新的人生从下周三就开始了，届时，在林福德艺术节的颁奖典礼上，她会赢得一张五百英镑的支票，然后交给父亲。

32 颁奖典礼

林福德会议中心让人十分失望。

这是汉娜去过的最宏伟的建筑,但是这里并没有红色的天鹅绒座椅,没有金色涂层的木质壁板,没有璀璨夺目的枝形吊灯,只有成排的灰褐色的座椅面对着巨大的舞台,舞台前方悬挂着深绿色的幕布。

汉娜已经告诉父亲洛蒂的母亲今天要带他们全部出去。这是实话——她只是没有说到哪里去。瓦妮莎说演出结束以后会带他们去吃炸鱼和薯条,这足以封住玛莎的嘴了。其实父亲也没有多问什么。

他到底看没看演出?还是说那只是一个幻象?

其他人没有看见他出现。从那以后他也没有提及,其他孩子也没有向他说起过,那天他在后台的反应让他们不想再讨论这个话题。其实他并没有完全禁止他们把鸡屋当作剧院,而汉娜最不想做的就是提醒他这件事情。

所以谁都不再提起。

就像对其他很多事情一样。

当他们抵达会议中心的时候,偌大的观众席基本上还是空荡荡的，而现在座位已经渐渐被坐满。成群结队的儿童少年不断地拥进空旷的会议中心，谈笑声渐渐多起来，直至人声鼎沸，但是汉娜脑子里一直都在想她早上偶然听到的电话。

她下楼的时候，父亲正在餐厅打电话。"六十头奶牛和十头小母牛，"当时他说，"是的，院子很大，有的是地方。好的，好的。是的，我们会帮你装上车的。那么周一晚上见吧。"

他挂掉电话的时候，汉娜的心狂跳着。

"那是谁？"她本想装作只是随意一问，但是声音不自觉地比往常高了差不多半个八度。

父亲没有看她："哦，就是个林肯郡的人。"

汉娜不想就这么让他敷衍过去："他为什么周一要来？他要把什么装上车？"

他清了清嗓子说："我们要卖掉一些牲畜。"

汉娜的喉咙紧了紧，她甚至说不出话来。

"奶牛吗？"

"是的。"

她鼓起勇气接着问："所有的都卖掉？"

他望着窗外说："是的。"

汉娜还有一个问题要问，她的声音都沙哑了："小牛也卖掉吗？"

父亲似乎看穿了她的想法。

"留下它们也没有什么意义了，不是吗？"他又清了清嗓子，离开了房间。

汉娜抓紧椅子靠背，好让自己站住。她的指节都发白了。

也就是说，都是真的了。

他一定是急缺资金才会卖掉奶牛来支付租金。

但是到下次租金到期的时候他又要怎么办呢?

还剩下什么可以卖掉的东西吗?

如果没有了……我们会怎么样呢?

突然,汉娜的思绪被现实拉了回来。在会议中心成千上万嘈杂的声音中,一个她熟悉得不能再熟悉的声音传了过来。

"正好,艾米,我们可以坐这儿。"

哦,真是太好了。

米兰达和艾米莉,还有估计是和她们一个剧组的一群人正在往里面挤,刚好坐在过道另一边的那排座位上。汉娜弯下腰,低着头,好让头发遮住脸,但是米兰达的目光径直对准了汉娜。

"哦,嗨,各位!"米兰达打招呼说,汉娜知道对方正在上下打量她,心里还暗暗对她的衣着评头论足,然后又发出幸灾乐祸的笑,真是令人恶心,"真是太激动了,对不对?我迫不及待想知道结果,你们呢?"

不等他们回答,她就转身和右边的男孩交谈起来,甩过她红褐色的秀发,发出嗲声嗲气的假笑。

"简直令人难以置信,"洛蒂嘟囔着,"这么多的座位,他们偏偏就选择坐在我们旁边。"

汉娜偷偷地幻想着,当评委宣布获胜者是秘密鸡屋剧院时,米兰达脸上愤怒的表情。然后她又觉得自己很傻。这听起来多么荒唐可笑。她们为什么没给自己的剧院起一个更加高雅的名字呢?说句实话,看看这些和他们竞争的人,她怎么可以幻想自己的剧院能赢呢?

两点整，剧院的灯光暗下来，幕布拉开。林福德的市长，戴着一条金项链，站在舞台中央。她的身后是一条长长的桌子，后面坐着的可能就是众多的评委了。汉娜在一排人中找见了巴特勒夫人，想起她的和善，心情稍稍好点儿了。

但是从她手里的节目单上汉娜知道他们还要等待很久。戏剧奖是青少年组的最后一项。首先颁发音乐奖，接下来是舞蹈奖。每个类别颁奖前评委都会有一段冗长的讲话，接下来才是正式的颁奖，最后是获奖作品的展示。

汉娜一边看着一个接一个精彩的演出，一边向椅子后面靠了靠。她是怎么有胆量报名参加这项比赛的？这些人看起来都像专业选手一样。

他们会搬进途经林福德的某幢高楼里吗？

父亲在楼房里会做什么呢？

汉娜的脑海中浮现出他在房间日日夜夜来回踱步，像笼中的燕子一样怨愤，远眺着窗外的田野的情景。

萨姆又会怎样呢？离他上学的年龄还有很长时间。如果他离开农场到城市，重新开始新的生活，他会怎么样呢？

还有乔，没有了动物们的陪伴，她会怎么样呢？

还有贾斯珀和露西，它们怎么办？

汉娜想，如果母亲还在，我们就会好过一点儿了。她会安慰萨姆，以汉娜记得的她曾经安慰汉娜的方式——坐在地板上，环抱着他，前后摇晃着他，告诉他，不用担心，一切都会好起来的。她会摸摸乔的卷发告诉她，没关系，我们会给你养只宠物。她甚至可以理解玛莎的坏情绪和小脾气，并且让她平静下来。

她还可以抚平父亲紧皱的眉头,给他一个拥抱,让他重新高兴起来,就像她曾经做的那样。

但是母亲不在了。没有她,他们要怎样才能渡过难关呢?

最后一个舞蹈演出,名叫《现代化血色暴力下不朽灵魂的绝望》。舞台上,一群缠绕着血色绷带、表情肃穆的青少年,伴随着单一的鼓点声,身体像蠕虫一样扭动着。

汉娜喉咙里又想发笑。她咬着自己的两腮,紧盯着地毯。她一定不能笑,尤其是洛蒂的母亲就坐在她身后。她更用力地咬着两腮。

然后她看了一眼洛蒂,这实在是个错误。洛蒂身子微微前倾,她看着舞台的表情夸张可笑,就像她觉得每一个舞蹈动作都寓意深刻。她指尖交叠在一起,认真地点头,表情专注,略微蹙眉。

当她发现汉娜正在看着她的时候,她盯着汉娜,扬起了眉毛。

汉娜咬得两腮都疼了。为了让自己不要笑出声来,口腔肌肉都僵痛了。

然后她看了看舞台。

一个男孩,身穿金纱紧身连衣裤,脖子上戴着向日葵花环,在一群舞者中爬行着,用牙齿解开那些绷带。洛蒂的喉咙里发出一个奇怪的声音。汉娜的肩膀开始抖动,她的脸涨得通红,眼睛里笑得泛出泪花,顺着脸颊流下来。

最后鼓声停了下来,过了一秒,人们例行公事般地鼓起掌来。在掌声的掩护下,汉娜在椅子上把腰弯得更厉害了,笑得喘不过气来。

瓦妮莎向前倾了倾身子,用力拍了拍她的肩膀。汉娜深呼吸,擦干了眼睛。掌声渐渐平息,洛蒂用胳膊肘碰了碰她。汉娜看向舞台,以为还有其他的表演。舞台中央站着的却是艺术节的主席,林福德市的市长。

汉娜的胃剧烈地抽动了一下。

"女士们、先生们,"主席说,"我很荣幸地邀请弗兰·巴特勒,戏剧评委组主席,宣布本次戏剧节青少年戏剧组的获奖队伍。"

汉娜浑身的神经都绷紧了。

但是巴特勒夫人又开始讲述有关本次艺术节和本次奖项的设定,它们是如何评判、如何组织的,等等。感觉好像是过了好几个小时之后,她说:"现在到了你们期待了很久的环节——宣布获胜者!"

她从口袋里掏出一个信封,汉娜屏住呼吸,一动不动。

"第一组是十四岁以下的参赛者。"她说。

洛蒂抓紧了汉娜的手。

汉娜的手都出汗了。如果他们赢了,他们就可以直接把支票交给父亲,这样他就不用周一把他的奶牛装上货车了。尽管不能挽救所有的奶牛,五百英镑还是足够挽救一些奶牛的。

弗兰·巴特勒是真的欣赏他们的演出,而且他们是完全依靠自己完成的。这也应该纳入考量。他们可以赢的。他们必须得赢。

"这一组有许多强有力的竞争者,"巴特勒夫人说,"但是最后,我们决定在两支完全不同但同样出色的队伍中评选出获胜者。最终我们只能有一支队伍获胜,但是我们想要挑出这两支队伍做一个特别的说明。一方是林福德青少年剧院,参赛作品《瘟疫》。"

汉娜和洛蒂交换了一下眼神。米兰达的队伍。当然。

米兰达那一排座位响起一阵欢呼声。

"这部戏剧,"巴特勒夫人说,"是对我们国家某一段悲惨历史的沉思录,构思巧妙,发人深省,演员演技成熟,专业性高,音乐效果和形体效果都展现出了很好的想象力和表现力。"

听到这里,汉娜的内心无比沉重。他们怎么能幻想有机会和林福德青少年剧院一争高下呢?她甚至都不知道形体效果是什么。

"最终名单上的另一部戏剧,"巴特勒夫人说,"是《根据女王陛下的约定》,由秘密鸡屋剧院编剧表演。"

什么?

她没听错吗?

汉娜看着洛蒂。洛蒂两眼放光,不住地傻笑。

她没听错!简直令人难以置信。他们入围了最终名单。

"这部剧,"巴特勒夫人说,"是欢快的童话喜剧,表演充满活力和亮点。需要特别指出的是,贯穿整个戏剧的各个方面——从服装设计,舞台布景,剧本创作,导演彩排,甚至到将一个鸡屋改造成一家剧院这样的工程——都完全是由剧院的五个成员独立完成的,而他们中年纪最小的只有六岁,最大的也不过十一岁。这是一支才华横溢的、充满激情的团队,这部剧是集体智慧的成果。"

汉娜觉得自己高兴得要飞起来一样。他们就坐在这儿,和这么多人一起,坐在这么宽阔的大厅里。而他们在鸡屋里的表演居然被单独提出,并得到特别表扬!

瓦妮莎向前倾了倾身子,用胳膊圈住洛蒂和汉娜。"真棒!"她小声说。

但是巴特勒夫人继续说着。"经过长时间的考虑,"她说,"我们最终选出了比赛的获胜者。维尔莫特—福西特·希尔德最佳戏剧表演奖和五百英镑奖金将授予少儿组的获胜者……"

汉娜的心跳仿佛停止了。她像石头一样僵直地坐着,抓紧了洛蒂的手。

"……林福德青少年剧院。"

过道那边的人群爆发出阵阵欢呼。他们高兴地向空气挥舞着拳头,欢呼着,高喊着,相互拥抱着。

汉娜从洛蒂手中抽出手来,使劲鼓掌。她转过头看着坐在同一排的豆豆们和玛莎。"鼓掌!"她命令说。

结局就是这样了。

奶牛将要被卖掉用来支付租金,而当下一次租期到的时候,再也没有其他可以卖的东西了。

而他们的农场,他们的家园,都会被夷为平地。

33
打人事件

周一晚上，汉娜把自己埋在被褥中，用棉线团塞住耳朵。她想用熟记在心的诗歌填满脑袋，这样就不会听见从囚车般的卡车里传来的令人心碎的阵阵哀鸣。但是她知道的诗歌都是关于土地和动物的，而这只会让她更加伤心。

装载奶牛的卡车有三层楼高。那些人驱赶着奶牛走上陡直的坡道，把它们塞进一个板条和钢筋组成的监牢里。一旦它们全部被装上车，所有的门就会被关上，它们会被运往几千里之外林肯郡的一家大型奶牛场。汉娜不敢去想。当卡车在高速公路上晃动颠簸的时候，那些奶牛会失去重心，一头压在另一头身上，它们会迷茫地睁大眼睛，疼痛地哀叫起来。

等到抵达林肯郡，当它们跌跌撞撞地走下卡车的时候，它们一定会感到害怕和迷茫，谁来照顾它们呢？不会再有像父亲那样的农夫了。他的奶牛被装上那辆卡车的时候都是有着自己名字的动物，但是当它们从卡车上下来的时候，都成了一个个产品。

星期二上午，当汉娜从被窝里爬出来的时候，她感觉像跑了一个通宵的马拉松。

那是她暑假的第一天。

"为什么爸爸不和我们一起吃早饭?"萨姆端着他盛粥的碗,抬头问道。

"我不知道,"汉娜说,"我去叫他来。"

农场的院子里寂静得可怕。猪圈的门被锁上了,小鸡们也被关在鸡窝里。

汉娜穿过院子去挤奶棚。

推拉门是开着的。父亲背对着她,站在安静的挤奶棚里,面对着那块写有奶牛名字的黑板。他手里拿着一块布。

她看着他开始擦去一个个奶牛的名字。

他擦得很慢,胳膊像是打了石膏般僵硬,注了铅般沉重。黛西、巴特卡普、克洛弗、绍克拉特、普丽姆罗丝、莉莉……这些名字一个接一个地消失了。

但是擦完以后,他还是没有转身,就站在那儿,面对着什么都没有的一片空白,抹布在手中晃荡着。

"爸爸?"汉娜说。她的喉咙干燥,以至于声音都是沙哑的。

他一动不动。

她又叫了一声:"爸爸?"

这次他转过身来。当汉娜看到他的脸的时候,她感觉就像有人狠狠地给了她的胃一锤。

他的眼眶里噙满了泪水。

自从母亲去世以后,汉娜就再也没有看见父亲流泪了。

有那么一会儿,他面无表情地看着她。然后他清了清嗓子:"你来做什么?"他说,语气听起来像是被激怒了一样。

"没什么，"她含糊其词，"早饭准备好了。"然后她就像双脚被灌了铅一样，拖着沉重的脚步走回房子。

学校食堂弥漫着意大利面的味道。汉娜和洛蒂靠在蓝色的墙上，默默地随着排队午餐的人一点儿一点儿向前移动着。汉娜脑海中尽是卡车上奶牛的痛苦哀号和父亲转身看她时满眼的泪水。

排在汉娜前面的不远处，杰克正在向一群乌合之众吹嘘着。八年级学生的后面，米兰达和艾米莉正在崇拜地看着杰克，就像他忠实的宠物。奇怪的是，丹尼并没有和他在一起。他们也不坐在一块，而是各自和其他人聚成一团了。汉娜记得他们在古董店外的争执。难道他们闹翻了吗？

一般情况下，杰克出现在距离如此近的地方，都会让汉娜陷入紧张慌乱。但是今天，她甚至都不在意自己的头发是不是卷的。她不在意他有没有在看她。哪怕就是她下巴上有一个维苏威火山大的污点她都毫不在意了。

"嘿，罗伯茨！"

汉娜头也没抬。

"嘿，罗伯茨！怎么了？忘记洗你耳朵里的泥了吗？"

"别烦她，杰克。"洛蒂警告他说。

杰克没有搭理她，说道："真是遗憾啊，你们的剧院没有赢得奖金。是绵羊们忘记它们的台词了吗？"

米兰达咯咯笑了起来。汉娜盯着杰克，又转向米兰达，然后又看着杰克，她的脸颊在燃烧。当然了，米兰达肯定已经告诉了他关于颁奖典礼上发生的一切。他们肯定已经窃笑了一个早上了。

222

"不过,他们的确是第二名,"普利亚说,"实际上那已经很好了。参赛队伍很多的。"

汉娜感到很惊讶,她感激地看了看普利亚,但杰克还是不闭嘴:"还是说,奶牛让你失望了?是不是欧米特鲁德[1]拒绝穿上它的长裙?"

米兰达又开始咯咯傻笑。

"我说的是真的,"杰克说,"老农民罗伯茨真的给他的奶牛们起了名字,都用粉笔写在挤奶棚里。也许他晚上还会给它们盖好被子呢。"

然后,事情就那样发生了。

汉娜看着杰克,就像这是她第一次看清了他。

他不是一个机智风趣的浪漫英雄,不是一个有着金子般好心的叛逆少年。

他就是个可悲的十四岁的懦夫,放火烧了别人家的谷仓后跑了。

"是不是,罗伯茨?"杰克说,"他是不是还要给它们唱摇篮曲?"说完杰克开始用假声高唱着:"晚安,我亲爱的巴特卡普,我梦中的奶牛。睡个好觉,我最最亲爱的欧米特鲁德。"

汉娜内心的火山爆发了。

她甚至都不知道自己做了什么,就抡起胳膊,一拳砸中了杰克的下巴,打得他撞到了墙上。看见他脸上吃惊的表情,紧接着她又给了他的左脸一拳。他咆哮着,感到愤怒和疼痛。

汉娜都不知道自己哪儿来的这么大的力气,她按住他的双肩把他摁在墙上。

---

[1]欧米特鲁德是法国动画片《神奇的旋转木马》里的一头奶牛。——编者注

"你这个坏透的败类！你怎么敢在毁了我父亲的谷仓之后还这样辱骂他？你怎么敢烧了我们的谷仓之后逃跑？你这个可怕的恶心的懦夫！你怎么敢破坏我们的剧院，你和你那个可悲的朋友！你满肚坏水，坏事做绝，令人恶心！你毁了我们的生活。我恨你！"

杰克看着她，目瞪口呆。当汉娜停下来喘气的时候，她抓得略微松了些，他向前倾了倾，似乎是想趁机挣脱。

"你敢！"汉娜大吼着。她抬起膝盖撞向他的裆部。

他大叫一声，疼得弯下了腰。汉娜把他猛推到墙上，两颊发烫，两眼放光："又想跑？是啊，你就只会做这种事情，对不对？你搞完破坏之后就跑，因为你不敢面对自己做过的事情。你知道你做了什么事情吗？你知道吗？"她现在冲着他的脸大吼起来，"你毁了我们的家，你毁了我们的农场。这就是你想要的结果，是不是？现在你高兴了？有趣吗？这是个笑话吗？"

汉娜一边把杰克摁在墙上，一边转过头，看着震惊的米兰达："你怎么不笑了，米兰达？你不是觉得很好笑吗？我爸爸就要失去农场了，这难道不是很好吗？这难道不是非常非常引人发笑吗？"

有人用力抓住了她的肩膀，一个成年人的声音说："汉娜，汉娜，停下来。立刻停下来。放开杰克。"

汉娜听到这几句话，就像是轮胎被钉子扎破了一样。她任由老师扳开她抓着杰克肩膀的手，没有反抗。她很吃惊自己居然抓得那么紧——她的手指都发疼了。

她走出房间的时候，周围的一切又开始变得清晰起来，她突然意识到整个大厅里鸦雀无声。

每一双眼睛都在盯着她看。

34
校长办公室

柯林斯先生坐在椅子上，身体微微前倾，他皱着眉看着桌子另一边的汉娜。汉娜正低头看着自己的膝盖。她估计校长甚至都不知道她是谁。

她之前从来没有来过校长办公室。房间又冷又大，被涂成蓝灰色。书架上摆满了档案和看起来很乏味的文件，还有三个灰色的金属文件柜。墙上的木板上钉着一张张通告，相互之间留有一定空隙。柯林斯先生的办公桌上空无一物。

"我从海伍德小姐那里得知，"他终于开口说，"今天午餐时间，你参与了一起严重的事件。"他说话的方式和他在集会上讲话时一模一样，好像他在每说出一个词语之前都会进行一番字斟句酌。

汉娜不知道她是不是应该回答。她点了点头，那感觉就像坐在椅子上的根本就不是她。她本人似乎已经被吸出体外，剩下一团什么都不是的躯壳，就像是她正在观看一部发生在其他人身上的电影。现在无论柯林斯先生说什么或者做什么都不能再伤害到她了。毕竟不久以后，她甚至都不会在这所学校了。

但是随后，校长助理把头伸进门说："罗伯茨先生到了。"

父亲？他打电话叫父亲来学校了吗？汉娜的胃翻腾着。

也就是说，她还是有些情感留在体内的。

当父亲走进来的时候，她抓紧椅子两边，盯着地板。她甚至不敢想象接下来的几分钟会发生什么。

"十分感谢您这么快就赶来了，罗伯茨先生，"校长说，"您请坐。"

他指着另一把空着的椅子。令人更加不安的是，那个座位就紧挨着汉娜。当父亲坐下的时候，一根根干草掉落在灰色的地毯上，汉娜闻到一股猪粪的味道。

"我很抱歉地通知您，"校长开始说，"在今天的午餐时间，您的女儿参与了一起严重的事件，她与其他学生发生了肢体上的冲突。"

汉娜能够感觉到父亲的不耐烦。他在又小又硬的椅子上向后靠了靠："你说的'肢体冲突'是什么意思？"

恼人的是，校长停了好长时间都没有说话，就好像他认为很难说出这个令人不快的实情。

"我很抱歉地说，"他终于开口了，"您的女儿打了另一位同学。"

"谁？"父亲盘问道。

柯林斯先生清了清嗓子："我认为这与问题无关。"

"当然有关。"父亲轻蔑地说。然后他转向汉娜问："你打了谁？"

汉娜看了看校长，又看看父亲，然后回答："杰克·亚当森。"

"你打了杰克·亚当森？"

"是的。"

"嗯哼。"

汉娜可以发誓她看见父亲的脸上闪过一丝愉悦。

"很明显的是,汉娜,你指控这个男孩破坏了你家农场的剧院。"柯林斯先生说。

不,不,不,不!为什么,哦,为什么她跑去告诉全校师生自己在农场有一家剧院?她怎么可以这么愚蠢?

"他干了什么?"父亲说。

"先不要急着下结论,罗伯茨先生。"校长说,"在事情查明之前,我并无意特别指出任何学生的姓名。根据另外一名学生的说明,我得知,汉娜指控的那名学生其实并没有参与破坏活动。事实上,这完全是另一个人所为。"

"什么?"汉娜说,"谁?是谁告诉你的?"

柯林斯先生皱着眉看着她:"汉娜,正如我刚才所说,我不会妄下评断,或者说出任何姓名,直到我彻查此事。今天下午我会对所有相关人员进行逐一约谈。我只需要确定你的剧院是否遭到了破坏。"

仅仅是听柯林斯先生提到她的剧院都令人不悦。她珍视的秘密剧院,被拉到公众面前,践踏成一片废墟。

"汉娜,我需要了解实情。"

汉娜深吸一口气:"是的。它遭到了破坏。"

"那么它具体遭到了哪些破坏?"

汉娜感到局促不安,这简直就是一种折磨。"服装被撕了,化妆品被毁了,首饰都碎了,布景被涂鸦,道具被弄坏了。"她不得不说。

父亲的脸上涌起一阵怒火:"他们对你的剧院做了所有这些事情?你为什么不报警呢?"

汉娜盯着他。他们为什么没有报警呢?她从来都没有想过要报警。"我不知道,"她说,"我想也许我们当时都忙着在比赛前准备好一切。"

他看着她,就像她疯了一样:"天哪,这个比赛到底有什么重要的?"

汉娜看着他的眼睛。为什么不告诉他呢?反正现在也不重要了。

"比赛有五百英镑的奖金。如果我们赢了,我们准备把这笔钱给农场,用来支付租金。但是我们没有赢,而现在奶牛也都被卖掉了。"

他只是盯着她看。他生气了吗?还是惊讶?或感到迷茫?她也不知道他是什么感受。

柯林斯先生清了清喉咙:"好吧,我想我并不需要知道过多的细节。正如我所说,我会约谈相关人员彻查此事。但是,我必须知道,你是否知道事实上谁应该对此负责。"

"不知道。"汉娜说。

"你不知道吗?"

"不知道。"她当众指控了杰克,这已经很糟了——现在看起来,可能是她弄错了人。她不想再对其他人做出指控。今天她说的已经够多了。

"我知道了。现在,我们就你今天午餐行为的适当惩罚措施重点谈一谈。然后,我得请你的父亲带你回家,今天就不用再来了。"

父亲开车送她回家的路上,两眼一直紧盯着前方的道路。她鼓起勇气看他,却读不出他脸上的表情。

"那么,现在你什么都知道了,"汉娜说,"不过不用担心,我们不会进行其他的演出了。"

父亲迅速瞥了她一眼,目光犀利,然后又看着路面。"别犯傻了,丫头,"他说,"你不会被那些笨蛋击败吧,对不对?"

汉娜盯着他,感到不可思议。

他是说他们可以保留剧院吗?

她不敢问,害怕万一他说的不是这个意思。但是她得确定一下。

她浑身的肌肉都绷紧了,问道:"你是说我们可以保留剧院吗?"

他双眼紧盯着前方的路面,顿了顿,然后说:"我只是说,不要让两个傻瓜操控你要做的事情。"

汉娜盯着他看了好久,细细体会着父亲态度上的大转变。她心里涌起一阵欢喜,就像漫漫寒冬后第一个暖和的日子。

他们可以保留他们的剧院!他们还可以表演另一部戏剧!

然后她突然想起来,过不了几个月,剧院和农场的其他地方一样,都将不复存在。

35 外婆

老师们都很可笑。他们不断强调为了愉悦身心而阅读是多么重要，然而，当他们想要狠狠惩罚你的时候，他们会把你送到哪里去？

送到图书馆。

图书馆留堂一天——原本可能会是更严厉的惩罚。她必须在每节课前去找老师，帮她收齐作业，然后下课分发作业。她必须独自一人吃午饭，像一个麻风病人，不能与其他人接触。而且不许她与任何人进行任何对话，一整天都是如此。

就在下午签到之前，洛蒂装作若无其事地走进图书馆，她把一张折起来的纸丢在汉娜的桌上。上面是洛蒂清秀的字迹，写着："放学后在网球场入口处等我。重大新闻！"

"什么新闻？告诉我！"汉娜用唇语说。

特林布尔夫人恰逢就在此刻抬头看。"汉娜·罗伯茨，我希望你并不是在和谁交谈。还有你，年轻的女士，"她对洛蒂说，"我希望你不是在试图和汉娜交谈，现在她还在留堂。请你立刻去签到。"

洛蒂向汉娜眨了眨眼睛，然后离开了。汉娜用手指扶着前额，她怎么能等到放学呢？

汉娜挤过人群,一路上不是碰到别人的书包就是撞到别人的胳膊肘,终于到了网球场,洛蒂正靠在栏杆上。

"你说,"汉娜说,"发生了什么事情?"

"下午好,汉娜。"洛蒂说。

"快点儿告诉我!"

洛蒂向大门走去:"你猜怎么着?丹尼被停学了。"

汉娜停下脚步:"被停学了?为什么?因为搞破坏?"

洛蒂抓着她的胳膊肘说:"继续走。好吧,人人都在谈论这件事情,但是其实没有人知道真正发生了什么。在地理课上,普利亚望着窗外的时候,看见丹尼和他爸爸正走出学校。然后,课间休息的时候有小道消息说,丹尼已经被停学了。"

汉娜的脑海中有很多问题在打转,但是她不知道从何问起。

"但是为什么呢?是谁最先散播出这个消息的?杰克呢?是谁去告诉校长的?"

"什么?"

"柯林斯先生说,有学生找过他,告诉他并不是杰克破坏了剧院,而是另有其人。"

"那真是怪了,"洛蒂说,"还有谁知道破坏剧院这件事情?除非是杰克自己去找校长了。我打赌是他告发了丹尼,这样他就不用承担责任了。"

汉娜抓住洛蒂的胳膊说:"哦,不!"

"什么?怎么了?"

"我外婆。看,是我外婆。哦,不……"

"为什么,怎么了……"

但是汉娜能够听见自己脑袋里砰的一声炸开了。

因为站在校门口的是她的外婆。她拄着拐杖,在一群青少年中显得更加矮小瘦弱。

外婆从未到学校接过她。

发生了什么事情?是父亲出事了吗?还是萨姆,玛莎,乔?抑或是农场?他们不会已经被赶出农场了吧,有可能吗?不可能吧。父亲刚刚才卖掉奶牛,他一定可以付得起租金。

如果是父亲出什么事了呢?他该不会是做了什么冲动的事情吧?会吗?

她祈祷着,上帝啊,请您,请您,千万不要让父亲出什么事。其他什么事情都可以,请您一定要保佑父亲安好。

"天啊,汉娜,你的脸色苍白得像一张纸,"当汉娜上气不接下气地跑过来的时候,外婆说,"你还好吗?"

"发生什么事情了?是谁出事了?"

外婆紧紧抓着她的肩膀:"哦,亲爱的,别担心。没人出事。我就是想和你谈一谈。很抱歉,洛蒂,可以吗?"

"当然,"洛蒂说,"我稍后打电话给你,汉娜。"

外婆转身向她小屋的方向走去:"走吧,我们一起喝杯茶。"

"现在告诉我吧,"汉娜说,"无论发生了什么,现在就告诉我吧。"

外婆摇了摇头:"人太多了。你知道这村子人多嘴杂,流言蜚语传播的速度。"

汉娜再也控制不住自己的情绪了:"没有人在听我们说话!你得告诉我,求你了。"

外婆看着汉娜:"好吧,但是我们要走到背街去。"

她们在米尔街左转,街道两边种着树,隐约听得见校门口传来的嘈杂声。一只乌鸦在树上婉转啼鸣。汉娜的心脏咚咚跳着,猛烈地撞击着肋骨,撞得胸口生疼。

"你父亲今早来看我了。"外婆说。

这并没有什么好稀奇的。父亲每周二早上都会去看望外婆。他总说这样就可以知道他的岳母是否安然无恙了,而外婆总说这样她就可以知道她的女婿过得可好。

"然后呢?"汉娜说。

"他不想让我知道,"外婆说,"但我还是问出来了。"

"问出来了什么?"

"唔,你知道的,他昨天卖掉了奶牛。"

"是的。"

"问题是,他拿到的钱比预期的少。"

汉娜的喉咙一紧,她每说出一个词都像是推着巨石上山一样艰难:"那够……够付租金吗?"

"差不多吧,这次够了。但问题是……"

"下一次。现在奶牛也被卖掉了,卖牛奶的收入也没有了,再没有可卖的东西了,那么下次用什么支付租金呢?尤其是地主还把租金翻倍了。"

"你怎么会连这些都知道?"

汉娜耸了耸肩:"我听说的。"她并没有多嘴,说出自己这些天其实脑海里想的都是这件事情。

"不仅仅是租金问题,"外婆说,"还有其他要赔付的东西。"

"比如说？"

她们走到了外婆的小平房。外婆打开门："进来吧，亲爱的，我来给你倒杯茶。"

"那么还有什么要赔付的东西？"在外婆往水壶里灌水的时候，汉娜问道。

"嗯，他的谷仓和里面所有的东西都在大火中被烧得一干二净，是不是？"

火灾的事情都怨我，汉娜想。

外婆拆开一袋饼干，倒在盘子里。

"问题是，谷仓里的东西并没有参保。"

外婆摆好杯子，把开水倒在茶壶里。她看着汉娜："哦，亲爱的，你的脸色惨白。快来坐下。"

她端着托盘走到小小的客厅。汉娜心情沉重地坐在沙发上。

"我不知道该不该告诉你这些，"外婆说，"你还太小，不该背负这么多忧心的事情。"

"不！告诉我吧！我想知道。我讨厌大人们什么都不告诉我。爸爸什么都不说。妈妈病重的时候，没有人告诉我。都当成秘密，秘密。这太过分了。而且这样并不能令事情好转，所有糟糕的事情还是发生了。"汉娜用指尖拉扯着一根沙发靠枕刺绣上的线头，"如果我们赢了那个愚蠢的比赛，一切就还好。"

外婆用胳膊圈住她说："恐怕那些钱远远不够。"

"还需要多少？"

"你真的想知道吗？"

就像在校长办公室一样，汉娜此刻出奇的平静。现在一切都结束了，所以得知实情又怎么可能伤害到她呢？

"都告诉我吧。"她说。

外婆把盛着饼干的盘子往汉娜那边推了推，汉娜摇了摇头。

"好吧，首先，租金是两万八千英镑一年。"

"两万八千英镑！"

"没错。每次要交七千英镑，一年四次。"

汉娜努力让自己接受这个数字："但是怎么有人能付得起这么多租金？"

"嗯，的确很难。在租金翻倍之前，你父亲还能应付过去，他可以卖谷物、牛奶和牲畜，为其他农场主收割粮食。但是现在……"外婆叹了口气。汉娜一直盯着沙发靠垫。

"他一直辛勤地工作，"外婆说，"勉强维持到现在。那时候，当其他人都拆毁了篱笆，用化学物品污染土地，把混合型农业变成集约化农业的时候，只有他，坚持自己的原则，对土地抱有敬意。坚持这样做是十分辛苦的，而且收益甚微，但他还是可以勉强坚持下去。"

外婆的声音变哑了，汉娜从沙发靠垫上抬起头看了一眼她的脸。当她看到外婆强忍回泪水的时候，胃里就像打翻了五味瓶。她又盯着沙发靠垫，把上面的线头紧紧地缠在自己的指尖上。

"但是……唔……一旦你开始变卖自己的资产来支付租金的时候……"

她没有说完，但是汉娜自己在脑海里补全了：那么，一切都结束了。

汉娜把头埋在沙发靠垫里。

汉娜感觉到外婆在抚摸她的头发:"我很抱歉,亲爱的。我很抱歉。我不想告诉你这些。我只是想——好吧,我想恐怕你真的要离开农场了,我知道你父亲很难开口告诉你,而我也不想让你从村里的流言蜚语中得知。"

汉娜颤抖着说:"其他人呢?你也要告诉他们吗?"

外婆艰难地站起身来,打开电暖器。暖器片开始发红。门外,汽车门被砰的一声关上,有人咳嗽了一声。

"暂时不告诉他们,我想。"她慢慢挺直身子,"我想让你先知道。其中一个原因是,当其他人都知道的时候,你可能需要成为坚强的那一个。"

"但是我做不了坚强的那一个!"汉娜大声说,"为什么我总是要成为坚强的那一个?"她又把脸埋到沙发靠垫里,她希望自己可以沉睡一百年。

她听见外婆在橱柜里翻找着。过了一会儿,橱柜的门关上了,外婆说:"汉娜,看看这个。"

汉娜从沙发抱枕上抬起头,揉了揉眼睛。外婆手里拿着一个剪报本,它蓝色的封面已经褪色了,边缘也磨

损翘起了。

汉娜坐直了身子，外婆把剪报本放在汉娜的膝盖上。

"当我看到你表演自己的戏剧作品的时候，"外婆说，"你让我想起了你妈妈。我知道她一定想让你看看这个。"

汉娜的心跳加速了。她翻开了剪报本。

在第一页上，粘着一张节目单和剪下来的一篇新闻报道。剪报上面是外婆的字迹："林福德晚间新闻，1981年11月18日。"新闻的标题是："本地戏剧团的喜剧盛宴。"

汉娜抬头看着外婆。"雷切尔的回忆录，"外婆说，"从她加入村子的戏剧社开始。"

汉娜重新阅读那篇短文。当她看见自己母亲名字的时候，心仿佛漏跳了一拍。

"年仅十六岁的雷切尔·索思伍德用精彩的表演对剧作进行了完美的诠释。我们期待这位才华横溢的年轻演员为我们带来更多精彩演出。"

汉娜翻过这页。她在下一张剪报上查找着母亲的名字。"观看雷切尔·索思伍德充满活力的表演真是一件幸事"，上面这样写着。

汉娜继续往下读，后面还有很多节目单和剧评，看起来母亲似乎一年演出两三部戏剧。

最后一篇剧评的日期是1991年5月5日，上面写道："雷切尔·索思伍德的表演获得了一个接一个的成功。"

剩下的纸页都是空白。

"接下来是你的回忆录。"外婆说。

"啊哈，"汉娜说，"现在看来没什么可能。"

外婆严肃地看着她:"不要放弃,永远不要放弃你喜欢做的事情。"

"妈妈放弃了。她结婚以后就放弃了。"

"那是因为她发现自己真正喜欢的东西了。"外婆说。

汉娜盯着她说:"但是戏剧……"

外婆笑着说:"做一个农夫的妻子和一位母亲,这是真正让她生命完整的东西。那才是她一直想要的。你对戏剧的热爱比你妈妈任何时候都要强烈,而且我认为你比你妈妈更有天赋。你很幸运发现了能让自己开心的事情,它点亮了你的内心。这是很多人终其一生都没有找到的。所以,不要放弃!"

"但是如果——"

外婆把一只手放在汉娜肩上:"你会想出办法的。无论发生什么,我知道你会想出办法的。"

36
真相

周四早上阳光明媚。一到早上课间休息时间,洛蒂和汉娜就冲出科学实验室,为了抢占操场角落她们最喜欢的长椅。

"我很快就写好下一部剧本了。"汉娜说。

"真的?但是关于……"

"放学后你想过来看一下吗?我们可以开始设计布景了。其他人要去我外婆家喝茶。"

当然汉娜也受到了邀请,但她已经推说她的家庭作业太多了,就不去了。实际上,在外婆家里,她很难面对其他人,装作一切都好的样子。她需要让自己不再忧心那些事情。

"我们午餐时间去图书馆找一本有关服装的书吧。"汉娜说。

洛蒂用胳膊肘狠狠戳了一下她。

"哎哟!你这是干什么?"

"看!"洛蒂低声说,"不,把头低下。看那边。"

汉娜顺着洛蒂手指的方向望去。很容易就看见他了,操场上只有他没有穿藏青色和灰色的校服。他的目光扫过四周,似乎在搜寻什么人。

"丹尼！他在这里做什么？他不是被停学了吗？"

丹尼的眼睛撞上了汉娜的目光。

"哦——啊，"洛蒂说，"我想，他是在找你。"

他径直向她们坐的长椅走来，低着头，握着拳。

他敦实的身躯出现在汉娜面前，他的脸愤怒地抽动着。

"终于找到你了，你这个告密者。跑去跟校长哭诉了，是不是？哭哭啼啼地告诉柯林斯我怎样毁了你的游戏屋？你这个可恶的告密者！"

汉娜坐在椅子上一动不动。他会动手打她吗？他看起来很生气。

"所以，这么说来，的确是你毁了我们的剧院。"她说。

"我说过，我会回敬你的，不是吗？你喜欢这个惊喜吗？"

因为洛蒂也在场，汉娜鼓起勇气站起来面对他："你是个可怜的卑微的懦夫，丹尼·卡尔。还有我告诉你，我从未在柯林斯先生面前提到过你的名字。"

人群慢慢地向长椅这边聚拢。丹尼向汉娜逼近，他涨红了脸，两眼放光："你在说谎，你这臭婆娘！"

汉娜正视着他愤怒的脸。"我没有说谎，"她说，"我并没有告发你。"

"是吗？！"他大叫着，"那是谁？"

"实际上，"他背后一个人说，"是我。"

丹尼猛地抬起头。汉娜和洛蒂转过身。

长椅后面站着艾米莉·桑德斯。

艾米莉？艾米莉告发了丹尼？怎么会？什么时候？为什么？

丹尼张口结舌地看着她，然后气急败坏地干笑着："你？别说傻话了。"

艾米莉看着他,手紧紧抓住长椅:"我觉得你的所作所为十分令人恶心。你简直就是个懦夫,准备让杰克承担罪名。所以我就告诉了校长,说是你干的。"

"你这个告密者!"丹尼看着艾米莉,像是要气炸了一样。

"别对我发火,"艾米莉说,"我可没有烧毁谷仓,或者破坏谁的剧院。你这都是咎由自取。"

丹尼挥起手臂。但是正当拳头飞向艾米莉的脸时,杰克·亚当森从围观人群中跳出来,抓住了他的拳头。

操场那边传来体育老师马修斯先生的喊声:"丹尼·卡尔!立刻到这里来!"

丹尼甩开杰克的手,转身向学校大门走去。马修斯先生截住了他。"别想这么快离开,"他说,"你以为你是在学校的场地里干什么,年轻人?"

围观的人把注意力转向了这场新的戏剧性事件。当丹尼向校长办公室走去的时候,汉娜的脑海里满是疑惑,她转过身,看着艾米莉的眼睛。

"别在这儿,"艾米莉小声说,"去更衣室。"

"艾米莉,"洛蒂挤在木质长椅上说,"都告诉我们吧。"

"好吧,就在汉娜在食堂里向杰克发火之后,我们问过他——"

"你们?"汉娜问。

"我和米兰达。我们问他是不是真的破坏了你们的剧院,他没有说话。我们就知道不是他干的。"

"你们就知道了?"洛蒂说,"怎么知道的?"

"放假的时候,有一天,我和米兰达去找他和丹尼,就在你们家谷仓着火之后。丹尼提议说,我们去把汉娜的剧院毁了来报复她吧,因为是你告诉了警察。但是,杰克说不行,因为那场大火,他心里也不好受——"

洛蒂冷哼一声:"他当然不好受了。事后他从来都没有真正道过歉或者有任何表示,不是吗?"

"我想那是因为他觉得太难为情了。"艾米莉说。

"懦夫。"汉娜低声吐出两个字。

"所以丹尼说那他就自己一个人去做,我们都没想到他真的会去做。后来周一在食堂,当汉娜被带走以后,丹尼就开始吹嘘自己如何破坏了剧院。当时我看着他,心里只有一个想法——你这个坏透顶的混蛋。我简直不能相信自己之前一直觉得他风趣幽默,惹人喜爱。"

汉娜想,就像我对杰克一样,只是杰克其实并没有参与破坏。

"杰克看着丹尼的眼神就像在看一摊烂泥,杰克说,我简直不能相信你居然做出这样的事情。然后他和丹尼大吵了一架。丹尼说,好呀,那你就去找柯林斯,告诉他是我干的。杰克说,我不会那么做的。我不是一个打小报告的人。然后丹尼生气地走了。我和米兰达对杰克说,你得去找柯林斯先生告诉他这件事不是你干的,否则当你到校长办公室的时候,所有的罪责都会让你来承担,而丹尼会摆脱得一干二净。但是杰克还是不肯告发丹尼。"

"所以你就去了。"洛蒂说。

"是的。"

她们沉默地坐着。艾米莉看起来越来越不自在,最后,她开口说:"呃,好了。我还是走吧……铃声随时都会响。"

她拉好肩上的背包。

汉娜抬头看着她说:"谢谢你,艾米莉。你人真好。"

"没什么,"艾米莉说,"他是罪有应得。我很抱歉你家农场发生的事情。我理解你的感受。嗯,一点点吧。"她的眼里泛着泪光,继续说:"我父母要卖掉我的马。你知道的,马诺儿马厩关门了,也没有其他地方可以安置它。我们付得起钱的地方都满额了,其他地方不是太贵就是太远。所以,无论如何……我是说,我知道这不一样,但是……"

她耸了耸肩,擦干眼睛。

"我知道,"汉娜说,"失去自己心爱的东西,谁都会难过的。"

此时上课铃在她们的头顶响起。艾米莉站起来说:"我该走了。米兰达要奇怪我去哪里了。"

37 寻画

午后天气晴朗，汉娜和洛蒂走在农场的小路上。晴空笼罩着山谷，一团团棉花般的云朵飘浮在蔚蓝的天空中，篱笆上开满一簇簇白色的花朵。

汉娜抓住洛蒂的胳膊说："听，在树上。第一只布谷鸟。告诉你爸爸。"

"我们去拿些纸笔，"洛蒂说，"然后我们就可以带着服装书到剧院去，开始设计服装了。"

当她们穿过餐厅的时候，汉娜看了一眼电话，有一条新的语音提示。她拨通电话收听语音。

一个带着上流社会口音的男人说："下午好，罗伯茨夫人。我是索斯比拍卖行的塞巴斯蒂安·米尔索姆。"

索斯比？汉娜感到一丝困窘。哦，不。她发送给他们的图片上的烛台一文不值，他们现在打电话是要质问她怎么敢浪费他们的宝贵时间吧。

真是让人难为情，太丢人了。

除非……

他们可能……他们有可能……可能吗?

尽管那次去古董店的经历十分糟糕,汉娜的内心还是存有一丝希望。如果是那个估价员看走眼了呢? 毕竟,他只不过经营着密西汉姆的一个破旧小店而已,不是吗? 他毕竟不是一位伦敦的拍卖师。也许索斯比拍卖行认定的不一样呢。

"我刚刚收到你要求估价拍卖的表单,"那个声音说,"恐怕我不得不很遗憾地告诉你,你要求估价的烛台是 20 世纪的复制品,因此我们不能为您举行拍卖。"

所以……就是这样了。她最后的一丝希望也没有了。

现在没有什么能够拯救他们了。

汉娜感觉有一块巨石卡在胃里。在她面前,所有的门都关上了,锁住了。她已经试过了所有她能想到的办法去拯救农场,但是没有一个成功的。

她现在没有心思再去考虑另一部戏剧了,她只想趴在床上大哭一场。

但是语音信息并没有结束:"然而,在你发来的照片上,我对烛台后面挂着的那幅油画很感兴趣。它看起来是一幅很不错的画作。在其中一张照片上可以看见画家的签名,而且,如果是真迹的话,我想这是个意外的收获。我很想过来看一下,如果可以的话。不知道你能不能打电话回复我,这样我们可以约定一个时间。我的电话号码是……"

汉娜一动不动地站着,紧紧抓住听筒。她简直无法相信。

"怎么了?"洛蒂说,"汉娜,发生什么事情了?"

汉娜一时说不出话来。当她开口的时候,她的声音在颤抖:"是

245

索斯比拍卖行打来的。那个鉴定师认为也许油画不错。"

"油画？什么油画？"

"骏马和良驹那一幅。他说烛台并不值钱，但是他喜欢背景上的那幅油画。他想来看看。"

洛蒂睁大了眼睛："那幅油画？那真是太好了！他想来看看？哇，速度真快！我们不过是上周才发送过去的。哇，汉娜，他一定是很喜欢这幅油画。他什么时候来？哦，哇，好激动啊！"

但是汉娜的内心麻木而沉重，她似乎不能像洛蒂一样感到激动振奋。她不许自己这样。之前她也是这么兴奋——先是因为烛台，后来又是因为比赛。她已经禁不起第三次失望了。

"也许它也不值钱。他说'如果是真迹的话'。也许它是赝品或临摹的作品，或者其他什么。不管怎么样，他从没说他认为它值钱。"

洛蒂两眼放光："如果他觉得不值钱的话就不会大老远跑来看了。"

"他是来检验真伪的。"

"真是让人激动，汉娜！也许这可以拯救农场呢！真是太巧了，它刚好就在背景里，也许它很值钱呢！他认为是出自谁的手笔？他什么时候来？"

"我要给他回个电话。你把油画放在哪儿了？"

"你在说什么？"

"你知道的，是你在演出的前一天晚上，把它拿出剧院的啊。你把它放回客厅了吗？"

洛蒂茫然地看着她："你到底在说什么？"

汉娜突然感到一阵慌乱。

不，不，这不可能。

"你知道的!"她大叫起来,"你说你会把油画和烛台拿出剧院的。这样我爸爸来看演出的时候就不会看见它们了。那么,你把它们放哪儿了?"

"不要冲我大喊,"洛蒂说,"我没有把它们放在哪里。我以为你把它们拿出剧院了。你说过——"

"我没有带走它们!"汉娜大叫着,"我碰都没有碰!"

她们盯着彼此。汉娜感到一阵晕眩。她靠在椅子的扶手上。

"那么……"她说,"你没有动它们,我也没有动它们,但是在剧院被毁以后,东西却不在了。"

洛蒂脸上血色全无,她两眼瞪得大大的。

"不,"她小声说,"你不会认为……你不会认为丹尼对它们做了什么吧?"

汉娜的心怦怦直跳:"他不可能做过什么。它们并没像剧院里的其他东西一样被砸碎,是不是?"

"所以你认为他把它们带走了?也许他也以为那些东西很值钱呢。"

"他也许可以偷偷拿走烛台,但是他不可能一只胳膊夹着那么大一幅油画走回家吧。"

"那么他会放在哪儿呢?"

汉娜深吸了一口气。"镇定,"她对自己说,"我需要想一想。"

"我估计他把油画藏在农场的某个地方了,就是为了捉弄我们。"

"有道理,"洛蒂说,"我们找找吧。"

她们找遍了谷仓、牛圈、马厩、废弃的挤奶棚和曾经的奶牛棚——现在父亲用来晚上关家禽了。然后汉娜去搜查猪窝,洛蒂则跑到汉娜父亲放干草的空猪栏里去找。

过了几秒,洛蒂喊道:"嘿,汉,到这儿来。"

汉娜冲出猪窝,头撞在了门框上。

"呃!"她哀叫着,捂着受伤的地方跑向小路。

她弯腰钻进猪栏:"在哪儿?"

"看看这些!简直太有趣了!"洛蒂指着墙上说。墙上用透明胶带贴满了铅笔画。

"不是油画?"

"哦,抱歉,"洛蒂说,"你以为是……"

"我当然以为是。"

"哦,抱歉!虽然不是油画,但是你得看看这些画。"

汉娜凑到墙跟前,发现这些是一幅幅连环画。她看见第一幅画上是一些长长的瘦瘦的绿色的东西,穿着运动服,一滴滴汗水从皮包骨的脸上掉落。标题是"红花菜豆"。

接下来的一幅画上是一些又大又肥、豆子形状的生物背着又大又肥的婴儿们。漫画下面是萨姆的笔迹:"蚕豆。"

她得叫洛蒂过来看看下一幅画。一些身材高挑的豆子戴着贝雷帽,脖子上还围着一串洋葱。"'芸豆',"洛蒂读道,"其实还挺有趣的。"

汉娜看着六岁的萨姆亲手画的图画。这次豆子们被涂成了棕色,躺在沙滩上,上面是金黄的太阳。

"看,洛蒂。"

洛蒂走过来。"'烘豆',"她哈哈大笑,"好吧,看来我们发现了伟大无上的豆豆协会的秘密总部。"

"可是,不是油画。"

"是啊。"

她们穿过院子来到以前的牛棚。这里是汉娜最后的希望了。但愿在这里,她祈祷着。

当她们走近的时候,一只燕子,快如利箭,掠过牛棚的门飞了进去。汉娜吸了一口气:"它们飞回来了!"

她蹑手蹑脚地走到门那里,指着远处墙上高高的一个角落。在阴暗中,可以看到有一个泥筑的鸟巢。"每年春天它们都会飞回来,"她悄声说,"一路从非洲飞回来。去年有十四对。"

突然她想到,如果明年它们飞回来——飞越了半个地球回到这儿——但是它们的鸟巢已经被毁了呢?

"行行好吧,"洛蒂说,"一定是在这儿。"

汉娜靠在牛棚门上面,伸手拉出下面的门闩。她们踩着一层层满是灰尘的干草走进去,看见旧桶、空袋子被扔得满地都是。午后的阳光穿过门缝照进来,可以看见空气中悬浮的粒粒尘埃。

不管麻袋下面藏着什么东西,汉娜在翻开麻袋之前都得给它们一个机会爬开。然而,她又不想弄出响动惊吓了筑巢的燕子。她站在第一个麻袋前,踌躇不定。

面对同样的问题,洛蒂用她自己的方式解决了。她拿起一把变形的旧饭勺,一边敲着一个铁桶,一边高叫着:"出来,出来,不管你是什么东西!"

燕子惊叫一声,又飞出门了。没有其他的响动。

她们在马厩里搜寻着,刨出很多干鸡粪,但是没有其他发现。"一定是在这儿,"汉娜对自己重复了很多遍,"一定是在这儿。"

贾斯珀顶开半掩着的马厩门来找她们。"你想乔了,是不是?"汉娜摸着它的毛说,"她很快就回来了。"

最后一个隔间用一扇旧门板挡着。就是这儿,就在这扇门后面,她想。

她们把门板挪开。一只母鸡喔喔乱叫着,扇着翅膀跑开了,留下干草堆上的三个鸡蛋。

没有其他东西。

汉娜感到一阵惊慌,她抓住洛蒂。

洛蒂用力抱紧她的肩膀:"没关系。我们会找到它的。它一定在某个地方。"

"但是我们翻遍了整个农场,不在这儿。"

洛蒂看了看手表:"我该走了。我妈妈今天回来得早。听我说,不管在哪儿,我们还有时间,早一天晚一天并没有什么不同。明天我们找豆豆们帮忙。如果我们找不到,我们就去丹尼家问他。我们就说,如果不交还给我们,我们就去报警。"

汉娜恐慌的心情稍稍有所平复。至少这是个办法。

"贾斯珀在吃什么?"洛蒂说。

贾斯珀的两只前蹄踩在鸡笼的木板上,它正在啃挂在墙上的什么东西。

"松开你的嘴,贾斯珀。"汉娜用力拽出贾斯珀咬着的东西,"真不像话。"她拿给洛蒂看手里的东西,说:"是马镫皮带。这只绵羊可是什么都吃。"

洛蒂注视着墙上的挂钩说:"一整套马笼头。它挂在这里多少年了?"

"农场曾经养过重挽马[1],也许从那时候起就挂在这儿了吧。比我爷爷买菲尔德·马歇尔还要早。"

"艾米莉一定会喜欢这里,是不是?"洛蒂说。

"嗯。"汉娜说。然后她吸了一口气,盯着洛蒂。她环视了一圈马厩。一共有四个隔间,每一个都有配套的马槽,墙上还钉着用来挂鞍具的挂钩。

要做的工作并不是很多。粉刷一层白漆,擦掉一些污渍,清扫掉垃圾。

洛蒂正看着她,眯起了眼睛:"汉娜,你想到了什么?"

---

[1]重挽马又称夏尔马,是一种高大强壮,用于拉车的马。——译者注

38 和解

午夜。汉娜在床上翻来覆去,又一次辗转难眠。她使劲把枕头拍打好。

要是丹尼已经把油画毁掉了呢?

如果油画被毁了,那都是她的错。

如果他还没有毁掉油画,她们去他家找他当面对质——然后他为了泄愤或者因为害怕,或许还是会毁掉油画?

这些问题整夜在她脑海中绕来绕去,当她第二天上学前和洛蒂到操场边长椅碰面的时候,她已经一晚没合眼了。

洛蒂满脸兴奋:"我上网查了很多代人养马的马房。我给他们打了电话,并且和一些业主谈了话。我装作自己有一匹马想要寄养,然后问他们如何收费。"

"然后呢?"汉娜说。

"看情况。有一些真的很高档,有沙地、跨栏等其他设施,但是有些就只有马厩和空地。我敢说,等我们把马厩清理好以后,你可以对一匹马每周收费二十五英镑左右。"

"一匹马每周收费二十五英镑?"汉娜说,"那么四匹马每周就是一百英镑了。"

"是的，一年就是五千二百英镑。相当不错了，是不是？"

洛蒂皱着眉看着汉娜："怎么了？我原以为你知道后会很兴奋呢。"

"是很棒，"汉娜说，"你做了这么多，真是太感谢了。不过……唉，你知道的，这些钱还是不足以挽救农场。但是如果我们能从那幅油画上得到一些钱……我只是很担心，我是说，如果丹尼已经……你知道的……"

签到的铃声响起。

"别担心，"洛蒂说，她拿起书包，"我们会拿回那幅油画的，即使要我把他从头到脚撕开来找到它，我也在所不惜，而且我很想这么做。"

汉娜感到自己的胃抽动了一下。她看见杰克肩上背着他的吉他箱，刚走进校门。

自从那次午餐排队的时候她打了他，他甚至再也没有看过她一眼。她一整周都在找机会，想和他单独谈一次话。

她几乎都准备放弃了。但是她知道如果她没有做这件事，她的内心就永远不会得到安宁。

"你先走吧，洛蒂。我还是需要和杰克谈一下。"

"杰克？你和他有什么好谈的？"

"我就是觉得需要谈一下吧。教室见，好吗？"

洛蒂耸了耸肩："随你吧。"她拎起书包，背到肩上，然后走开了。

汉娜的心怦怦地跳着，她强迫自己向校门口走去。当她走近的时候，杰克抬起了头。当他看到走过来的人是汉娜的时候，他又低下了头，双手往口袋里插得更深了。

汉娜感到有一股力量，像电流，传遍全身。她感觉自己瞬间似乎长高了二十厘米。想想吧，杰克·亚当森居然因为她的出现而感到胆怯！

她径直走到他面前："我只是想对你说句对不起，很抱歉我指责是你破坏了我们的剧院。我不该那么说的。我当时很生气，还把怒火撒在你身上，我不该那样做的。后来我知道那不是你做的。所以，我很抱歉。"

他用脚拨弄着地上的碎石。她等了一分钟，但是他什么都没有说。她正准备走开。

"等一下。"他说。

她转过身："怎么了？"他们的目光短暂地接触了一下，她的胃微微抽动着。

"不行，"她命令自己说，"不能屈服。"

"你不用道歉，"他说着又低下了头，看着地面，一块石头被他在左右脚之间踢来踢去，"我应该向你道歉，因为那场大火。我们真是愚蠢，居然在那儿点火。"

"是的，你们是很蠢。"

"当我们离开的时候，我们以为火已经灭了。但是……"

他的声音逐渐低下去。

汉娜继续看着他，以为他还会说更多。

他抬眼看了看她说："什么？"

"你还没有说对不起。"

"哦。"

他用脚拨弄着那块碎石,而她就在那儿等着。

"对不起。"他说。

"谢谢你。我接受你的道歉。再见。"

然后,汉娜高昂着头,转身走进学校。

他在门厅追上她:"嘿,罗伯茨。"

当汉娜转过身碰到他的目光时,她的心又微微颤动了。为什么长相俊俏的他却是这么一个蠢人呢?

"怎么了?"她说。他永远都不会知道她对他一直都有着不一样的感觉。

"卡尔破坏了你们的剧院之后,有没有什么东西不见了?"

汉娜的心猛地跳动起来:"你是指什么东西?"

"他一直在吹嘘他卧室里放着你们剧院的什么东西,他说他要拿到网上卖掉。"杰克耸了耸肩,"这是他一贯的伎俩,我猜。"

汉娜装作若无其事地笑了笑,转身走开了:"也许是吧。我们剧院怎么可能有什么值钱的东西呢?"

她穿过走廊的时候,心跳加速。她一走过拐角,到他视野之外,就立刻狂奔起来。

39
救援行动

"走开,"玛莎说,"那不可能。"

她正坐在床上,把脚指甲涂成紫色。汉娜和洛蒂软磨硬泡地说了好久,她才把门开了一点儿缝,但还是坚决不让她们踏进她的卧室半步。

"玛莎,"汉娜说,"这件事你必须参与。难道你想农场被毁吗?难道你想搬进林福德的高楼里吗?"

玛莎从她的左脚上抬起视线:"是的。实际上,我就是这么想的。那的确是我期待的。大城市热闹繁华,住在漂亮温暖的公寓里,而不是在这个破旧肮脏的垃圾堆里,死气沉沉。而且,我再也不想一踏出房门,鞋子就会沾上鸡屎。"

汉娜拉长了脸看着洛蒂:"好吧,你不喜欢农场,但是爸爸怎么办?你不想想他的感受吗?还有乔,萨姆?可怜的小萨姆要怎么办?"

玛莎耸了耸肩:"那不关我的事情。"她开始涂另一只脚的指甲。

汉娜无奈地叹了口气。

洛蒂向前迈了一步。玛莎甩头盯着她。洛蒂举起手,手掌竖起放在胸前，慢慢退出门外。"好吧，"她说，"如果你执意如此，那么就这样吧。如果你想和汉娜，或者乔同住一间卧室，那么你就不要帮我们了。"

玛莎把刷子浸入瓶中，她皱起了眉头："你说的是什么意思，废柴？"

洛蒂耸了耸肩："我只是说说而已，就这样。总该事先提醒一下你的，公寓可不宽敞。你至少得和你姐姐中的一个共用一间卧室，不过更有可能是你们三个都住在同一间。"

玛莎把刷子放回罐子，然后拧上指甲油的盖子，她那么用力，似乎把它当成了洛蒂的脖子。她抬起双腿，唰地跳下床，站直身子。

"好吧，"她傲慢地说，"但是这次你欠我一个人情，很大的人情。如果那幅破油画就像我推测的那样一文不值，然后我们搬到林福德，我那臭烘烘的姐姐们就去睡走廊吧，我才不管呢。我是绝对不会和她们中的任何一个住一间卧室的。"

汉娜和洛蒂蹲在丹尼家花园的一排常青树旁。夜幕降临，天色渐晚，星星一颗接一颗闪现在空中。

"她们可真慢。"洛蒂低声说。

"好吧，也许需要些时间吧，"汉娜说，"她们得先把丹尼引出房间，然后再拿走他的……"

洛蒂抓住她的胳膊："看！"

汉娜立刻抬头。从亚德的卧室窗户看到，一支手电筒迅速地闪烁着。

是警报解除的信号。

257

她们赶紧爬起来，蹑手蹑脚地顺着小路来到后门。汉娜抓住门把手，往下一摁。她的心跳停止了，她以为门会发出吱吱呀呀的声音，惊动丹尼的父母，他们会立刻跑来。但是这道门和农场的门不一样。门把手顺畅地转动着，没有发出一丝响动。

就像犯罪分子一样，汉娜走进了丹尼·卡尔家的房子。洛蒂紧跟在汉娜身后，距离如此之近，汉娜都能感觉到脖子后洛蒂的呼吸。

此时她们正站在一个小隔间里，这里摆放着冰箱、洗衣机、很多鞋子，一排挂钩上挂满了外套和围巾。根据玛莎的描述，她们之前画了一幅这幢房子的地图，汉娜拿出来查看着。

她们应该径直穿过面前的门进入厨房。然后顺着大厅，一路走上楼梯——就在房子的正中间。到了楼梯过道，右手边第二间房就是丹尼的卧室。如果玛莎和亚德顺利完成了她们的任务，那么这间房应该空无一人。

只要丹尼不在就好，但是希望那两个银烛台和那幅巨大的油画一定要在。

从厨房到走廊的门是开着的，里面传来电视剧《东区人》的声音。汉娜看了看地图，那儿应该是客厅。

电视剧是刚开始还是要结束了？她看看表。

七点半。电视剧刚刚开始，那么她们还有半个小时。半个小时应该够了吧，是不是？

她们轻手轻脚地穿过走廊。

哦，不。

客厅的门大开着。她们必须从那扇开着的门前走过才能上楼去。

电视机面向哪一边？

为什么她忘记事先向玛莎问清楚呢?

但愿电视机面向门这边,希望他们背对着我们,她祈祷着。

汉娜双手合十,往前迈了一步。

如果丹尼的母亲或者父亲现在走出来,她该怎么办呢?

她慢慢探出头,望向客厅里,紧张得心都快跳出来了。

丹尼的母亲坐在沙发上,面对电视机,背对着门。

谢天谢地,汉娜自言自语。

她轻轻地抬起脚,一步跨过开着的门。洛蒂跟在她后面。

然后就到楼梯了。楼梯上铺着地毯,她们踩上去不会发出任何响动。没过几秒她们就站在楼梯过道上了。

走廊边一共有四间房。房门都被涂成了亮白色,紧闭着。右手边第一扇门里传出音乐和说话声——这是亚德的房间,地图上标着。

希望她们把丹尼的笔记本电脑藏得很隐蔽,汉娜想。

下一间房就是丹尼的卧室了。汉娜看了一眼洛蒂,打开了门。她们迅速闪进房间后,洛蒂关上了身后的房门。

丹尼房间的布置和玛莎描述得一模一样。唯一让汉娜感到惊讶的是,房间居然如此整洁——某种程度上,她希望能在这里发现线索。

盘问过玛莎之后,她们断定油画只可能在两个地方。

除非油画已经不在丹尼这里了,或者已经被毁掉了。

不。她不能让自己产生这样的想法。

衣橱在里面的角落里。洛蒂走过去拉开了橱柜门。

当汉娜看到堆在架子上的衣服时,她不禁后退了。她可一点儿都不想和丹尼·卡尔有这么亲密的接触。

就在此时,楼梯过道处传来门被打开的声音,接着门又被重重摔上,撞在墙上,发出巨响:"如果再乱动我的东西,你们就死定了!两个神经病!"

是丹尼的声音。

汉娜停止了呼吸,已经没时间去想了。她们藏进了衣橱。把手后面的螺丝钉有点儿卡。她们一把抓住,拉上了衣橱门,然后两人陷入一片黑暗之中。

丹尼卧室的门砰的一声被打开了,床垫弹簧发出吱呀呀的声音,好像有人一下跳了上去。然后传来打开笔记本电脑的声音。

哦,不。

真是悲剧,显然玛莎和亚德藏丹尼电脑的地方太容易被找到了。现在他可以整晚都在房间里玩电脑游戏了,而她们要在他的衣橱里窒息而死了。

这种死亡方式真不怎么好。

汉娜的腿扭曲地盘在身子下面,洛蒂的一只脚戳着她的屁股。以这样的姿势,她可坚持不了多久。

啪!

汉娜吓得跳了起来,她的一只胳膊肘撞到了衣橱门,另一只打到了洛蒂的下巴。衣橱门砰地开了。

枪声?

在这幢房子里?

什么?是谁?

丹尼已经不在屋里了,他冲进亚德的卧室,破口大骂着。母亲跑上楼,大喊着:"丹尼!我告诉过你晚上不许开枪!"

"不是我开的枪!"丹尼吼着,"是亚德的朋友,这个疯子!"

原来是她。

汉娜笑了。干得好,玛莎。

"快点儿!"洛蒂低声说。洛蒂真是行事果决,她已经跳起来,穿过卧室,关上房门。

汉娜再次凝神。她趴在床边,床下面并没有多少空间。她把胳膊伸进去,四处摸索着。

她的手指碰到一个坚硬的凸起的东西。无论那是什么,至少占了床一半的长度,在床的右角露出来一点儿。

是画框!

"在这儿!抓住另一边。"

洛蒂也趴下来,伸出胳膊:"抓住了。好了,拉。"

她们把油画小心翼翼地搬了出来。汉娜闭上眼睛,心想,他有没有对它做过什么?

她感觉到洛蒂把手放在她的胳膊上:"看,汉娜。一切都好。"

汉娜睁开眼睛,看到了油画上的骏马和良驹。她都想要亲吻它们了。她一生中从来没有因为见到什么东西而如此高兴。

洛蒂伸手摸着床下:"啊哈。"她先拿出了一只烛台,又伸手去取另外一只。她从外衣口袋里掏出一个袋子,把烛台放进去。然后她抬起油画框的一边。

"走吧。"洛蒂说。

汉娜抬起另一边:"你是怎么想的,就这样跑下楼梯吗?"

"我们就试一下呗。"

她们跌跌撞撞地冲到楼梯过道。亚德的房间里正吵作一团。"她就是个疯子!"丹尼正大吼着,"她应该被关起来。"

"是吗,你又是怎么想的?"他母亲尖叫着,"你把一杆上了膛的枪随便扔在家里?我正要上楼来没收了它,丹尼·卡尔。你被禁足了,一个月。"

卡尔夫人冲出房间,正要下楼。洛蒂已经快走下楼梯了,她加快了速度,但是汉娜还在距她三级的台阶上,她看见卡尔夫人,然后僵住了。洛蒂拉了一下油画,小声说:"快走。"

卡尔夫人目瞪口呆地看着这一切。她穿着粉色拖鞋,一只脚悬在最上面一级楼梯上,不由得停在半空。她站在那儿,直瞪瞪地看着汉娜、洛蒂和那幅镀金边框的旧油画。

丹尼出现在楼梯顶端，他的胳膊下夹着那把气步枪。当他看见两个姑娘和那幅油画的时候，他的脸上血色全无。

就像上次在学校门口直面杰克时一样，现在汉娜又感觉到了那股力量。

"哦，丹尼来了，"她说，"他会解释这一切的。再见，卡尔夫人。"

汉娜和洛蒂抬着油画走出房子，步入夜色中。与此同时，她们听见丹尼的母亲说："有没有谁能告诉我今晚我们家到底发生了什么？"

40 访客

周一下午。大雨自铅灰色的天空中倾盆而下。雨滴落在农场的小路上,溅起水花,浸湿了汉娜的裤腿。放学后,汉娜以最快的速度赶回家,不仅仅是为了躲雨。她必须立刻打电话给索斯比拍卖行的那个鉴定师,约定让他过来看画的时间。

当她穿过院子的时候,父亲刚好从猪圈走出来,双手各拎着一只桶。"哦,乔安娜,呃,玛莎,呃,汉娜。正好。阿迦有只羊羔需要喂奶。是三胞胎,羊妈妈不能兼顾三只羊羔。几个小时前我给它喂了一瓶奶,但是它一次也吃不了多少。挤奶棚里还有些初乳。"

汉娜悄悄溜进房子。大雨倾泻在房顶上,从排水管道哗啦啦流出来,飞溅到地上。没关系。今年第一只用奶瓶喂养的羊羔是她的了。

阿迦的小窝底部的门是半开着的,里面有一个硬纸盒子。汉娜把它从恒温器里取出来,抱出那只娇小的羊羔,放在一把干草上。她能感觉到它的肋骨,感觉到它一团团绒毛下面微弱而快速的心跳。

小羊羔望着汉娜,发出虚弱的咩咩声。她摸了摸它的头顶和它大大软软的耳朵。

后门砰的一声被撞开了,其他人拥进挤奶棚。他们把书包扔在冰柜上。

汉娜亲了亲小羊羔的头顶，喃喃地说："你是我的。"而其他人咚咚咚地上楼了，没有人注意到厨房里面。

汉娜取了两勺初乳，倒进奶瓶，拧好奶嘴。她坐在凳子上，抱起小羊羔放在自己的膝盖上。它的身体暖暖的，抱起来很舒服，就像一个暖水瓶。但是它太虚弱了，还不能大口吸奶。十分钟以后，当门铃响起的时候，她还在哄它多喝一点儿。

汉娜把奶瓶放到桌上，左手抱着小羊羔，让它睡在自己的臂弯里，然后拉开了洗涤室的门。

门外正下着大雨，一个男人撑着一把巨大的黑伞站在门阶上，这是汉娜见过的衣着最考究的人了。他棕色的短发，如果不修剪整齐的话，看起来就会卷曲凌乱。他身着藏青色的条纹西服，搭配红色领带，并打了一个完美的领结。他拎着一个黑色的皮质公文包，擦得锃亮的皮鞋上没有溅到一点儿泥水。他是被东风吹来的吗，就像玛丽·波平斯[1]一样？

他微笑着对汉娜说："下午好。"然后他把公文包换到拿伞的那只手上，伸出空着的手。汉娜也伸出手。之前从来没有人主动和她握过手。

"我是索斯比拍卖行的塞巴斯蒂安·米尔索姆。"他又把公文包换回右手，"我和罗伯茨夫人有个预约。恐怕我来得有点儿晚。我没有找到农场的入口。"

"汉娜，"乔站在楼梯过道处喊着，"你有剪刀吗？"

---

[1] 玛丽·波平斯是迪士尼奇幻家庭剧《欢乐满人间》中的保姆仙女。

——译者注

汉娜茫然地看着眼前的这个男人。他一定是读懂了她的表情，因为接下来他说："不好意思。也许和我通话的是你的妹妹吧？"

乔跑下楼梯："啊，好可爱的一只小羊啊。"她说着，然后猛地停下来，似乎对这个衣着整齐的男人有印象。

"乔，这是米尔索姆先生，"汉娜说，"是索斯比拍卖行的。"

乔用一只手捂住了嘴："哦哦，我本来是要告诉你的。"

汉娜瞪了她一眼。乔从隔板上面的一个罐子里抽出剪刀，跑回楼上。

汉娜转身面对着客人，然后吓得倒抽了一口冷气。贾斯珀不知

什么时候从半开的大门外跑了进来，正站在米尔索姆先生的身后，轻咬着他公文包的边缘。

"贾斯珀！嘘！嘘！"她抓住它毛茸茸的肩膀，使出最大力气想要把它推开。

但是米尔索姆先生只是大笑着："好大一只羊。羊羔都是这么温顺吗？"

"不是的，"汉娜说，拼命想要把贾斯珀肥大的身躯推开，"它父母都死了，是我妹妹把它养大的。松口，贾斯珀。"

米尔索姆先生看了看贾斯珀，又看了看汉娜怀中的小羊羔："天哪！她怎么把它喂养大的？"

汉娜放弃了让贾斯珀挪开。请米尔索姆先生换个位置也许更容易。于是她笑容灿烂地说："请进。罗伯茨夫人暂时不在，但是我可以带您去看那幅油画。"

"那真是太好了。非常感谢。"

汉娜带着他走过厨房，窗台上堆满了纸张，脏衣篮里衣服已经满了，旁边乱七八糟地堆放着油腻腻的工具，橱柜上母亲陪嫁的瓷器都蒙上了一层灰尘，这些都被尽收眼底。但是当他们走过铺着地板砖的大厅时，米尔索姆先生说："你们家的老房子真是温馨啊！"汉娜听他这么说都想要给他一个拥抱了。

萨姆和乔出现在楼梯顶端。他们各自拿着一支铅笔和一个笔记本，本子封面上写着"豆豆监视团"。当他们看见汉娜和米尔索姆先生的时候，相互推搡着，发出咯咯的笑声。汉娜瞪着他们。"走开。"她做着嘴形。

他们并没有走开。他们坐在楼梯上，开始在笔记本上写写画画。

汉娜领着米尔索姆先生来到客厅，关上了门。

"就在这儿。"她说，心怦怦地跳着。

他睁大了眼睛。这是个好讯号吗？

他凑近了看那幅油画，不住地小声赞叹着。汉娜也不确定自己是该走开还是该留下来。

"您要喝杯茶吗？"汉娜问。

他友善地笑着说："那真是太好了，谢谢。"

她先把小羊羔放回纸盒子。当她端着茶回到客厅的时候，乔、萨姆和玛莎正在门口挤作一团，试图从钥匙孔里窥探。

"走开！"汉娜压低了声音说，她挥挥手，想赶走他们，"嘘！"

"不要嘘我，"玛莎说，"我又不是一只母鸡。"

"我饿了，"萨姆说，"下午茶吃什么？"

"我一会儿就去准备。现在，请你们先走开。"

她走进客厅。米尔索姆先生正在一个精致的黑皮本上写着什么。她把茶放在靠墙的桌子上。他抬头看着她，笑着。

她的心怦怦乱跳，但是她必须问清楚："那么……是真迹吗？是本·冈恩的真迹吗？"

他用温和的眼神看着她说："我真的需要和你的母亲或者父亲谈一谈。"

汉娜并没有预计到这一步。她必须转移他的注意力："你们的下一次拍卖在什么时候？"

他放下笔记本，端起茶杯，说："我们下一次的竞价会是在四周以后，届时我们会拍卖一部冈恩的作品。但不幸的是，现在已经来不及把你的油画加进去了，拍卖品清单马上就打印出来了。"

"那么下下次呢？"

"十一月。"

"那就来不及了！"汉娜叫出声来。

他皱起了眉头："来不及做什么？"

"来不及……"她该说什么呢？如果她要回答这个问题，就得告诉他一切。

"什么事情？"他问，语气里充满了关心。

所以她把一切都告诉他了。

所有的事情。

好吧，基本上是的。

而他，坐在破旧的维多利亚风格的沙发上，一边啜饮着他的茶，一边聆听着。

"下一次房租的截止日期是仲夏那一天，"最后她说，"如果我爸爸不能按时交齐房租，他们就会把我们赶出农场。所以，等到十一月，一切都来不及了。"

后门突然砰地开了。汉娜瞬间僵住了。

"汉娜！"父亲叫着。

米尔索姆先生起身："啊，太好了，这就是令尊吗？"

"不要！"汉娜小声说，"他并不知道。"

米尔索姆先生瞪圆了眼睛。

"你不能让他知道，"汉娜小声说，"否则他就不让我卖了。"

米尔索姆先生深吸了一口气，一手撑在桌面上，站稳。他目光坚定地看着汉娜："罗伯茨小姐，如果没有你父亲的允许，你不能擅自卖掉这幅画。我很抱歉，但我不得不说，这样做是违法的。如果

269

我们要拍卖它,那么我必须和你父亲谈谈。"

"但是,他会杀了我的!"

米尔索姆先生把手轻轻放在她肩上:"罗伯茨小姐,据你告诉我的故事,即使你的父亲被打动的程度只有我的十分之一,我想他也绝对不会想要杀了你的。"

41 拍卖会

谁会相信呢?

父亲从一开始就认可塞巴斯蒂安·米尔索姆。因为父亲是一个相信自己第一眼直觉的人。考虑到这点,这也许可以说得通吧。如果他不喜欢你,那么你说的所有话在他看来都毫无道理,你做的所有事情都荒唐至极。但是如果他第一眼看到你就认可你……那么你基本上可以放心大胆,想说什么就说什么,想做什么就做什么了。哪怕你脱得一丝不挂,在猪圈里敬拜黛安娜女神[1],他也会谅解你一定是出于某种原因。

所以,米尔索姆先生告诉他,客厅里挂着一幅本·冈恩的真迹画作,并且建议卖掉这幅画作也许是个不错的主意。他还说,可能,只是可能,为了汉娜,他可以加班加点完成相关的文案工作,然后把他们的油画加进四周后的拍卖品清单……嗯,他说的这些,父亲居然用心听了。

所以,五月六号周四那一天,当汉娜走进新邦德街上索斯比拍

---

[1] 戴安娜女神,希腊名为阿耳忒弥斯。她是月亮和狩猎女神,为宙斯与黑暗女神勒托所生。她射箭的技艺很高,经常在山林中追逐野兽。——译者注

卖行的前门时，她感觉自己就像置身梦中一样。

第一件令她深受震动的事就是里面是多么安静。这是她从来都没有预想过的场景。与其说是一家拍卖行，索斯比更像一间教堂。尽管这里有很多人穿梭往来，但是每个人都轻声细语，走路也轻手轻脚，就像是从地毯上飘过一样。

此外，一切都极其干净。所有的墙面都被粉刷成白色和淡黄色，上面没有任何污渍。玻璃瓶中插着淡黄色的玫瑰，放在擦得闪亮的桌面上。

在距离接待处不远的咖啡间里，人们都西装革履，光鲜亮丽，他们一边用白色的瓷杯喝着被泡沫覆盖的咖啡，一边对着手机讲话。所有人看起来都像米尔索姆先生一样。女士们都头发一丝不乱，手指修长，举止高雅。

谢天谢地，父亲至少也尽力了。他穿着他的婚礼西服和白色的衬衣，还梳了头发，刮了胡子。

他们踩着厚厚的淡黄色地毯，走到楼上，来到拍卖室。拍卖室比汉娜预想中的小，也不是很豪华，还有很多空着的座位，但是父亲按照他一贯的作风，选择坐在后排。

"我们不能往前坐坐吗？"汉娜说。

"不，那些人才是坐前排的。"

一位衣着考究的男士和一位红褐色秀发的女士顺着过道走到前排。男士坐下之后双腿叠放着，女士甩了甩她那红褐色的长发，然后……

等一下。

不，别犯傻了。

"你要看看这个吗?"父亲从带来的旧文件包里掏出一张闪亮的宣传册,递给汉娜。

好吧,也许这样她还能获得什么信息。当她问父亲油画可能卖多少钱的时候,父亲和平时一样含糊其词。

汉娜翻看着厚厚的光亮的书页,里面有一些狩猎场景、射击场景、赛跑场景……然后她找到了。几乎是在宣传册的最后,上面标着"37号拍卖品"。汉娜浏览了一下对页的日期和介绍起源出处的部分。

她看了一眼文字底部的数字。

三万到四万英镑。

她盯着那个数字。

"爸爸。"

"怎么了?"

"那是不是说,"她小声问,"我们的油画值三万或者四万英镑?"

父亲清了清嗓子:"嗯,米尔索姆先生是这样想的。过一会儿就知道了。这都取决于竞拍的买家。"

"三四万英镑!"

"都归功于你。"父亲说。

汉娜盯着他,感到不可思议。他是在夸她吗?

他避开了她的注视,继续说:"你并没有逃避问题。你直面问题,并且努力解决问题。"他停顿了一下,语气更平缓地说:"你母亲也会做同样的事情。"

父亲对她的态度如此和善,汉娜都有点儿接受不了了。她摇了摇脑袋:"不。我差点儿毁了一切。毁了剧院和农场。如果油画没有

273

卖掉，那么一切就全毁了，那么一切都是我的错。"

"你在胡说什么？"

汉娜扳弄着手指："我邀请了杰克来看我们的彩排。本来这是个秘密，但是我邀请了他，所以他们才会烧毁谷仓，因为他们觉得无聊就离开了，然后就去点火。丹尼就是这样才知道剧院的位置，然后进去破坏的。"

她屏住呼吸。

"那又怎么样？"父亲说。

汉娜看着他："什么意思？"

"也就是说你邀请了别人来看你的演出，而你并没有邀请他们烧毁谷仓，也没有邀请他们破坏剧院，是不是？"

"当然。"

"那么，这并不是你的错，是不是？天哪，傻姑娘，真不知道你在胡说什么。"他摇摇头，从汉娜手中拿走宣传册读了起来。

这和瓦妮莎所说的完全一样，就是用词稍有不同。

当瓦妮莎说的时候，她并不是很相信。

但是她相信她的父亲。

汉娜的肩膀一松，比之前低了大概十厘米，就好像有千斤重的担子从上面移开了。这份重量在她肩上这么长时间了，直到终于解脱出来的时候，她才发现它竟是如此沉重。

那个坐在前排的红褐色头发的女士转过头扫视着拍卖室。

她不是什么女士。

是米兰达·海瑟薇。

简直令人难以置信。

米兰达·海瑟薇,竟和她在同一场拍卖会上!

米兰达看见了汉娜,然后吃惊地张大了嘴巴。她反复眨了好几下眼睛,似乎有什么影响了她的视线,她正在努力清除它。

汉娜正要发笑,好在她及时忍住了,只是微笑着。

"话又说回来,都是因为租金翻倍才会导致这么多的问题。"父亲说。

汉娜看着他。他的样子并不像在和谁说话,他只是看着正前方。

他在向她吐露心声吗?

"如果我们卖掉那台打谷机,也只能付得起接下来几个月的租金,那么下次还是不得不卖掉奶牛。"他说。

汉娜可以用眼角的余光看到米兰达。米兰达不再眨眼了,现在她伸长了脖子,用唇语问:"你在这儿干什么?"

汉娜很想说:"等拍卖会开始。"但是那样只会使米兰达更加疑惑。"卖幅画。"汉娜也用唇语回答她。

米兰达用她一贯的神态上下打量着汉娜,似乎在说"别开玩笑了,像你这样穿着打扮的人哪里有什么油画可以拍卖的"。她皱着眉头,从她父亲的膝盖上拿起宣传册。

汉娜转向父亲说:"那么你准备怎么做呢?我是说,即使我们卖掉了油画,也不可能一次付清所有的租金,对不对?"

"是啊,"他说,"如果走运的话,这会为我们争取一些时间。但是我们必须对农场做出很多改变。"

父亲的语气似乎有什么不同,汉娜不禁好奇地看着他。他说要做出改变,听起来他似乎真的喜欢这个主意。汉娜已经记不清父亲上一次说对什么感兴趣是什么时候了。

米兰达又转过身来，用唇语说："哪件拍卖品？"

汉娜很愉快地回答："37号拍卖品。"

米兰达开始翻看宣传册，汉娜坐好等待着拍卖开始。

一位身材高瘦、戴着眼镜的男士走进房间，走上前面的平台。他一定就是拍卖师了。

然后塞巴斯蒂安·米尔索姆也走了进来。他站在拍卖师身旁，打开笔记本电脑，放在一张小桌上。他扫视了一下房间，当他看到汉娜的时候，他冲她笑了。汉娜也报以一笑，有点儿渐入佳境的感觉。她开始审视周围西装革履、珠光宝气的人们。她很想说："看看37号拍卖品！那是我们的！我们要卖掉它！"

米兰达又转了过来。她皱着眉头，觉得难以置信。她举起宣传册，翻到37号拍卖品。"真的吗？"她用唇语问。

汉娜坦诚地点点头，心里很得意。

米兰达看看那一页，又看看汉娜："怎么会？"

而汉娜只是若无其事地耸了耸肩，就好像他们家农场房子的墙上挂着很多价值数万的油画。

米兰达转过头，面向拍卖师。

两位戴着白手套、穿戴整洁的助手把第一幅画放到画架上展示。拍卖开始了。

竞拍有条不紊地进行着。如果你想要参与，必须举起标有你号码的指示牌，但是有一半的时间，汉娜都没有看见有人举牌。那些人使用的是什么秘密暗号？她把手放在膝盖之间，她可不敢冒险引起拍卖师的注意，免得自己不小心拍下一件艺术品。

很多拍卖似乎都是通过电话完成的。靠右边的墙前面的长桌上放着一排电话，而索斯比拍卖行的助理们坐在高高的凳子上和远处的竞拍者交谈着。

拍卖品一件接一件被展示后又很快被拿下去。很快，36号拍卖品竞拍完毕。两位助理把父亲和母亲的本·冈恩油画带入拍卖室，放在画架上。

汉娜紧张得浑身起鸡皮疙瘩。

"现在为您呈上的是，"拍卖师说，"一件本·冈恩的油画作品。"

塞巴斯蒂安·米尔索姆先生从他的笔记本电脑上抬起视线，看了一眼汉娜，冲她笑着。汉娜也冲他笑了。

米兰达看见了他们的互动。她好奇地看着米尔索姆先生，又看看汉娜，似乎想知道两人的关系。

父亲正襟危坐，双手紧握，夹在两膝之间，两眼紧紧盯着拍卖师。

"起价两万八千，"拍卖师说，"谢谢你，这位女士。"

竞价的是一位身穿淡粉色裙子的女士。

"有人出价三万吗？"

一位男士稍稍举高自己的竞价牌，点点头。他穿着藏青色的西服，里面是一件条纹衬衫，打着一条斑点领带。

"三万两千？"

这次出价的是一位电话买家。

"三万四千？"

那位打着斑点领带的男士又举牌了。

"三万六千？"

拍卖师稍稍停顿了片刻，那位助理低头在电话上和远程买家小声交谈过后，摇头示意拍卖师远程买家放弃竞价。拍卖师又环视拍卖室。

"三万八千?"

身穿淡粉色裙子的那位女士又举牌了。

"四万?"

打着斑点领带的男士又举牌了。

"四万两千?"

现在只剩他们两个买家在竞价了。

"四万四千?"

时间似乎过得很慢。

"四万六千?"

过了一会儿,穿粉色裙子的女士才慢慢举起了她的牌子。

"四万八千?"

那位打着斑点领带的男士再次举牌了。

汉娜觉得眼花缭乱。

"五万?"

那位女士摇了摇头,把竞价牌放在两膝间。

"有没有人出价五万?"

整个房间里的人都默不作声,一动不动,就像画廊里陈列的一排排雕塑。

拍卖师轻轻敲了一下桌上的小锤:"成交,价格四万八千英镑。下面是 38 号拍卖品……"

一切似乎还在继续进行着。戴着白手套的两位助理把他们的油画从画架上拿下来,摆上另外一幅油画,拍卖继续。但是对于汉娜来说，时间停在了那一刻。她转向父亲，感觉恍惚晕眩。

"我们现在可以支付租金了。"她小声说。

父亲慢慢转向她，他蓝色的眼睛看着汉娜绿色的眼睛。然后他咧嘴笑了。

"是的，"他说，"将近两年的租金。"

"然后呢？"

"然后，我们得做出些改变了。"

汉娜深吸一口气。"其实，"她小声说，"我也是这么想的。"

拍卖结束以后，汉娜和父亲正在收拾东西，米兰达和她父亲顺着过道走了过来。米兰达看着汉娜，看起来很困惑。她似乎在想，曾经我把你当作一个农家女孩，完全不放在眼里。现在你颠覆了一切，我都不知道该如何对待你了。

汉娜冲米兰达笑了。她想，希望你能找到办法，因为世界上你不懂的事情多了，米兰达·海瑟薇。

42
新的开始

"让这个畜生把脏兮兮的臭爪子从我鞋上拿开!"玛莎尖叫着。

乔抱起那只西班牙长耳矮脚小猎犬,送到玛莎胸前说:"别这么小气。它可比你好闻多了。走吧,萨姆。"

"好了,小家伙们,我们出发吧。"父亲使劲拉开驾驶室的车门。

汉娜把萨姆的手从他的新玩具——压捆机——上拿开,帮他系好安全带,然后跑到车的另一侧。

她提起一袋黑核桃,拎到院子的一角,放下。

"嗨,汉娜!"艾米莉喊着。她从马厩走出来,正推着一车马粪走向垃圾堆。她的脸红得发亮,头发乱蓬蓬得像鸟窝一样,但是汉娜从来都没有见过她这么开心。"嘿,我的一个朋友也在考虑租用你的一间马舍。她想明天下午过来看看,可以吗?"艾米莉说。

"当然,太好了,"汉娜说,"我会在这儿的。再见!"

她拂去副驾驶座椅上的稻草,跳上车。

"我们到底要去哪里?"玛莎问。

"有很多事情要做啊。"父亲一边说,一边发动了引擎。

他们缓缓地在小路上颠簸向前,车窗开着,新修剪的草坪散发出阵阵青草香，飘进车里。昨天，亚当刚刚修剪过北方牧场的牧草，准备制成干草用作饲料。南方牧场上羊羔正在吃草，燕子时而掠过高空，时而上下翻飞，时而俯冲而下，在羊群间穿梭。它们飞过那棵孤零零地屹立在牧场中央的古老橡树。在它们空荡荡的外壳里，有新的生命在孕育着，鸟儿在枝叶间筑巢歌唱。农场的上空如巨大的穹顶，四面环绕的山上天色灰白，正对着山谷的天空一片湛蓝。

父亲把车停在洛蒂家对面的邮筒前面。他把一个棕色小信封递给汉娜："把它塞到邮筒里面，去吧。"

汉娜看了一下收信地址："是租金的支票？"

"是的。"父亲咧嘴笑了，"下周租金才到期。不过这样当信递到某人桌上时，才会让那个不知道叫什么名字的人感到惊讶。"

"你把全年的房租都交了吗？"汉娜问。

父亲哼了一声。"这你就不用操心了。他们可以等到截止日期。另外，"他瞥了一眼汉娜说，"我们还要买些其他东西，比如说，客厅需要一对新窗帘。"

汉娜的身体僵住了。

他早就发现了？但是为什么他从未提起过？

他笑了："别担心。你妈妈看到她的窗帘挂在一家剧院里，她会很高兴的。"

好吧。

还有什么事情是他早就发现，却一直保持沉默的呢？

汉娜跳出车厢，把支票寄了出去。

"嘿，汉！"洛蒂把头伸出卧室的窗户，"你多久才会回来？我一会儿去找你好吗？我们可以开始布景了。"

"我爸爸说我们一个小时后回来,"汉娜说,"所以最好还是定在两小时之后吧。我们在剧院见吧。我会把剧本带上,全部都写好了。"

"太好了,一会儿见,"洛蒂说,"玩得愉快!"

父亲把车开出村庄,行驶在一条汉娜之前不知道的路上,弯弯曲曲的小路边种着山毛榉树和栗树。绿化带种植着欧芹,像一道白色的飘带。

父亲转进一扇大门,把车停在一个整洁的农场里。

"我们到这儿来做什么,爸爸?"萨姆问。

父亲下车,打开后车厢的门。他摸了摸萨姆的头发:"我们又要开始务农了,小伙子。"

汉娜看着父亲倚在围栏上,抚摸着巧克力色的牛犊。他的双眼闪闪发亮,看起来比这些年来任何时候都显得年轻。

"这么说来,你不打算再销售牛奶了?"农场主汤普森夫人问他。

"没必要了。牛奶的价钱如此糟糕,小批量生产根本无法维持。我想,我们还不如养些苏塞克斯肉牛。"

汤普森夫人点头称是:"好主意。现在人们都喜欢吃稀有品种动物的肉。"

"我已经和本地的肉店老板谈过了,他说咱们能生产多少他就要多少。还有羊肉和猪肉。"

汤普森夫人笑了:"你那个实习学生是不是往你的脑袋里植入了新的思想?我听说你准备把他招为全职员工。我敢打赌有了他的协助,你可以做到的。"

父亲笑了:"亚当是个好伙计,他还想让我们运行'农场管理计划'，闲置耕地，去饲养家畜。"他靠着围栏上，任由一头小牛舔着他的手。"你可真是个漂亮的小家伙，是不是啊，嗯？"他站直身子，"亚当有些新奇的想法。看在上帝的分上，他居然想给我们配备一台电脑。"

"谢天谢地，"汤普森夫人说，"听起来你最终还是被拽进了21世纪。"

"好吧，也许是时候了，"父亲说，"陶土山农场也停滞不前很久了。"

他们到家以后，其他人都上楼回了各自的卧室。汉娜在橱柜里找些东西，准备下午茶。她找到了两罐烘豆，然后看见父亲站在门口，手里拿着一个细长的纸盒子。

他递过来给她："今天送到的。"

"给我的？"

他点点头。

汉娜把豆子放在橱柜上。她撕下胶带，打开包裹。纸盒里还有一层气泡膜包着。她打开后，看到里面的东西，高兴地深吸一口气："哦！哦，好漂亮！"

是一块黑色的金属标牌。标牌的边缘刻着一圈黑树莓，左下角是一只母鸡的剪影。中间用优雅的字体写着："秘密鸡屋剧院。"

汉娜用手抚过冰凉的金属，她想象着把这块标牌钉在剧院门上的场景。

"真是太棒了。真漂亮。"她看着父亲说，"可是你怎么会知道剧院的名字？再者，你怎么会知道我们的标志——黑树莓和母鸡？"

父亲从口袋里掏出一张脏兮兮的纸,摊开。

是《根据女王陛下的约定》的剧本。

也就是说,他的确观看了他们的演出。那并不是她的幻想。而且这么长一段时间,他一直保存着剧本。他不仅仅保存了剧本,还根据剧本上的标志定制了一个标牌。他做的所有的这些都是为了她。

"谢谢你,爸爸。太感谢你了。"

"还有些东西,"他说,"在你卧室。我想也许是应该给你的东西。"

汉娜抱着标牌,跑上楼。她打开卧室的门。

她激动得浑身皮肤刺痛。窗下摆着母亲的书柜,里面放满了母亲的书。

汉娜高兴地叫出声来。她跑过房间,跪在书柜前。她拥抱着书柜,手拂过书脊——母亲参演过的那些剧本,虽然书页已经破旧不堪,但是书页边缘还有母亲的笔记;一些戏剧宣传册;男女演员的个人传记;还有母亲参加学校戏剧节获得的奖品——一本绿色精装的《莎士比亚全集》。

她把标牌立在窗台上,正下方就是书柜。她看着书柜、标牌和窗外的农场,看着布满青苔的地砖在午后阳光下闪闪发光。她内心充满了喜悦之情,就好像她自己也在闪光一样。

然后她从床底下取出母亲的剪报本,一直翻到写着母亲最后一次剧评的那一页。她在对开页的最上方写下:"秘密鸡屋剧院——我们的首场演出。"下面贴着《根据女王陛下的约定》的剧本。再下面是当地报纸关于林福德艺术节的报道,上面说:"农场剧院获得了评委的赞赏。"

她合上剪报本，亲吻了封皮，把它摆在书柜的最底层，和母亲的那些戏剧宣传册放在一起，然后拿起她那漂亮的标牌和新创作的剧本。关上卧室门的时候，她轻舒了一口气，内心充满了幸福。她奔下楼，跑过院子，去找洛蒂。

致谢

这本书的灵感源自我在幸运马蹄剧院的童年记忆。感谢剧组的所有成员,特别是伊丽莎白·普拉特,在我们十三岁的时候,她和我一起创作了《根据女王陛下的约定》,而且允许我在本书中引用。

我有三位极好的同胞兄妹,能和他们一起长大是我人生一大幸事。非常感谢黑兹尔、玛丽和马克,他们是我一生忠诚的朋友和有趣的玩伴。还要感谢马克提供有关农场的知识。

感谢我伟大的双亲,罗伯茨和露丝·彼得斯,是他们让我爱上了阅读,在农场度过了幸福的童年。感谢你们始终如一的支持。

感谢加布丽埃勒·布朗德、乔·卡里奇、布雷恩·卡里奇和菲奥娜·卡里奇,他们阅读了故事的初稿,鼓励我,并给了我建设性的修改意见。

这本书的出版也离不开童书作家和插画家协会的建议和鼓励。衷心感谢所有热心的志愿者们,特别是苏·许亚姆斯这位编辑助理,她是一个德艺双馨的好人。

感谢校订阶段给我有益评论的各位作者:乔·弗里德曼、坎迪·古尔利、米利亚姆·哈拉米、保罗·罗密欧和克里斯蒂娜·维纳尔。特别感谢尼诺·奇罗内,他一遍遍阅读手稿,总能适时给我提出恰到好处的修改意见。

十分感谢凯特、基尔斯蒂、阿德里安和相当棒的好奇乌鸦出版社的每一位员工,感谢他们让我实现了自己的梦想。

感谢并拥抱我的孩子们——弗雷迪和多罗西娅,正是他们的热情和快乐让整个过程变得更加激动人心。

最后,最重要的,也是我一直以来想说的,感谢我的丈夫奥利弗,是他建议我写这本书,并不断支持我,鼓励我,相信我,才使这一切成为可能。感谢他为我做的一切。

译后记

每个人年少时总会有一些看似不切实际的梦想。比如这本书的主人公汉娜,她身为农夫的孩子却想要成为剧作家。"这是一个农场,不是一家剧院。"汉娜的父亲认为女儿的写作就是在浪费时间,毫无意义。"不得不说,你的诗作与众不同。"英文老师弗朗西斯女士在诗歌比赛后这样鼓励她。"十年后也许我可以在剧评上找到你的名字。"艺术节评委巴特勒夫人在戏剧演出之后这样肯定她。尽管汉娜在创作方面有热情有天赋,但她的梦想似乎仍然遥不可及,更像是痴人说梦罢了。

不过似乎正是"傻子""疯子"才能创造出奇迹。汉娜家的农场在新地主的盘剥下岌岌可危,作为长女,年仅十二岁的汉娜挺身而出,试图以一己之力拯救农场。然而现实总是如此残酷:虽然她在戏剧比赛中惊艳了评委,却未能获得第一名赢得奖金;寄希望于客厅壁炉上的一对银烛台拿去典当卖个好价钱,却被鉴定师告知那只是不值钱的仿制品。汉娜本以为一切都要结束了,自己无力拯救农场保住家园,这时候她却意外地接到了伦敦拍卖行的电话。果然,上天总会眷顾心地纯良的孩子。在小说的结尾,原本挂在客厅里的一幅毫不起眼的油画经过拍卖,让汉娜的父亲得到了一大笔钱。这笔钱可以用来缴纳租金，暂时解除了汉娜一家的燃眉之急，避免了农场被夷为平地的悲剧。最后，汉娜的努力也得到了父亲的认可，他支持汉娜继续进行创作和表演。

从小说中可以看出，中英两国青少年的生活有诸多相似之处。例如少男少女对异性懵懂的情感，像汉娜对杰克的痴恋；又如同伴之间的明争暗斗、互相较劲，像洛蒂对米兰达的敌意。这些都很容易让国内的读者产生共鸣。同时，通过中英文化之间的对比，读者们也可以感受到异国文化的魅力。比如精致的英式下午茶、相对宽松的课堂氛围、长辈和晚辈之间的平等交流、英国传统农场的运营模式，等等。

笔者并没有亲身体验英国本土文化的经历，对于英国人的日常起居生活也仅停留于书本上的文字介绍和自己浅显的了解。在翻译的过程中，遇到过很多拿不准的译法，并时刻提醒自己要注重以下几条：

一、多读原文，遇到难点，反复琢磨，力求译文做到"信、达、雅"；

二、译文中的措辞和语气尽量符合说话人的身份、年龄、性格、处境和心情；

三、书中出现的人名、地名均参照《世界人名翻译大辞典》《世界地名译名手册》，不自行杜撰，以防混乱；

四、译注力求少而精，旨在扫除阅读障碍；行文力求言简意赅，点到为止。

这是笔者第一次翻译儿童文学作品，希望自己的成果能得到读者的认可和喜爱，同时也期待得到同行和读者的点评指正。

感谢广西师范大学出版社魔法象童书馆给我这次宝贵的机会，不仅能让我在阅读翻译中扩充自己的知识，感受不同的文化，还能够为推广优秀外国儿童文学作品尽绵薄之力。感谢亲朋好友在翻译过程中给予的支持和帮助。在此致以诚挚的谢意。

李玉琴

2016年3月

魔法象故事森林·少年游

《蜻蜓池塘》 ME001

〔英〕伊娃·伊博森/著　陈红杰/译　张小妹/绘
定价：34.80 元　　出版：2016 年 1 月

成长并不意味着放弃个性。忠于内心，才能到达远方。
英国文学巨匠伊娃·伊博森作品，作者曾三度提名卡内基文学奖。
入选 2016 年 3 月新浪"微博童书榜"（7~14 岁年龄组 TOP3）
入选《全民阅读好书推荐书目（2015~2016）》
入选广西师范大学出版社 1986~2016《30 年 300 本好书》

《手中都是星星》 ME002

〔德〕拉菲克·沙米/著　王洁/译　么么鹿/绘
定价：29.80 元　　出版：2016 年 1 月

献给每一个紧握梦想的孩子。
共有 18 种语言版本，在多个国家广为流传，2012 年维也纳市民共读图书，2015 年德国科隆市"城市之书"。
入选 2016 年 3 月百道网"中国好书榜"（少儿类）
入选《全民阅读好书推荐书目（2015~2016）》
入选广西师范大学出版社 1986~2016《30 年 300 本好书》

《谢谢你，山谷！》 ME003

〔美〕尼基·洛夫廷/著　朱菲/译　马岱姝/绘
定价：29.80 元　　出版：2016 年 1 月

致所有渴望被倾听的男孩女孩。
美国畅销儿童小说作家力作，倾听孩子内心，感受自然之力。
入选 2016 年全国教师暑期阅读推荐书目（第三批）
入选 2016 年 3 月新浪"微博童书榜"（7~14 岁年龄组 TOP20）

《无人知晓的心愿》 ME004

〔美〕弗朗西丝·奥罗克·多维尔／著　邸笑飞／译　么么鹿／绘
定价：29.80 元　　出版：2016 年 1 月

送给成长路上点亮我们生命的朋友。

美国埃德加·爱伦·坡最佳童书奖作者力作，为孩子演绎的友情之歌。

入选 2016 年 3 月新浪"微博童书榜"（7~14 岁年龄组 TOP20）

《秘密学校》 ME041

〔美〕艾维／著　陈宇飞／译　么么鹿／绘
定价：26.80 元　　出版：2016 年 5 月

做自己命运的主宰者。

美国纽伯瑞儿童文学奖得主艾维力作，"秘密"背后是孩子勇敢的尝试。

《莫吐儿传奇》 ME042

〔俄〕肖洛姆－阿莱汉姆／著　姚以恩／译　陈伟 杨静／绘
定价：26.80 元　　出版：2016 年 5 月

于困苦中生出勇气，于荒芜中开出花朵。

世界著名作家肖洛姆－阿莱汉姆逝世 100 周年纪念版，孩童的烂漫洋溢在朴素的故事中，使这部犹太平民之书格外天真可爱。

《驴子的回忆》 ME043

〔法〕塞居尔夫人／著　马爱农／译　子炎／绘
定价：26.80 元　　出版：2016 年 5 月

如果一头驴子能得到温柔的对待，它是绝不会凶的。

法国著名儿童文学作家塞居尔夫人的经典作品，一部有趣而发人深省的驴子回忆录。

《月光下的冒险》ME044

〔英〕玛丽昂·圣约翰·韦伯/著　孙昱/译　李志宇/绘
定价：26.80元　　出版：2016年5月

相信童话，开启不可思议的奇幻之旅。
英国著名儿童文学作家玛丽昂的经典作品，一部儿童文学界的"世界名著"。

《蜻蜓昆丁的生命之旅》ME053

〔法〕格文纳艾勒·大卫/著　余婷婷/译　梁琴/绘
定价：26.80元　　出版：2016年11月

一只小蜻蜓的生命历程，一部大自然的绚丽史诗。
法国昆虫学家格文纳艾勒·大卫的自然小说力作，科学观察与文学创作完美融合，淋漓尽致地展现了一只蜻蜓的瑰丽人生。

《忠犬八公》ME054

〔西〕路易斯·普拉茨/著　〔西〕苏珊娜·塞莱伊/绘　轩乐/译
定价：29.80元　　出版：2016年11月

等待，是为了永不忘记爱我的人。
西班牙著名作家路易斯·普拉茨的动人之作，2014年荣获西班牙巴塞罗那最重要的儿童文学奖项约瑟夫·M.福尔奇·伊·托雷斯儿童文学奖，2016年荣获德国国际青少年图书馆白乌鸦奖。
入选2016年12月新浪"微博童书榜"（7~14岁年龄组TOP1）
入选全国"百班千人"读写计划小学中年级段共读书目

《冰心的故事》ME065

徐鲁/著
定价：29.80元　　出版：2016年12月

把爱的哲学寄小读者。
中国著名儿童文学作家徐鲁的倾情之作，以浅白的文学性语言讲述了冰心的人生经历和文学思想，呈现出冰心笔下"爱的哲学"这一主题。

《树上的夜莺》ME069

〔美〕尼基·洛夫廷/著　孙榕潞/译　么么鹿/绘
定价：34.80元　　出版：2017年3月

　　成长，是你逐渐意识到，没有人为你做决定，你要自己面对问题。
　　美国著名儿童文学作家尼基·洛夫廷的感人之作。灵感来源于安徒生童话《夜莺》，树上的女孩盖尔穿透黑夜的用心歌唱，教会男孩小约翰如何独自成长、如何去爱。

《城堡里的怪兽》ME070

〔英〕伊娃·伊博森/著　陆巧玲/译　刘黎炜/绘
定价：29.80元　　出版：2017年4月

　　勇敢守护心中至爱，即使历尽千辛万苦。
　　英国文学巨匠伊娃·伊博森作品，作者曾三度提名卡内基文学奖。
　　一本关乎成长与收获的冒险小说，献给成长路上勇敢守护心中至爱的孩子！孩子总有阳光般的能量，热情和执着让一切困难迎刃而解。

《当我们在一起》ME071

〔澳〕罗伯特·牛顿/著　嵇云来/译　李志宇/绘
定价：34.80元　　出版：2017年4月

　　走向海岸的三百二十公里，我们是不离不弃的兄弟。
　　澳大利亚儿童文学作家罗伯特·牛顿的代表作之一，2012年荣获澳大利亚儿童图书委员会优秀图书奖。这是一场兄弟俩的追寻之旅，那些不期而遇的爱与恨、善与恶、喜与悲磨砺着他们的生命，引领他们走向超出你想象的未知。

《海勒姆的困扰》ME072

〔英〕伊娃·伊博森/著　陈宇飞/译　王涵平/绘
定价：34.80元　　出版：2017年4月

　　做回真实的自己，拥抱自由的生活。
　　英国文学巨匠伊娃·伊博森作品，作者曾三度提名卡内基文学奖。
　　这个跨越大西洋的故事，不仅幽默、刺激、温情，还饱含着伊娃对世事人生的关怀与洞悉。

《丰子恺的故事》ME073

吴浩然／著
定价：26.80 元　　出版：2017 年 6 月

以纯真漫画搭建属于孩子的自由世界。
"弘一大师·丰子恺研究中心"特约研究员、丰子恺艺术资深研究者吴浩然执笔创作。浅白文字配以雅致插图，带领小读者走近大师丰子恺的广阔人生。

《记忆古董店 1：蝴蝶帝国》ME078

杨紫汐／著
定价：19.80 元　　出版：2017 年 8 月

相信爱的力量，永不放弃追寻希望。
繁华都市的僻静角落有一家"记忆古董店"，这里不仅出售古董和它们所承载的记忆，也接受委托，追查古董背后的隐秘往事。这一次，一把古董钥匙开启了一个由巨型蝴蝶驱动的恢宏帝国……

《记忆古董店 2：翡翠迷城》ME079

杨紫汐／著
定价：19.80 元　　出版：2017 年 8 月

不畏前行，爱引领回家的路。
一座昔日的美丽海岛，如今变成了变幻莫测的植物迷宫，人们迷失其中，再也找不到回家的路。一颗绿珍珠引出一连串关于贪婪、占有和迷失的往事，而孤单的人们，终因爱而回归。

《记忆古董店 3：奇魅壁画》ME080

杨紫汐／著
定价：19.80 元　　出版：2017 年 8 月

在时空中百转千回，只为不负爱我的家人。
一起离奇失踪案揭开了深藏在壁画中的玄机。"巨时代""纽扣堡""花田迷宫"……在交错的时空中造访神秘之地，寻找另一个自己，履行爱的诺言。

《汉娜的秘密剧院》ME082

〔英〕海伦·彼得斯/著　李玉琴/译　黄吟帆/绘
定价：34.80元　　出版：2017年9月

为梦想创造舞台，永不服输。

英国儿童文学作家海伦·彼得斯代表作，入围2013年英国水磨石儿童图书奖。这是一本关于如何实现梦想和守护家园的小说，让艺术和生活巧妙地结合，发挥孩子自己的创造力，面对挫折永不言败。

《拯救秘密剧院》ME083

〔英〕海伦·彼得斯/著　李玉琴/译　么么鹿/绘
定价：34.80元　　出版：2017年9月

勇往直前，守护我们的家园。

英国儿童文学作家海伦·彼得斯代表作，是《汉娜的秘密剧院》的续篇，延续了农场生活的主题，教会孩子如何运用机智和勇气化解生活中的难题，守护自己的家园。